À PROPOS DE JO

« Joël Champetier est un sacré conteur... »

Le Devoir

« Joël Champetier... entretient constamment
le suspense... Mais là où il excelle,
c'est à créer des atmosphères envoûtantes. »

Lettres québécoises

« Champetier excelle à abolir la frontière
entre le quotidien familier
et l'univers de l'insolite, entre ce qui
s'explique et ce qui bafoue la raison [...]
Il maîtrise admirablement
la gradation du récit. »

Nuit Blanche

« Champetier est doté d'une imagination
débordante et il a le sens de l'intrigue. »

Le Nord-Est

« Et l'histoire ? Elle est excellente, voyons !
C'est du Champetier, tout de même ! »

Temps tôt

RESET – LE VOILE DE LUMIÈRE

Du même auteur

La Mer au fond du monde. Roman.
Montréal : Paulines, Jeunesse-pop 71, 1990.

La Requête de Barrad. Roman.
Montréal : Paulines, Jeunesse-pop 73, 1991.

La Prisonnière de Barrad. Roman.
Montréal : Paulines, Jeunesse-pop 76, 1991.

La Taupe et le Dragon. Roman.
Montréal : Québec/Amérique, 1991. (épuisé)
Beauport : Alire, Romans 025, 1999.

Le Jour-de-trop. Roman.
Montréal : Paulines, Jeunesse-pop 85, 1993.

Le Voyage de la sylvanelle. Roman.
Montréal : Paulines, Jeunesse-pop 88, 1993.

La Mémoire du lac. Roman.
Montréal : Québec/Amérique, 1994. (épuisé)
Beauport : Alire, Romans 044, 2001.

Le Secret des sylvaneaux. Roman.
Montréal : Paulines, Jeunesse-pop 93, 1994.

Le Prince Japier. Roman.
Montréal : Paulines, Jeunesse-pop 98, 1995.

La Peau blanche. Roman.
Beauport : Alire, Romans 006, 1997.
Lévis : Alire, GF 002, 2004.

Cœur de fer. Recueil.
Le Plessis-Brion : Orion, Étoiles vives, 1997.

L'Aile du papillon. Roman.
Beauport : Alire, Romans 028, 1999.

Les Sources de la magie. Roman.
Beauport : Alire, Romans 054, 2002.

Le Voleur des steppes. Roman.
Lévis : Alire, Romans 103, 2007.

Le Mystère des Sylvaneaux. Roman.
Lévis : Alire, Romans 129, 2009.

RESET
LE VOILE DE LUMIÈRE

JOËL CHAMPETIER

Illustration de couverture : Grégory Fromenteau
Photographie : Yves Bédard

Distributeurs exclusifs :

Canada et États-Unis :
Messageries ADP
2315, rue de la Province
Longueuil (Québec) Canada
J4G 1G4
Téléphone : 450-640-1237
Télécopieur : 450-674-6237

France et autres pays :
Interforum editis
Immeuble Paryseine
3, Allée de la Seine, 94854 Ivry Cedex
Tél. : 33 (0) 4 49 59 11 56/91
Télécopieur : 33 (0) 1 49 59 11 33
Service commande France Métropolitaine
Tél. : 33 (0) 2 38 32 71 00
Télécopieur : 33 (0) 2 38 32 71 28
Service commandes Export-DOM-TOM
Télécopieur : 33 (0) 2 38 32 78 86
Internet : www.interforum.fr
Courriel : cdes-export@interforum.fr

Suisse :
Interforum editis Suisse
Case postale 69 – CH 1701 Fribourg – Suisse
Téléphone : 41 (0) 26 460 80 60
Télécopieur : 41 (0) 26 460 80 68
Internet : www.interforumsuisse.ch
Courriel : office@interforumsuisse.ch
Distributeur : OLS S.A.
Zl. 3, Corminboeuf
Case postale 1061 – CH 1701 Fribourg – Suisse
Commandes :
Tél. : 41 (0) 26 467 53 33
Télécopieur : 41 (0) 26 467 55 66
Internet : www.olf.ch
Courriel : information@olf.ch

Belgique et Luxembourg :
Interforum Benelux S.A.
Fond Jean-Pâques, 6, B-1348 Louvain-La-Neuve
Tél. : 00 32 10 42 03 20
Télécopieur : 00 32 10 41 20 24
Internet : www.interforum.be
Courriel : info@interforum.be

Pour toute information supplémentaire
Les Éditions Alire inc.
C. P. 67, Succ. B, Québec (Qc) Canada G1K 7A1
Tél. : 418-835-4441 Fax : 418-838-4443
Courriel : info@alire.com
Internet : www.alire.com

Les Éditions Alire inc. bénéficient des programmes d'aide à l'édition de la Société de développement des entreprises culturelles du Québec (SODEC), du Conseil des Arts du Canada (CAC) et reconnaissent l'aide financière du gouvernement du Canada par l'entremise du Fonds du Livre du Canada (FLC) pour leurs activités d'édition. Nous remercions également le gouvernement du Canada de son soutien financier pour nos activités de traduction dans le cadre du Programme national de traduction pour l'édition du livre.

Gouvernement du Québec – Programme de crédit d'impôt pour l'édition de livres – Gestion Sodec.

Dépôt légal : 2e trimestre 2011
Bibliothèque nationale du Québec
Bibliothèque nationale du Canada

10 9 8 7 6 5 4 3 2e mille

À Daniel Roby,
pour ses conseils et son enthousiasme indéfectible.
Ce roman n'aurait pas existé sans lui.

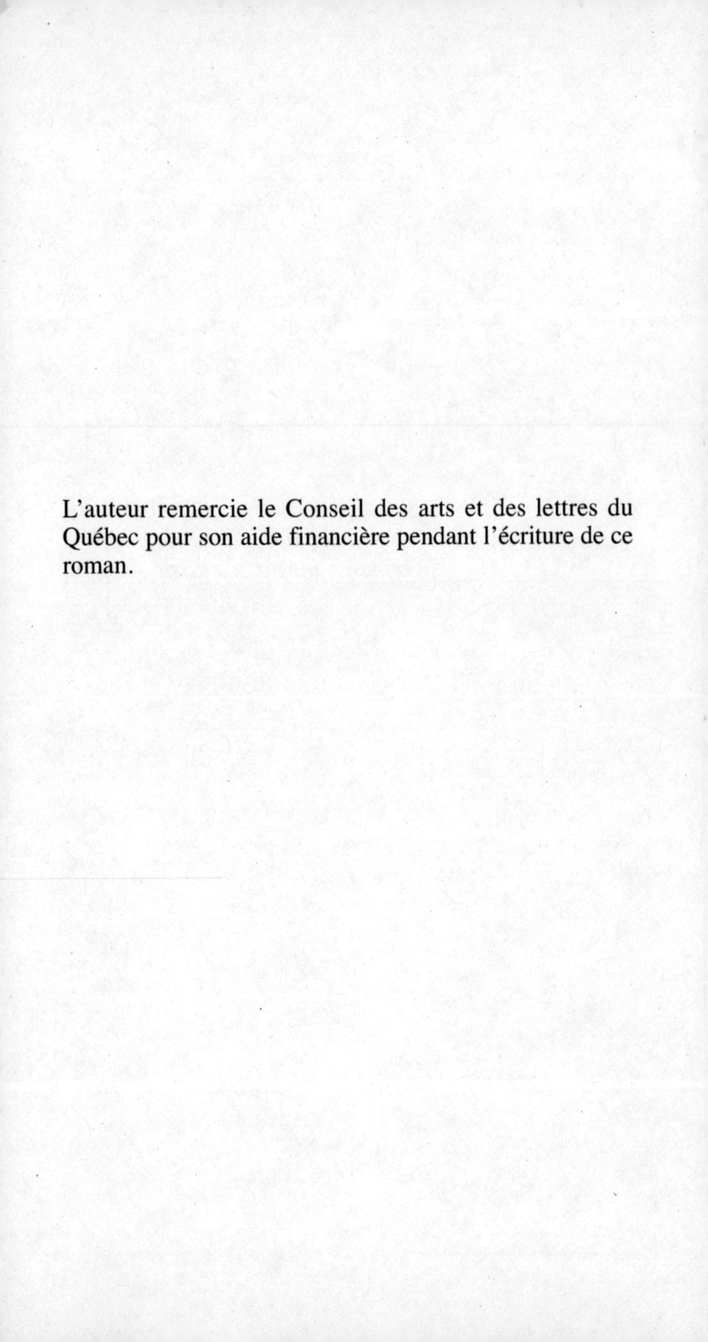

L'auteur remercie le Conseil des arts et des lettres du Québec pour son aide financière pendant l'écriture de ce roman.

Table des matières

Avertissement

Ce roman est une œuvre d'imagination. La topographie de Saint-Tite, des routes et des villages environnants a parfois été modifiée pour les besoins de l'intrigue. Toute ressemblance avec des personnes, des commerces ou des organismes non publics existants ne pourrait qu'être le fruit du hasard.

AVANT

APRÈS

Jour 1

La lumière.

Tout commence avec la lumière.

Un voile éblouissant, sans contour ni profondeur.

À la fois plein et vide.

Un absolu qui transcende toute conception de l'absolu.

Cela dure un temps qui transcende toute notion de durée.

Une forme d'éternité.

◆

Dans les profondeurs du néant lumineux, des masses s'agglomèrent.

Là où il n'y avait que le vide – ou le plein qui lui est semblable –, des bordures apparaissent.

Des zones distinctes.

Des notions abstraites se superposent aux morcelures ainsi révélées.

Haut.

Bas.

Bleu.

Vert.

Vers le haut, c'est bleu. Vers le bas, c'est vert.

Quelque part au sein de la partie bleue, un objet brille. Éblouissant, mais sa lumière ne ressemble pas au voile lumineux qui auparavant occultait tout. C'est une lumière différente. D'une autre nature. Concentrée.

Douloureuse.

Le soleil.

C'est un paysage verdoyant sous un ciel d'été.

La notion est apparue d'un coup et s'est imposée: c'est un paysage verdoyant sous un ciel d'été.

Entre les collines, une zébrure reflète la lumière du soleil en mille points scintillants.

Une rivière.

Elle contourne le flanc d'une colline et s'approche pour passer sous lui.

Sous lui.

Lui.

Il a compris qu'il existait. C'est la notion la plus troublante de toutes.

Deux formes irrégulières, toutes en excroissances, s'élèvent à l'avant-plan. Mobiles, de couleur claire.

Ce sont des mains.

Ce sont *ses* mains.

Elles lâchent l'objet qu'elles tenaient. L'objet rebondit sur le sol avec un claquement métallique qui se réverbère longtemps. Maintenant qu'elles sont libres, ses mains se posent sur une rampe chaude et dure, d'un gris piqueté de taches brunes.

Des taches de rouille.

C'est une rampe d'acier.

La rampe d'un pont.

Sous lequel coule une rivière.

Au milieu d'un paysage verdoyant.

Sous un ciel d'été.

Un malaise s'empare de lui. Son estomac se contracte. Il se penche et hoquette douloureusement.

Son corps s'attend à ce qu'un fluide sorte de sa bouche. Mais rien ne vient.

Il reste en suspens.

La nausée, refluant peu à peu, le laisse étourdi, les oreilles chaudes, les mains fourmillantes.

Il sc redresse. Un liquide piquant coule dans ses yeux. Sous sa chemise – il porte une chemise –, il sent des ruisselets lui glisser le long des flancs.

— Qu'est-ce qui se passe ?

Ce sont les premiers mots qu'il prononce de sa vie.

Mû par le désir d'en connaître plus sur ce qui l'entoure, un désir chancelant et imprécis mais un désir tout de même, il regarde autour de lui.

Il se tient à quelques pas d'un véhicule rouge aux flancs poussiéreux, arrêté au milieu du pont.

Une camionnette ? Un pick-up ? Les deux mots occupent le même espace dans son esprit.

Il reste immobile face au véhicule. Puis, avec l'impression que ses jambes en ont pris seules la décision, il avance.

Sa main se pose sur la carrosserie. Brûlante. Il contourne la camionnette. Referme la main sur la poignée de la portière. Carrosserie. Poignée. Portière. Les mots apparaissent, comme si l'acte de toucher permettait à la connaissance de surgir.

Il ouvre la portière et s'assoit derrière le volant.

À l'intérieur, l'air est étouffant, mais le contact du volant sous ses paumes le rassure avec une intensité presque douloureuse. La position dans laquelle il se trouve, l'odeur qui règne dans l'habitacle. Il se sent… normal.

Il reste dans cette position. Immobile. Longtemps.

Soudain, des cris déchirent le silence.

Des cris aigus. Venus de l'extérieur.

Il serre le volant à s'en blanchir les jointures, le souffle saccadé, le cœur battant. Tout son corps tremble et transpire. Il sait – sans vraiment le comprendre, mais il sait – que ce sont des cris de détresse.

Il ne veut pas y répondre. Il ne veut pas quitter la sécurité de l'habitacle. Il voudrait que les cris cessent.

La réalité qui l'entoure n'est pas assujettie à sa volonté. Les cris cesseraient, si c'était le cas.

Incapable de trouver une raison de faire autrement – il faut tout de même qu'il fasse *quelque chose* –, il sort de la camionnette et progresse à pas incertains vers le bord du pont.

Il se penche par-dessus la rampe de métal.

La surface de la rivière glisse sous ses yeux avec une lenteur hypnotisante.

La source des cris – qui se sont mués en sanglots depuis – reste invisible. Mais ça provient bien de sous le pont.

Que faire maintenant ?

À chacune de ses extrémités, le pont rejoint les berges de la rivière. Il choisit l'extrémité la plus rapprochée. Arrivé au bout du pont, il tente de distinguer la source des cris. Impossible. Des arbustes bloquent la vue. Il descend un remblai rocailleux. Les pierres roulent sous ses pieds. Il tombe sur le coude et se fait mal. Il se redresse puis reprend sa descente en prenant son temps. Il écarte de la main des broussailles aux feuilles piquantes. L'herbe rêche bruisse sous ses pas.

Dans l'ombre portée du pont, il inspire profondément. Il fait moins chaud ici. Cela fait du bien.

Entre les piliers d'acier qui soutiennent le tablier du pont, il aperçoit enfin la personne qui crie.

C'est une jeune femme aux longs cheveux, vêtue d'un maillot serré et d'un short qui lui laissent les jambes et les bras nus. Elle est perchée sur un bloc qui soutient un pilier du pont dressé au milieu de la rivière. À en juger par son regard terrorisé, et la manière farouche avec laquelle elle se retient au pilier de fer, il est évident que ce n'est pas de sa propre volonté qu'elle se retrouve dans une position aussi précaire.

La jeune femme a arrêté de sangloter en le voyant apparaître. Elle lui fait signe.

— Aidez-moi ! Je suis mal prise…

Il ne réagit pas tout de suite, englué dans l'indécision. Une question fraye son chemin avec difficulté dans son esprit.

— Comment êtes-vous arrivée là ?

La jeune femme baisse la tête. La question semble l'avoir prise au dépourvu.

— Je sais pas.

Elle reprend :

— J'étais dans un canot. J'étais assise dans un canot avec une rame dans les mains. Vous comprenez ?

Non. Il ne comprend pas. Il ne sait pas ce qu'est un canot. Ni une rame.

— Je me suis sentie mal. Je suis tombée dans l'eau. Venez me chercher… S'il vous plaît. J'ai peur…

La vue de cette jeune femme qui sanglote lui semble soudain intolérable. Elle est grotesque avec ses jambes nues et ses longs cheveux entortillés. Il voudrait fuir, mais un instinct primordial lui interdit de céder à cette pulsion.

Il faut aider les gens en difficulté. C'est comme ça.

Il met un pied à l'eau, puis l'autre. L'eau remplissant ses souliers fait naître un frisson qui lui remonte jusqu'à la nuque. Avec chaque pas, il s'enfonce de plus en plus dans la rivière. Le courant est plus fort qu'il ne paraît. Le fond est inégal et glissant. Au moment où il croit devoir rebrousser chemin, le fond de la rivière remonte.

Il atteint sans encombre le pilier central.

— Vous voyez ? C'est pas dangereux.

Après avoir hésité, la jeune femme pose la main sur son épaule. Son genou éraflé saigne. Elle ne porte qu'un soulier, l'autre pied est nu.

Elle descend avec précaution dans la rivière. Il la retient par le coude. Sa peau mouillée est glacée.

Ils retraversent le cours d'eau.

Une fois sur la berge, la jeune femme reste là, éperdue. Elle frissonne et claque des dents.

Il l'invite à monter sur le pont : c'est plus chaud au soleil.

Elle le suit à travers les broussailles. Elle a de la difficulté à escalader le talus qui mène au chemin. Poser son pied nu sur la rocaille semble douloureux.

Une fois sur le pont, il la conduit jusqu'à la camionnette, qui apparaît comme un havre de sécurité. Il ouvre la portière du passager et lui demande de s'asseoir. Assise sur la banquette, elle continue de trembler malgré la chaleur étouffante. Il voit une couverture roulée derrière la banquette. Il la déplie et l'offre à la jeune femme, qui la serre autour de son cou.

— Ça ira ?

Elle émet un long soupir, sans répondre. Elle essuie du revers de la main les larmes qui coulent sans retenue sur ses joues.

Il ferme la portière : la chose normale à faire. Il contourne le véhicule, va s'asseoir derrière le volant, referme sa portière, chaque geste étant la conséquence naturelle du geste précédent. Sa main droite avance de sa propre volonté derrière le volant, ses doigts se referment sur une excroissance métallique. Une clé. Qu'il tourne.

Un grondement assourdi emplit l'habitable. Aucune raison de s'inquiéter. Ce bruit est normal. L'acte suivant consiste à appuyer sur une pédale au plancher et à déplacer un levier derrière le volant.

La camionnette avance. Le panorama autour d'eux défile lentement.

Il prend peur tout à coup et appuie sur l'autre pédale. Le véhicule s'immobilise avec tant de raideur que les deux passagers sont projetés vers l'avant.

Il échange un regard avec la jeune femme à son côté.

— Je sais pas ce que je fais.

— Quoi ?

— Je sais pas où aller. Je… Je sais pas où on est.

La jeune femme le fixe, la lèvre inférieure agitée d'un tremblement. Elle tend brusquement la main vers le rétroviseur, qu'elle ajuste pour se regarder. Sa main caresse son visage effaré.

— C'est moi ? Je ressemble vraiment à ça ?

Elle se met à hoqueter, sa voix stridente.

— Je me reconnais pas ! Je me rappelle pas qui je suis ! Je me rappelle rien !

Ça le frappe enfin. Lui non plus ne sait pas qui il est. Il empoigne à son tour le rétroviseur. Un homme au front haut et à la moustache poivre et sel le fixe avec des yeux rougis. Lui aussi se touche le visage pour s'assurer qu'il est bel et bien la personne reflétée dans le miroir.

Sa main tremble. Son cœur bat fort. Il ne se serait pas imaginé si vieux.

La jeune femme continue de crier, des phrases décousues, incompréhensibles.

Il pose une main sur son épaule. Le contact semble la calmer un peu. À tout le moins, elle cesse de crier.

Les mains agrippées au volant, il tente de déterminer quelle suite il doit donner aux événements. Rien de ce qui précède l'apparition du Voile de lumière ne lui est accessible en mémoire. Seule la certitude, confuse, qu'il existait avant de s'éveiller à la conscience au milieu du pont le soutient.

Il s'est passé quelque chose. Quelque chose d'anormal.

Il lève le pied du frein. La camionnette se remet à rouler, lentement, puis plus vite maintenant qu'il a posé le pied sur la pédale de droite. Constatant que ses facultés de conduire un véhicule ne sont pas affectées par l'incompréhensible malaise qui s'est emparé de lui, il accélère un peu plus.

Ils ont perdu de vue depuis un certain temps la rivière et le pont qui l'enjambe lorsqu'ils aperçoivent une colonne de fumée s'élevant contre le ciel.

Ils n'ont pas besoin de spéculer longtemps sur la source de cette fumée. C'est dans cette direction que la route les mène, jusqu'à une rivière enjambée par un pont d'acier. Il croit avoir tourné en rond, puis il comprend que, si ce pont ressemble au premier, ce n'est pas le même. Le paysage qui l'entoure est différent. Tout cela est évident, une fois qu'il y réfléchit.

Ce n'est pas facile d'appréhender autant de nouveautés.

La fumée émerge d'un véhicule en flammes qui semble plié autour d'une des épaisses poutrelles d'acier du pont.

Il appuie sur le frein pour arrêter la camionnette à une distance prudente des flammes. À travers les volutes d'une grasse fumée noire, il croit reconnaître une forme humaine affaissée sur le volant.

Ça sent mauvais.

Il analyse la situation un certain moment. La personne prisonnière de la voiture accidentée est morte. Tout cela est trop abstrait pour qu'il en éprouve de la tristesse ou de l'horreur. Et pourtant, le fait d'imaginer qu'il pourrait ressentir de la tristesse, ou de l'horreur, ou tout autre sentiment, face à cette découverte, signifie que… signifie que…

Il a perdu le fil de ses pensées.

— C'est pas possible, murmure la jeune femme.

— Quoi ?

— On peut pas avoir perdu la mémoire tous les deux. C'est pas possible…

— Pourquoi ?

— Je sais pas. Je sais que c'est pas possible…

La puanteur et la chaleur qui irradient de l'incendie commencent à devenir insupportables.

— Je sais conduire. Je propose de rouler jusqu'à ce qu'on trouve quelqu'un pour nous aider.

Un vaste soupir.

— J'imagine que c'est la meilleure chose à faire.

En braquant les roues au maximum, il manœuvre la camionnette de façon à faire demi-tour. La direction d'où il provient lui semble aussi bonne que l'autre, et cela leur évitera de passer trop près du brasier.

Il roule un certain temps. Il retraverse le pont au milieu duquel il s'est réveillé à la conscience.

La route se poursuit, d'un vallonnement à l'autre, entre champs et forêt.

Sa passagère regarde le paysage défiler, morose.

Elle se redresse soudain, la main tendue vers un groupe de bâtiments au bout d'un chemin de traverse. Il a vu lui aussi. Les premières maisons qu'il aperçoit. Celle du milieu est jaune, les autres qui l'entourent sont blanches et grises, d'allure défraîchie.

— Tu veux qu'on s'arrête ici ?

Elle le fixe en écartant une mèche de ses longs cheveux de son visage. Ses yeux sont foncés. D'un brun presque noir. Le sentiment de détresse qui s'y reflète remue d'étranges sentiments au creux de sa poitrine. Il insiste :

— Faut trouver de l'aide, non ?

Elle opine. Il freine pour engager la camionnette dans le chemin de terre jusqu'à la maison jaune. Il tourne la clé pour arrêter le moteur.

Ils sortent de l'habitacle, sous le soleil brûlant. Un épais remugle empuantit l'air. Ils s'approchent de la maison. Dans un portique surchauffé, des mouches volent mollement. La jeune femme se colle le visage contre un carreau poussiéreux.

Elle recule avec un couinement de surprise.

— Un homme ! L'autre bord de la porte. Il nous regarde.

Il aperçoit à son tour à travers la vitre sale une silhouette dressée au milieu de la pièce, immobile. Il frappe sur le carreau. Doucement, car de toute évidence l'homme les a vus.

Un cri retentit, rauque de rage et de frayeur.

— Crissez vot' camp !

Il n'insiste pas. Le cri de l'inconnu a cristallisé l'angoisse qui lui serre la poitrine depuis son éveil. Sa compagne s'enfuit du portique pour se réfugier dans l'habitacle de la camionnette.

Il va la rejoindre et remet le moteur en route. Personne ne les aidera ici.

De retour sur le chemin, ils roulent en silence pendant quelque temps jusqu'à une intersection au coin de laquelle se dresse une station-service.

Une bouffée de soulagement gonfle sa poitrine lorsqu'il s'aperçoit qu'il *sait* ce qu'est une station-service. Il est encore plus heureux de compter plusieurs autres voitures autour du bâtiment.

Il dirige sa camionnette dans la cour de la station-service. Un petit garçon assis dans l'entrée les regarde approcher d'un air méfiant, puis s'éloigne lorsque les passagers de la camionnette descendent.

La jeune femme émet un bref cri de surprise en levant son pied nu.

— Ça brûle.

— Qu'est-ce qui brûle ?

— À terre. C'est chaud.

Elle avance en boitillant. Lui-même trouve désagréable de marcher dans des souliers mouillés, mais la mésaventure de sa compagne confirme son soupçon qu'il vaut mieux endurer ce désagrément que de se promener pieds nus.

À travers la porte vitrée de la station-service, les nouveaux venus aperçoivent du mouvement. Ils entrent sous le regard croisé des gens déjà à l'intérieur.

Il y a trois femmes et deux hommes. Les femmes forment un groupe disparate : l'une est âgée, la seconde boulotte avec des cheveux roux, la troisième plutôt jeune, ses longs cheveux blonds attachés dans le dos. Les deux hommes, eux, se ressemblent, sinon par leur physique, du moins par leur habillement. Ils sont vêtus du même uniforme bleu.

Le petit garçon est resté dehors : il les épie à travers la porte vitrée.

La vieille femme s'approche. Elle serre nerveusement un sac contre sa poitrine, le visage plein d'espoir.

— Avez-vous perdu la mémoire ?

Il demeure pris de court par une question aussi directe.

— Comment le savez-vous ?

Les épaules de la vieille femme s'affaissent.

— Vous aussi…

— D'où est-ce que vous arrivez ? demande la jeune femme aux cheveux blonds.

Il hoche la tête avec l'éprouvante certitude que sa réponse ne sera d'aucune utilité.

— J'étais sur un pont. J'ai conduit jusqu'ici sans savoir où j'allais…

— Moi, j'étais dans un canot, ajoute sa jeune compagne. Je suis tombée dans la rivière. J'ai réussi à monter sur un pilier, mais j'avais trop peur pour en redescendre. C'est le monsieur qui m'a sauvée.

La femme blonde s'approche :

— Avez-vous vu de la lumière ?

Rebuté par les manières pressantes de son interlocutrice, il est tenté d'ignorer la question. Mais il se rend compte à quel point sa réaction est puérile.

— Oui. Je me rappelle la lumière.

— Rien avant ?

— Non.

— Nous autres non plus, dit un des hommes en combinaison bleue. On se rappelle rien. Y a eu un flash, là, pis…

— On a tous perdu la mémoire, conclut la femme aux cheveux blonds. On se rappelle tous la lumière, mais rien avant.

Il réfléchit. Ce qu'elle vient de déclarer n'est pas tout à fait exact. Il prend le temps de former sa pensée, d'ajuster les mots en un ordre cohérent.

— Je me suis rappelé comment conduire un… pick-up ? une camionnette ? J'ai les deux mots dans la tête… J'ai reconnu la station-service. On se souvient comment parler.

La femme blonde approuve.

— C'est vrai. On sait lire aussi. Regardez.

Elle leur fait signe de s'approcher du comptoir, sur lequel une grande feuille de papier coloré a été déployée. C'est autour de cette feuille que les cinq de la station-service étaient rassemblés lorsque le couple est entré.

La blonde pose une main autoritaire au centre de la feuille, le regard incisif.

— C'est le… Comment je dirais ça… C'est le territoire autour d'ici. Moi, j'habite Saint-Tite. C'est ici.

Son doigt se pose près d'un symbole identifié : « Saint-Tite. »

— Ce que je sais pas, c'est où on est, maintenant. Saint-Tite, c'est une ville. Ici, on n'est pas dans une ville.

Sa main glisse sur la surface de la carte.

Il intervient, sceptique, et un peu agacé par les affirmations péremptoires de la jeune femme.

— Comment tu fais pour savoir où t'habites ? J'ai aucun souvenir de ça.

Elle sort un étui d'une poche sur sa poitrine. À l'intérieur se trouve un document avec une photo en médaillon et des inscriptions. Elle se nomme Pascale Reynolds, demeure à Saint-Tite. Elle montre un autre document qui stipule qu'elle travaille pour la Sûreté du Québec. Confirmation supplémentaire : sur les manches de sa chemise beige, des écussons reproduisent le sigle imprimé sur la carte.

— C'est aussi écrit sur mon auto.

Elle montre à travers la fenêtre une des voitures stationnée dans la cour. C'est exact. Le même écusson apparaît sur la portière blanche rayée d'une barre kaki et d'une barre jaune, entre les mots « police » et « Urgence », le tout suivi de chiffres et de la mention « MRC de Mékinac ».

Il hoche la tête, ambivalent. À part le terme « police », qui évoque divers sentiments, pas nécessairement positifs, rien de tout cela n'éveille le moindre écho dans sa mémoire.

La vieille femme aussi a sorti de son sac un document semblable, grâce auquel elle sait que son nom est Jeanne Dupras.

— On sait tous comment on s'appelle. À part lui.

Elle indique le petit garçon, toujours immobile de l'autre côté de la vitre.

— Il était avec moi dans mon auto, explique la femme boulotte aux cheveux roux. Je… Je sais pas qui c'est…

Pascale Reynolds agite son étui en direction des deux derniers arrivés.

— Allez voir dans votre véhicule. Vous devez avoir des cartes, vous autres aussi.

La prédiction s'avère partiellement fondée. En fouillant l'habitacle de la camionnette, il découvre dans le tableau de bord un compartiment dans lequel s'empilent des cartes routières semblables à celle examinée dans la station-service. De son côté, sa compagne découvre un portefeuille glissé sous le siège du conducteur.

— Regarde.

Elle en sort diverses coupures de papier, trouve une carte plastifiée, qu'elle examine.

— Jean-Pierre Ouellette. C'est comme ça que tu t'appelles.

Elle lui tend le document, qu'il examine à son tour. L'homme sur la photo n'a pas de moustache et arbore une expression figée. Il se regarde de nouveau dans le rétroviseur. Mais oui, c'est bien lui.

— Jean-Pierre Ouellette… Eh ben…

— Ça te revient maintenant ?

— Dur à dire. Pas vraiment.

Selon la carte d'identité, il habite au 2310, rue Maisonneuve, Saint-Tite, Québec, G0X 3H0. Ces informations n'évoquent rien, pas plus que les séries de chiffres et de lettres qui entourent l'adresse.

— Pis moi ? demande la jeune femme.

— T'as aucun papier ?

— Non.

— As-tu regardé dans les poches de ton short ?

— Ben oui. J'ai rien.

— Tes papiers ont dû tomber à l'eau. Si t'en avais.

— Pourquoi j'en aurais pas eu ?

— Je dis ça comme ça.

La lèvre inférieure de la jeune femme se remet à trembler. Elle semble plus désemparée que jamais.

Jean-Pierre a noté depuis le début une petite étiquette cousue à l'arrière de l'encolure de son maillot. Il se penche vers elle.

— Bouge pas.

Elle se tourne la tête pour voir aussi, mais en est incapable.

— Qu'est-ce que c'est ?

Il plisse les paupières : l'écriture s'embrouille quand il regarde de près.

— Sophie. C'est écrit Sophie. Avec un chiffre, 6. En plus petit… C'est dur à lire… 100 % Spandex. *Made in Indonesia*.

Elle absorbe l'information, puis hoche la tête, l'air buté.

— Je m'appelle pas Sophie. Je sais pas comment je m'appelle, mais c'est pas Sophie.

— Je peux t'appeler comme tu veux.

Un bruit détourne leur attention. Une voiture noire apparaît sur la route. Elle s'approche à une vitesse inquiétante. Elle s'arrête brutalement sur le terrain de la station-service. Un homme en sort. Il est gros, habillé en noir. Il regarde autour de lui, le visage en sueur. Il aperçoit le petit garçon. Il émet un cri inarticulé, clairement agressif.

Le garçonnet détale.

Jean-Pierre sent son estomac se contracter. Cela lui déplaît que l'homme effraie l'enfant de cette façon. C'est… C'est inacceptable.

— Hé !

Le gros homme l'ignore. Il ouvre la porte de la station-service à toute volée et disparaît à l'intérieur. Mû par un désir instinctif de savoir ce qui va se passer, Jean-Pierre retourne aussi vers la station-service, toujours suivi par la jeune femme.

À l'intérieur, l'homme en noir s'est glissé derrière le comptoir qui sépare la pièce en deux. Un des deux hommes en combinaison bleue, lui aussi plutôt corpulent, l'interpelle.

— Monsieur ?

Le gros homme l'ignore. Il se dirige vers une porte vitrée en maintenant le plus de distance possible entre lui et les autres. Il accroche au passage des sachets de carton ou de plastique suspendus au mur, qui s'éparpillent sur le plancher.

— Attention à ce que tu fais ! proteste l'homme en combinaison bleue.

— Écœure-moi pas, toi !

Le gros homme ouvre la porte vitrée. Il saisit à l'intérieur un emballage triangulaire en plastique et tente de l'ouvrir avec des gestes fébriles. L'emballage est trop solide : il mord dedans pour le déchirer. Jean-Pierre comprend qu'il s'agit de nourriture. Des sandwichs.

Mécontent, l'homme à combinaison bleue se précipite sur le gros homme et tente de lui arracher l'emballage des mains.

— Lâche ça, tabarnaque !

L'autre résiste.

— J'ai faim !

Les deux hommes s'empoignent. Ils tombent à terre. La vieille dame crie d'effroi. La compagne de Jean-Pierre se blottit dans ses bras.

Le gros frappe son adversaire au visage, qui roule sur lui-même avec un geignement assourdi.

Pascale Reynolds intervient. Elle attrape le gros homme par le bras et, d'une manœuvre rapide, l'immobilise au sol. L'autre braille d'une voix rauque :

— Ça fait mal ! Arrête ! Ça fait maaal !…

L'homme à combinaison bleue s'est relevé, le visage empourpré. Il s'est emparé d'une tige de métal et veut frapper son adversaire.

Jean-Pierre se libère de l'emprise de sa jeune compagne et se dresse devant l'homme armé de sa tige.

— Calme-toi !

L'autre s'aperçoit que tout le monde le fixe avec des yeux exorbités. Il abaisse la barre de fer, le regard torve, la respiration sifflante.

— C'est à moi. Tout ce qu'il y a icitte, c'est à moi.

Il semble avoir de la difficulté à croire à ce qui vient de se passer. Il reprend :

— Je sais pas ce que je fais icitte. Mais je sais une affaire : ce qui est icitte, c'est à moi.

— Pas une raison pour se battre, dit Jean-Pierre. Il t'en reste en masse, des sandwichs !

Il se tourne vers l'homme en noir, toujours allongé au sol. Ce dernier respire fort et vite. Son visage est tout rouge.

— Toi aussi, tu vas te calmer ?

L'homme en noir fait signe que oui. Pascale Reynolds le libère de sa prise. L'autre se dégage, boudeur. Toujours assis sur le plancher, il réussit à déchirer l'emballage et engouffre le sandwich en aspirant et reniflant bruyamment.

◆

Après bien des discussions, ils ont décidé de former un convoi vers Saint-Tite. De l'avis général, ils auront plus de chance, dans une ville populeuse, de trouver quelqu'un pour les aider.

Le convoi est constitué de quatre véhicules. Pascale Reynolds a pris la tête avec sa voiture rayée. Grâce à sa connaissance des cartes, elle affirme savoir quelle est la route à prendre. C'est aussi la plus entreprenante du groupe. Ses passagers sont Maxime Trudel et Lionel St-Germain, les deux hommes en combinaison bleue.

Jean-Pierre suit dans sa camionnette, toujours accompagné de Sophie. Il a décidé de l'appeler Sophie. En attendant. La femme aux cheveux roux s'appelle Lynda Sanscartier. Elle conduit la troisième voiture avec, comme passagers, Jeanne Dupras et le petit garçon non identifié. La voiture noire du gros homme ferme le convoi. Il a refusé de révéler son nom et n'a pas de passagers. De toute façon, personne n'aurait voulu monter avec lui.

À mesure que le convoi progresse, les personnes qui le constituent aperçoivent de plus en plus de maisons sur le bord du chemin. Ils croisent aussi des véhicules. Certains qui circulent, d'autres immobiles. Il faut parfois les contourner lorsqu'ils bloquent le chemin. D'autre fois, ce sont des gens errants qu'il faut contourner.

Au début, Pascale Reynolds s'est arrêtée pour glaner de l'information auprès des gens aperçus en chemin. Elle a rapidement cessé de le faire. L'amnésie n'a épargné personne. Pire : plusieurs des gens interpellés ont été agressifs. Une femme maigre a frappé les véhicules qui passaient devant elle, le regard fou. Du sang coulait de ses narines.

— Est-ce que ça va être différent à Saint-Tite ?

Ce sont les premiers mots que Sophie prononce depuis qu'ils ont quitté la station-service. Jean-Pierre ne sait pas quoi répondre.

Un panneau vert apparaît à la droite du chemin. Il annonce « Saint-Tite 3 km ». Le ciel devant eux est bouché par une vaste nuée noire. Ça rappelle la fumée qui montait de la voiture en flammes.

Il y a de plus en plus de maisons sur le bord de la route. Des gens regardent avancer le convoi, figés sur le pas de leur porte.

Jean-Pierre et Sophie aperçoivent dans un champ une fillette poursuivie par trois chiens. Les bêtes la jettent au sol et s'acharnent sur elle, tous crocs dehors. Malgré la distance, ils entendent un hurlement aigu.

Sophie s'agite, effarée.

— Qu'est-ce qu'ils font ?

Jean-Pierre ne voit plus rien. Un repli du terrain cache la scène. Il n'est pas trop sûr de ce qu'il a vu. De toute façon, il doit prêter attention à sa conduite. À en juger par l'omniprésence des maisons autour d'eux, ils doivent être entrés dans Saint-Tite. La vue ne porte pas loin tellement il y a de fumée. Des habitants déambulent dans un brouillard gris. Une odeur âcre prend à la gorge.

La voiture de tête tourne à gauche à un croisement, car la rue est bloquée devant. Cette nouvelle voie ne vaut pas mieux. Un énorme semi-remorque bloque le passage, de travers dans le chemin.

Le convoi s'immobilise. Pascale Reynolds sort de la voiture, suivie par ses deux passagers. Ils regardent autour d'eux, indécis.

Jean-Pierre et Sophie aussi mettent pied à terre.

La voiture noire qui fermait la marche frôle Jean-Pierre et roule jusqu'à la première voiture. Le gros homme abaisse la fenêtre de sa portière.

— Pourquoi vous arrêtez ?

Lionel St-Germain a un geste exaspéré.

— Parce que ça passe pas.

L'autre renifle de mépris.

— Retourne donc garder tes sandwichs. Moi, je passe.

La voiture noire accélère. Lionel doit se jeter de côté pour ne pas être renversé.

— Ostie de con !

N'empêche, le gros homme a raison. En montant sur l'accotement, sa voiture arrive à se faufiler entre la cabine du camion et le mur du bâtiment. Mais aussitôt après Jean-Pierre entend un choc sourd, suivi de grincements de mécanique malmenée.

Pascale Reynolds va s'enquérir de la situation, suivie par le reste du groupe – les occupants de la troisième voiture se sont joints à eux. Arrivés de l'autre côté du passage, ils constatent que la voiture noire n'a pas franchi dix mètres avant d'être bloquée par un autre obstacle. Pas facile de voir dans toute cette fumée. Le moteur vrombit et les pneus patinent sur l'asphalte avec un bruit strident. Inutile, la voiture n'avance pas.

Le gros homme ouvre la portière et sort du véhicule, furibond. Il empoigne l'objet qui bloque la route pour l'enlever. Une sorte de paquet informe. Jean-Pierre comprend que c'est une personne. Inerte.

Un cadavre.

Une bouffée de vent dissipe un peu la fumée autour du groupe. Ils aperçoivent des hommes et des femmes couchés au milieu du chemin. D'autres cadavres, à en juger par le sang.

Deux claquements assourdissants les font tous sursauter. Le pare-brise de la voiture noire se fissure. Le gros homme bascule vers l'avant et reste couché au sol, allongé près du cadavre qui bloquait sa roue.

Un troisième bruit d'explosion, sec, avec de l'écho.

Jean-Pierre aperçoit, encadré dans une fenêtre au-dessus d'eux, un homme qui pointe un objet dans leur direction. C'est de là que provient le bruit.

Un quatrième claquement. La mâchoire de Jeanne Dupras est soudain déformée, comme détachée de sa tête. Un liquide rouge et chaud asperge les mains de Jean-Pierre. La vieille femme s'affaisse sur elle-même et reste au sol dans une étrange posture recroquevillée.

La pensée se déploie dans l'esprit de Jean-Pierre, vibrante d'intensité : *on leur tire dessus !*

– Sauvez-vous !

Tout le monde s'éparpille en panique, au hasard. Jean-Pierre attrape Sophie et l'entraîne avec lui. Maxime Trudel tombe derrière eux et hurle longuement de douleur.

Jean-Pierre atteint sa camionnette, ouvre la portière, soulève Sophie et la projette dans l'habitacle, puis saute à sa suite en la poussant sans ménagement à la place du passager.

Ce qu'il accomplit ensuite est une question d'instinct, pas de réflexion. Il démarre, embraye, manœuvre le volant d'une main en fermant la portière de l'autre. Sa camionnette recule et emboutit la voiture derrière lui. Un trou apparaît dans le pare-brise. Sophie se jette sur le plancher de la cabine en émettant de brefs cris de terreur. Jean-Pierre enfonce la pédale au plancher. Le moteur gronde. La camionnette fait demi-tour et s'engage dans la première ruelle venue.

Les instants qui suivent ne survivront dans la mémoire de Jean-Pierre que sous la forme d'un tourbillon aux contours rendus indistincts par la panique. Il emprunte diverses rues et ruelles, en évitant du mieux qu'il peut les objets sur son chemin. Il accroche des poubelles. Un sac de plastique crève en frappant le pare-brise. Des immondices lui cachent la vue.

Il aperçoit juste à temps deux enfants qui émergent entre les maisons pour traverser la ruelle.

Il freine à mort. Sophie crie.

Les enfants, surpris, se sont figés sur place. La camionnette s'immobilise si près d'eux que Jean-Pierre est étonné de ne pas les avoir touchés.

Il s'agit d'un adolescent et d'une fillette. Ils contemplent le chauffeur du véhicule le temps d'un battement de cœur, le visage hâve, la bouche entrouverte, puis ils détalent aussitôt.

Jean-Pierre reprend ses esprits. Cette fuite éperdue est dangereuse. Et désormais futile. Le tireur embusqué ne les atteindra pas maintenant.

Il s'adresse à Sophie, toujours recroquevillée sous le tableau de bord, les yeux effarouchés.

— Es-tu blessée ?

— Non… Je pense pas…

— Reste pas couchée là. Assis-toi.

Elle obéit. Il s'aperçoit qu'elle examine ses mains posées sur le volant. Elles sont couvertes de sang.

Il s'essuie du mieux qu'il peut sur sa chemise. Il embraye, mais son pied demeure sur la pédale des freins. Sophie devine la cause de son indécision.

— Tu sais pas où aller ?

— Non. Toi ?

Elle regarde autour d'elle.

— Je reconnais rien.

Jean-Pierre soulève le pied de la pédale de frein et laisse la camionnette avancer d'elle-même. Ils roulent très lentement. Rien ne presse quand on n'a pas de destination.

Ils errent doucement jusqu'à une partie de la ville complètement obscurcie par la fumée. L'odeur prend à la gorge. Jean-Pierre tousse. Sophie aussi. Il braque les roues au maximum, mais le chemin n'est pas assez large pour faire demi-tour. Le pare-chocs avant de la camionnette appuie sur une clôture métallique.

Jean-Pierre sent le doigt glacé de la panique lui glisser le long du dos : ils sont coincés !

Non… Il laisse sa main décider pour lui : il faut manœuvrer le levier derrière le volant. La camionnette recule désormais. Il réussit à s'extirper de cette fâcheuse position et à fuir la zone enfumée.

Soudain, Sophie se met à gesticuler.

— Là ! Là ! La rue Maisonneuve !

— Hein ?

Elle tend la main, fébrile.

— C'est là que t'habites !

Jean-Pierre ne comprend rien à ce qu'elle raconte. Il aperçoit enfin le panneau que Sophie lui montre du doigt. *Rue Maisonneuve*. Cela lui revient maintenant. Il trouve sa carte d'identité. Dans la pénombre, sa main tremble tellement qu'il a de la difficulté à lire l'adresse : *2310 rue Maisonneuve*.

Il engage la camionnette le long de la rue. Presque chaque maison arbore un numéro, pair d'un côté de la rue, impair de l'autre. Sophie énonce à haute voix chaque nouveau chiffre.

— 1120… 1126… 1130… Ça augmente tout le temps. 1140… On va finir par y arriver !

À une intersection, ça semble être la fin de la ville. Il n'y a plus de maisons devant eux. La route s'enfonce dans un boisé. Ils n'ont même pas atteint le chiffre 2000.

Jean-Pierre cligne des yeux, indécis.

— Mon adresse existe pas.

— C'est peut-être plus loin ? dans le bois ?

Logique. La camionnette traverse l'intersection pour se retrouver sur un chemin qui semble faire le tour de la colline. Ils n'ont pas besoin de rouler longtemps pour apercevoir une maison d'un style différent de celles aperçues jusque-là, en bois clair, solitaire dans la forêt au lieu d'être regroupée avec les autres.

Ni Jean-Pierre ni Sophie ne voient de numéro. Ils descendent du véhicule. Du feuillage cache partiellement une boîte cylindrique posée sur un poteau. Jean-Pierre s'approche et repousse de la main la branche de l'arbre.

Un numéro apparaît, en chiffres noirs sur fond blanc: 2310.

Le sentiment qu'éprouve Jean-Pierre rappelle le soulagement ressenti lorsqu'il s'est assis dans la camionnette la première fois.

Ses yeux picotent d'émotion. Il est en terrain connu.

Il marche vers la maison. Sophie le suit, toujours boitillant sur son pied nu.

Un escalier de trois marches mène à une véranda en bois. Le mur de bois verni est percé de deux fenêtres et d'une porte vitrée.

Jean-Pierre pose la main sur la poignée de la porte, qui s'ouvre. Il entre dans la maison. Sophie le suit toujours.

— Est-ce que tu reconnais quelque chose ?

— Laisse-moi le temps.

À pas lents, Jean-Pierre traverse la pièce. L'intérieur est sombre. Des masses courbes sont tapies dans la pénombre. D'autres sont anguleuses. Des fauteuils, des tables basses. Sur un palier surélevé, la silhouette d'une table se découpe à contre-jour des fenêtres. Autour, des chaises.

— Y a quelqu'un ?

Pas de réponse.

Du coin de l'œil, il voit Sophie croiser ses bras sur sa poitrine.

— J'ai froid.

Jean-Pierre pour sa part trouve l'atmosphère étouffante, mais c'est vrai que sa compagne ne porte plus que son maillot depuis qu'elle a perdu sa couverture pendant leur fuite.

Ils trouvent des vêtements dans un placard près de l'entrée. Elle choisit un manteau, qu'elle enfile frileusement.

Pendant ce temps, Jean-Pierre continue d'examiner les lieux. Un couloir intérieur encore plus sombre que le reste mène à une pièce occupée par un grand lit. En face, une petite pièce dont il connaît la fonction. C'est une salle de bain. Ce siège blanc qui luit dans la pénombre : une toilette.

Il se rend compte qu'il a une terrible envie de pisser.

Il soulève un commutateur sur le mur. Ça fait clic. Le geste lui est venu naturellement. Il baisse le petit levier, le remonte. Clic. Clic. Rien ne se produit. Il sait que ce n'est pas normal.

Qu'y a-t-il de normal désormais dans ce monde ?

Il se soulage puis active la chasse d'eau. Une autre de ces circonstances où sa main agit sans qu'il ait besoin d'y réfléchir. Au moins, la toilette fonctionne.

De retour dans la pièce principale, il aperçoit un escalier qui monte au second étage. Les marches sont recouvertes d'un tapis qui absorbe le bruit de ses pas.

— Allô ?

Un autre couloir. Quatre pièces, dont une seconde toilette. Toutes sont désertes.

Dans le coin d'une des chambres s'empilent des boîtes de carton, et sur le lit plusieurs valises, certaines ouvertes avec des vêtements à l'intérieur.

Jean-Pierre entend des sanglots derrière lui.

Debout au milieu du couloir du second étage, Sophie pleure à chaudes larmes.

— Qu'est-ce qui s'est passé ?

— Je sais pas... Je sais pas ce que j'ai...

Jean-Pierre hésite, puis s'approche pour la serrer dans ses bras. Elle accepte l'étreinte. Elle tremble de tous ses membres.

— C'est pas grave, murmure-t-il. C'est pas grave...

◆

C'est la nuit dehors. Il pleut.

Jean-Pierre est assis sur le divan dans la pièce obscure, Sophie blottie dans ses bras, tous deux emmitouflés dans une couverture. Ils regardent la fenêtre. À la tombée du jour, le ciel en direction de Saint-Tite était demeuré rougeoyant. Avec la pluie, la lueur s'est atténuée.

Il n'y a plus grand-chose à voir maintenant.

À en juger par le bruissement sur le toit, la pluie a redoublé d'intensité.

— Penses-tu qu'on va finir par comprendre ce qui se passe ?

Jean-Pierre caresse la tête de Sophie. Ses longs cheveux sont soyeux sous sa paume maintenant qu'ils ont séché.

— Essaie de dormir.

— Je suis ben trop énervée.

— Moi aussi.

— Ça paraît pas.

Elle se serre un peu plus contre Jean-Pierre. Il sent un sourire naître sur ses lèvres. Ses bras sont un peu ankylosés, mais il refuse de la repousser. Il aime la sensation de son corps contre le sien. Son apparence fragile a éveillé un fort sentiment en lui. Il veut la protéger et prendre soin d'elle. Il ne veut plus qu'elle pleure.

Cela lui fait drôle de penser que son nom n'est probablement pas Sophie.

Jour 2

Jean-Pierre s'éveille en sursaut au son d'une voix masculine. Il cligne des yeux en regardant autour de lui. Sophie fait de même.

Le salon est désormais illuminé. À cause de la lumière du matin, certes, mais aussi parce que des luminaires sont allumés à quelques endroits. Des appareils inconnus clignotent.

La voix provient d'un appareil placé contre le mur du salon, une sorte de boîte fenestrée, illuminée de l'intérieur. La télévision, se souvient Jean-Pierre.

Sur l'écran, trois phrases défilent en boucle. Un commentateur les énonce avec soin lorsqu'elles apparaissent à l'écran. Les trois phrases sont: « Don't be afraid », « N'ayez pas peur » et « No estéis asustados ».

Jean-Pierre comprend le sens des deux premières phrases. Elles signifient la même chose sous une forme différente. Comme pour camionnette et pick-up. La troisième phrase, par contre, lui reste incompréhensible.

Jean-Pierre et Sophie n'ont pas le temps de commenter l'apparition du message que déjà celui-ci est remplacé par une flèche qui glisse de gauche à droite de l'écran, avec en dessous un second trio de phrases : « Follow the directions », « Suivez le chemin » et « Siga las indicaciónes ».

En un éclair intuitif, Jean-Pierre comprend que les phrases inconnues ne sont que la répétition des deux autres, dans une forme qui lui est étrangère.

Une *langue* étrangère.

L'image a encore changé. Des dessins représentent des personnages qui défilent l'un à la suite de l'autre dans la direction indiquée par la flèche. Les personnages stylisés se rassemblent en groupe sous un panneau qui annonce : « Food », « Nourriture », « Alimento ».

Les mêmes personnages se regroupent ensuite devant un grand bâtiment dont le toit pointu s'élève entre deux tourelles encore plus effilées. En sous-titre apparaissent les mots « Help », « Secours » et « Ayuda ».

Le message défile en boucle continue.

Jean-Pierre prend un petit boîtier couvert de boutons sur la table basse du salon et fait défiler les postes : c'est le même message partout.

— Qu'est-ce que tu as dans la main ? demande Sophie.

Jean-Pierre contemple le petit appareil, désarçonné par le naturel avec lequel il s'en est emparé. Il appuie sur un bouton. L'image disparaît et le commentaire se tait.

— Je savais que ça ferait ça.

Mais le message réapparaît aussitôt. Jean-Pierre reste perplexe. Il a l'impression que ça, ce n'était pas normal. Il se lève et va abaisser le bouton au mur, qu'il a manipulé la veille sans résultat. La lumière au plafond s'éteint. Il soulève le commutateur. La lumière s'allume.

Ailleurs dans la maison, des lumières clignotent. Sur un appareil en forme de boîte, posée sur le comptoir de la cuisine, un message en lettres bleues apparaît et disparaît :

RESET

Il n'est pas sûr de comprendre le sens exact de ce mot.

Sophie l'a suivi, la couverture serrée autour du cou.

— Le message promet des secours et de la nourriture. Je pense… Je pense que j'ai faim.

Jean-Pierre essaie de reconnaître la sensation de manque qu'il éprouve au plus profond de son être, ainsi que celle d'affaiblissement général ressentie depuis la veille. Oui, il a faim lui aussi.

◆

Dehors sur la véranda, Jean-Pierre et Sophie regardent autour d'eux, indécis. Ils aperçoivent au-dessus des arbres l'extrémité de deux tours effilées. La forêt cache la base du bâtiment, mais ces deux tours correspondent bien à l'image à la télévision.

Il faut assurément aller voir.

Ils descendent de la véranda et longent l'allée couverte de rocaille humide, jusqu'à la rue Maisonneuve. Jean-Pierre s'est débarrassé la veille de ses souliers trempés. Il en a trouvé plusieurs autres paires dans la maison. Certaines chaussures étaient à sa taille, mais la plupart étaient trop petites pour ses pieds. Ça tombe bien, elles conviennent à Sophie.

— Quelqu'un d'autre habite dans ta maison, fait observer la jeune femme en contemplant ses nouveaux souliers, visiblement contente de ne plus boiter.

Depuis son éveil à la conscience, Jean-Pierre s'aperçoit qu'il demeure souvent incapable d'offrir une réponse appropriée. Était-il ainsi, *avant* ?

— Est-ce qu'on prend la camionnette ou on marche ? Ça n'a pas l'air loin.

— À la télévision, les personnages marchaient.

Elle a utilisé ce mot. Télévision. Il est certain de ne l'avoir jamais prononcé. C'est donc que les mots lui reviennent à l'esprit à elle aussi. L'espoir desserre un peu le carcan douloureux qui lui étreint la poitrine. Tout est inquiétant et troublant, mais les choses vont s'améliorer. Ils vont finir par retrouver la mémoire.

Il le faut.

Dès qu'ils sortent du bois, les marcheurs aperçoivent, tracée sur l'asphalte, une flèche semblable à celle vue à la télévision.

Des gens comme eux surgissent, au loin, d'un peu partout. Ils semblent converger vers le grand bâtiment au toit pointu encadré des deux tours effilées. Des clochers : voilà le mot qui se glisse dans l'esprit de Jean-Pierre.

Suivi par Sophie, il continue de longer la rue Maisonneuve, en passant par-dessus une voie composée de deux tiges de métal qui s'éloignent à perte de vue dans les deux directions. Le bâtiment avec les clochers est dans une rue parallèle à celle-ci. Jean-Pierre et Sophie empruntent une rue de traverse jusqu'à la rue Notre-Dame, qui mène à un terrain dégagé au fond duquel s'élève le grand bâtiment.

C'est auprès de celui-ci que se regroupent les survivants. Jean-Pierre et Sophie avancent de concert avec des gens qui n'ont pas tous fière allure. Certains ont le visage noirci par la fumée, d'autres arborent des vêtements déchirés. Un vieillard vacille dans l'air humide du matin, nu, la bouche entrouverte, ses longs cheveux blancs plaqués sur son visage hagard.

Un attroupement s'est formé sous une affiche lumineuse sur laquelle est inscrit :

Food — Nourriture — Alimento

Jean-Pierre et Sophie se frayent un chemin entre les gens. On les regarde sans aménité.

Sur une table au centre du rassemblement sont alignés des bacs dans lesquels les gens puisent des barres un peu moins longues que la main. De la nourriture. Une déduction qui aurait été facile à faire même sans indication, rien qu'à voir les gens qui mâchent avec avidité les barres.

Jean-Pierre compte sept bacs, chacun rempli de barres d'une couleur différente.

Il en prend trois, dans trois bacs différents. Une jaune, une rouge et une vert foncé. La rouge et la verte sont salées, d'une texture plutôt pâteuse, tandis que la jaune est croustillante et sucrée, avec un étrange arrière-goût. Peu importe, il engouffre les trois barres sans demander son reste tellement il meurt de faim. Comme il est loin d'être rassasié, il décide de goûter aux sept couleurs : il y en a aussi des blanches, des grises, des bleues et des noires. Chaque espèce de barre a un goût différent. La bleue se révèle immangeable. Jean-Pierre note que le sol est jonché de rations bleues à peine entamées, avec quelques morceaux gris, plus rares toutefois.

À l'autre extrémité de la table, un appareil projette un petit filet d'eau dans les airs. Une fontaine.

Jean-Pierre se rend compte à quel point il a soif. Il va boire, puis laisse la place à Sophie, qui se révèle aussi assoiffée que lui. Elle avale avec de grandes inspirations entre chaque gorgée.

Autour de Jean-Pierre, les gens se jaugent du coin de l'œil. Ils mâchent leurs rations colorées en silence, l'air méfiant.

— Hé !...

Un visage familier surgit au sein de la petite foule : Pascale Reynolds. Ses cheveux blonds retombent maintenant sur ses épaules et du sang a coulé de ses narines jusque dans le col de sa chemise. Elle ne semble pas autrement incommodée. Lionel St-Germain l'accompagne, le visage blême sous sa barbe noire.

La jeune femme semble contente de reconnaître Jean-Pierre et Sophie.

— Vous êtes les premiers qu'on retrouve. Avez-vous vu les autres ?

— Les autres ?

— Ceux du convoi d'hier.

— Non. On a passé la nuit chez moi. J'ai retrouvé ma... maison.

Pascale tend la main dans la direction opposée à celle d'où viennent Jean-Pierre et Sophie.

— Moi, j'ai trouvé une maison sur laquelle il est écrit « Sûreté du Québec – MRC de Mékinac ». Comme sur mon auto. On s'est installés là. Lionel est avec moi.

— Ouain, confirme l'homme en combinaison bleue avec un sourire nerveux.

— Je reconnais personne, reprend Pascale en scrutant le visage des gens autour d'eux.

— Moi non plus. Je savais pas si...

Une voix puissante tonnant soudain fait sursauter Jean-Pierre et les gens qui l'entourent.

— *Please listen!* Veuillez écouter! *Escuche por favor!*

Tous les regards convergent vers le grand bâtiment aux clochers: c'est de cette direction que provient la voix, tonitruante et pleine d'échos.

Une porte au centre de la façade du bâtiment est ouverte, surplombée par une flèche lumineuse de couleur rouge. Un second message, tout aussi assourdissant que le premier, donne à Jean-Pierre l'impression que sa tête résonne. Sophie se couvre les oreilles avec les mains.

— *Please all come inside the building. You will find help and explanations.* Veuillez tous entrer dans le bâtiment; vous y recevrez de l'aide et des explications.

Le message est répété à quelques reprises, chaque fois ponctué d'une section incompréhensible. Sûrement la même invitation déclinée dans la langue inconnue.

Les gens obéissent à l'injonction. Jean-Pierre, Sophie, Pascale et Lionel se joignent au mouvement général et marchent jusqu'au bâtiment.

Une fois passé la porte, Jean-Pierre découvre une salle qui fait la grandeur de la bâtisse. La surface du plancher est presque entièrement occupée par des bancs de bois disposés en rangées parallèles. À l'extrémité opposée de la salle, un panneau au milieu du mur cache à moitié une sculpture représentant un homme nu retenu sur une structure en forme de croix.

Un message défile sur le panneau:

Sit in front — Assoyez-vous à l'avant —
Siéntanse en frente

Lorsque tout le monde est entré et s'est assis conformément aux instructions, le haut-parleur extérieur se tait.

Un long silence s'installe dans la salle, entrecoupé de quelques quintes de toux. Jean-Pierre échange des regards avec ses compagnons et les autres survivants. Il estime leur nombre à une centaine. Peut-être un peu plus.

Un mouvement venu de la porte attire l'attention de tous.

Deux nouveaux arrivants descendent l'allée centrale. Impossible de les confondre avec le reste de l'assistance tant ils se démarquent par leur prestance. Il s'agit d'un couple. Un homme et une femme, grands, aux membres déliés, avec un visage souriant.

L'homme a les yeux bleu clair, des cheveux blonds coupés court sous une casquette de la même couleur bleue que son uniforme. Sa poitrine est large. Un écusson d'or brille à la hauteur du cœur.

La femme a le teint plus sombre, des yeux noirs, des lèvres généreuses dans un visage délicat. D'épais cheveux noirs émergent d'un bonnet rouge clair. Son uniforme est rouge, taillé sur le même modèle que celui de son compagnon, ajusté pour mettre en valeur son corps souple.

Le couple avance du même pas mesuré et néanmoins empreint d'une grâce triomphale. Cent regards les accompagnent alors qu'ils traversent la salle jusqu'à l'avant. Lorsqu'ils se retournent vers l'auditoire, le sourire a disparu de leur visage, remplacé par une expression d'intense vigilance.

L'homme lève la main droite un peu plus haut que sa tête, la paume vers l'avant. Il s'adresse à l'auditoire avec une voix grave et assurée :

— *Don't be afraid.* N'ayez pas peur. *No esteis asustado. We are here to help you.* Nous sommes ici pour vous aider. *Estamos aqui para ayudar.*

La femme lève la main à son tour. Son regard plein de compassion glisse sur l'assemblée.

— *Those of you who understand English, please lift your hand.*

Jean-Pierre lève la main, tout comme Sophie et Pascale à ses côtés. Ce ne sont pas tous les gens qui ont levé la main. Certains ont accompli le geste, mais d'une manière hésitante. C'est le cas de Lionel, qui marmonne, comme pour s'excuser:

— J'ai compris, mais j'ai eu de la misère…

La femme en uniforme demande ensuite:

— Ceux parmi vous qui comprennent le français, levez la main.

Cette fois toute l'assemblée obtempère avec un bel ensemble. Ils se regardent les uns les autres, un peu surpris.

Finalement, la femme pose une question dans la langue inconnue. Une seule personne lève la main. Elle rougit sous les regards qui convergent vers elle et s'empresse de baisser la main.

Un rire de malaise flotte parmi les survivants.

L'homme en uniforme bleu hoche la tête d'un air satisfait, les poings sur les hanches en une attitude d'autorité virile.

— Écoutez attentivement cet important message. Mon nom est Sam, et je suis ici pour vous aider. Vous êtes les victimes de radiations solaires qui se sont attaquées à votre cerveau. C'est par l'action délétère de ces radiations que vous avez tous perdu la mémoire.

Pendant qu'il s'exprime, une image apparaît sur l'écran disposé derrière lui, une sorte de dessin animé qui représente un cercle jaune sur fond bleu, en train d'émettre des rayons. Sous le cercle, des gens se promènent dans un décor de maisons aux tons pastel. Une fois atteint par les rayons, chaque personnage se met à déambuler au hasard, les yeux grands ouverts en une caricature d'ébahissement.

— Je m'appelle Alia, dit la jeune femme. Sam et moi sommes les représentants de la Force d'intervention internationale. Les radiations solaires n'ont pas d'effet sur nous.

Sur l'écran apparaissent Sam et Alia sous la forme de dessins stylisés, aisément reconnaissables toutefois à leur posture et à leur uniforme. Lorsque les radiations du soleil touchent leur tête, les traits lumineux sont réfléchis et dispersés, exploit accompagné d'un bruit amusant.

— Nous sommes vos amis et nous sommes ici pour vous aider, reprend Sam. Il est primordial d'obéir à toutes les instructions que nous vous donnerons, moi, Alia ou n'importe lequel de nos compagnons de la Force d'intervention venus vous aider à remettre votre communauté sur pied. Vous aurez l'occasion d'en rencontrer plusieurs, n'est-ce pas exact, Alia ?

— C'est exact, Sam. Tous les membres de la Force d'intervention internationale sont vos amis. Nous sommes à pied d'œuvre pour venir en aide aux victimes de la catastrophe. Nous avons remis le réseau électrique en marche et nous combattons les incendies. Pour vous sustenter, de l'eau et des rations nutritives ont été distribuées et continueront de l'être tant que cela s'avérera nécessaire. Il est important de boire et d'équilibrer votre alimentation en mangeant au moins cinq types différents de rations parmi les sept offertes. Afin de vous guider, chaque type de ration nutritive est indiqué par une couleur différente des six autres.

Sam frappe dans ses mains avec une impatience bonhomme, comme s'il trépignait face à la perspective de se mettre à l'œuvre. Jean-Pierre ressent un pincement d'envie. Il voudrait tant être comme cet homme, plein d'assurance et de force tranquille. Même sa voix lui plaît, riche et bien modulée, avec un accent subtil qu'il devine étranger – la notion même d'étranger n'étant pas absolument claire pour l'instant.

— C'est maintenant le moment de reconstituer des cellules familiales pour faciliter la réorganisation, annonce Sam. En sortant de ce bâtiment, veuillez vous ranger dans l'allée correspondant à votre sexe.

Un silence médusé emplit la haute salle.

Jean-Pierre échange un regard avec Sophie, puis ensuite avec Pascale. Aucun des survivants de la catastrophe n'a saisi ce qu'on attend d'eux.

Il se lève et s'adresse timidement aux représentants de la Force d'intervention internationale.

— On n'a pas compris ce qu'on doit faire.

Ni Sam ni Alia ne montrent le moindre signe d'impatience. Au contraire, le regard que la femme en uniforme adresse à Jean-Pierre semble plein de compassion.

— N'hésitez jamais à nous poser autant de questions que vous le désirez. Nous devinons à quel point la situation doit vous sembler étrange et inquiétante. Nous sommes ici pour vous aider.

— Nous sommes vos amis, rappelle Sam.

— Nous sommes vos amis, confirme Alia. C'est maintenant le moment de reconstituer des cellules familiales pour faciliter la réorganisation. Pour commencer, veuillez tous vous mettre debout.

L'assemblée au complet obéit.

— Maintenant, nous allons tous sortir du bâtiment, annonce Sam. Une fois à l'extérieur, je demanderai aux hommes de se placer en rang derrière moi. Les femmes feront de même derrière Alia.

Le couple met ses paroles en pratique en remontant d'un pas résolu l'allée centrale de la salle. Jean-Pierre et le reste de l'assemblée abandonnent leurs bancs et les suivent à l'extérieur.

Au début, il règne une certaine confusion, mais sous la gouverne patiente des instructeurs, tous les hommes finissent par se placer l'un devant l'autre en file avec Sam. Jean-Pierre, clignant des yeux dans la lumière du jour, se trouve quatrième dans la file des hommes, avec Lionel juste derrière lui.

Du côté des femmes, le processus est compliqué par une survivante qui se rebelle contre les instructions. Ayant refusé de se placer à la queue de la file, elle semble vouloir s'enfuir. À force de cajoleries, Alia la convainc de retourner à sa place. La femme finit par obtempérer, mais en coupant la file elle impose sa présence entre Pascale et Sophie. Cette dernière fronce les sourcils, mais n'ose pas protester.

Les deux représentants de la Force d'intervention se mettent en marche, sans hâte, suivi chacun par son groupe. Tous traversent l'esplanade en contournant une sculpture représentant un homme qui semble sur le point de chuter d'un animal récalcitrant.

Jean-Pierre s'étire le cou pour voir ce qui se trouve devant.

Au bout de la rue s'élève une structure dont l'aspect métallique tranche sur le reste de la ville.

Deux autres personnes en uniforme – encore un couple, qui ressemble à s'y méprendre à Sam et Alia – contemplent les survivants qui approchent.

La base du bâtiment de métal est entourée de structures cubiques aux parois grillagées. Derrière les grilles, Jean-Pierre distingue des silhouettes. Plus petites que des adultes. Des enfants.

Sam et Alia ordonnent aux deux files de survivants de s'arrêter. Ils expliquent ensuite quelle sera la suite des événements.

Hommes et femmes seront appariés pour former des couples, première étape à la reconstitution des cellules familiales.

Ainsi, la première femme et le premier homme des deux files sont appelés par les représentants de la Force d'intervention. Les deux survivants hésitent. Sam et Alia les encouragent à obéir : ils n'ont pas à avoir peur, tout va bien se passer.

L'homme et la femme s'avancent vers un appareil cubique percé d'une ouverture ronde dans laquelle ils doivent, l'un après l'autre, plonger la main pour la retirer presque aussitôt.

De l'angle où il se trouve, Jean-Pierre n'arrive pas à bien voir. Il a l'impression que les deux membres du couple portent désormais un bracelet de couleur orangée.

Au fond, une des cages s'ouvre, de laquelle émergent un garçonnet et une fillette, encore plus hagards et désorientés que les adultes en face d'eux. Les enfants sont dirigés vers le couple. Le groupe est ensuite mené à l'écart par la représentante de la Force d'intervention qui ressemble à Alia.

L'autre homme en uniforme fait signe aux suivants dans les files de s'approcher. Ceux-ci obtempèrent sans se faire prier, rassurés par l'exemple des survivants devant eux.

Jean-Pierre étudie la file des femmes. Il voit que Pascale prête une attention réciproque à la file des hommes. Leurs regards se croisent. Ils sont au même rang. Ce sont donc eux qui seront appelés à former une cellule familiale. Cela n'a pas échappé à Sophie, qui fixe Jean-Pierre avec de grands yeux effarés.

Le second couple déterminé par le hasard de la file est à son tour réuni à deux enfants, dont un est si jeune qu'il est à peine capable de marcher. Il émet de gros sanglots terrifiés.

Jean-Pierre est mal à l'aise devant tant de chagrin. Mais la nouvelle cellule familiale est guidée à l'écart.

La file avance encore d'un cran, avec la répétition de la même suite d'événements, puis c'est à Jean-Pierre et à Pascale que l'on fait signe d'avancer.

— Non !

Sophie sort du rang et court se jeter dans les bras de Jean-Pierre, dont elle serre le torse avec une vigueur désespérée.

— Abandonne-moi pas ! S'il te plaît… S'il te plaît…

Il y a un flottement. Pascale et les membres de la Force d'intervention restent déconcertés. La plus choquée de tous est la femme rebelle qui s'était glissée entre Pascale et Sophie.

— C'est pas son tour !

Sophie s'adresse à Alia, suppliante mais résolue.

— Séparez-nous pas. On est déjà ensemble.

Après une hésitation, Jean-Pierre referme le bras autour de Sophie, conscient du regard de Pascale et de tous les autres sur lui.

— C'est vrai.

Pascale regarde Lionel, le prochain dans la file des hommes, puis hausse les épaules avec un regard de mépris en direction de Sophie. Elle retourne attendre dans la file des femmes.

L'homme en uniforme, qui a observé l'altercation sans intervenir, s'adresse à Jean-Pierre et à Sophie.

— Tendez la main dans l'ouverture.

Non seulement il ressemble à Sam, mais il a exactement la même voix. Jean-Pierre obéit le premier. Il sent un mécanisme se refermer autour de son bras. Cliquetis et sifflement. Son bras est repoussé hors de l'ouverture. Il porte un bracelet identificateur rayé vert et blanc autour du poignet.

L'appareil pose un bracelet de la même couleur au poignet de Sophie.

— Vous êtes temporairement mari et femme.

L'homme en uniforme leur fait signe de s'approcher de sa collègue. Cette dernière, ouvrant une des cages à la base de l'édifice aux parois de métal, révèle un adolescent et une fillette serrés dans les bras l'un de l'autre.

La petite est dépeignée et ses yeux rougis montrent qu'elle a pleuré. Ses joues sont décorées de dessins de fleurs et d'étoiles, motifs que l'on retrouve sur sa robe aux coloris vifs. Son compagnon semble plus farouche encore. Il a le visage sale, des ecchymoses, les vêtements déchirés.

Jean-Pierre les reconnaît: ce sont les deux enfants qu'il a failli écraser la veille, dans la ruelle.

La représentante de la Force d'intervention fait signe aux deux prisonniers de sortir.

— Venez rejoindre vos parents.

Or même en répétant son invitation dans les deux autres langues, elle ne réussit pas à rassurer les enfants, qui reculent dans le fond de la cage d'un air terrorisé.

Sophie tend les bras, maternelle.

— Venez ! Venez ici… Ayez pas peur…

La petite hésite longuement, mais finalement elle accepte de se séparer de son compagnon. Elle sort de la cage, se jette dans les bras de Sophie et la serre avec une vigueur animale. Jean-Pierre distingue autour de son petit poignet un bracelet rayé vert et blanc.

L'adolescent semble moins facile à amadouer. Du fond de la cage, il regarde en tous sens, à la recherche d'une issue. Lui aussi porte un bracelet vert et blanc.

Jean-Pierre lui montre son poignet.

— Regarde. J'en ai un pareil.

Il s'approche, met un pied dans la cage. L'adolescent tressaille, les yeux frémissants.

— N'aie pas peur, dit la femme en uniforme.

En un bond désespéré, le garçon se faufile entre Jean-Pierre et la paroi de la cage. Jean-Pierre agrippe son vêtement à la hauteur de l'épaule, mais l'autre réussit quand même à se dégager.

Le garçon s'enfuit, éperdu, poursuivi par la femme en uniforme. Il tente de contourner les deux files, mais il est intercepté par Pascale, qui le jette au sol avec l'efficacité qu'elle a démontrée la veille en contenant le gros homme dans la station-service.

L'adolescent se débat furieusement en donnant des coups de pied. Les autres survivants s'écartent.

Tiens-toi tranquille ! crie Pascale.

— Lâche-moi, ostie de crisse !

Alia s'est approchée pour prêter assistance à Pascale. Elles ne sont pas trop de deux pour contenir le garçon.

— Crisse ! Crisse d'ostie !

— Faites-lui pas mal ! supplie la fillette.

Jean-Pierre s'approche des belligérants. Il pose une main sur l'épaule de l'adolescent. Il lui semble que c'est la chose à faire.

— C'est correct, mon gars. C'est correct.

L'adolescent arrête de se débattre. Contemple Jean-Pierre, le regard brûlant, le visage blême sous la crasse. Son souffle rauque s'apaise un peu.

Pascale relâche sa prise. Le garçon se dégage, l'air offusqué, mais ne cherche plus à s'enfuir.

— Ça va bien aller, dit Jean-Pierre.

L'autre l'étudie une longue seconde, hautain et méprisant.

— N'importe quoi.

◆

Une fois le calme revenu, Pascale et Lionel sont appariés et on leur confie deux enfants : une jeune fille frêle et apeurée et un enfant si jeune que Jean-Pierre n'arrive pas à déterminer s'il s'agit d'un garçon ou d'une fille. Ce dernier se met d'abord à pleurer, mais il se calme un peu lorsque Pascale le prend dans ses bras.

La reconstitution des familles se poursuit. Comme il n'y a pas assez d'enfants pour chacun des couples, les dernières familles sont constituées de quatre adultes survivants. À la fin, il ne reste que trois femmes, celles-ci étant supérieures en nombre aux hommes. Cette dernière famille, unique en son genre, est conduite auprès des autres qui attendent.

Chaque famille reçoit un bidon d'eau et un sac qui contient une bonne quantité de rations nutritives.

Sam et Alia s'adressent ensuite à la communauté.

— Il est bon que vous soyez enfin réunis en familles, explique Sam de sa belle voix grave. La famille est non seulement l'unité de base de la société, mais aussi le principal lieu d'éducation et de solidarité. Chaque membre qui la constitue aide les autres selon sa capacité. Et ce sera notre devoir, à nous les représentants de la Force d'intervention internationale, de vous soutenir dans votre entreprise de reconstruction d'une société ordonnée.

— Par conséquent, il est important que vous obéissiez à nos instructions, et cela en tout temps, dit Alia. Rappelez-vous : tous les membres de la Force d'intervention internationale sont vos amis. Nous sommes à pied d'œuvre pour venir en aide à toutes les victimes de la catastrophe. Nous avons remis le réseau électrique en marche et nous combattons les incendies. Pour vous sustenter, de l'eau et des rations nutritives ont été distribuées et continueront de l'être tant que cela s'avérera nécessaire. Il est important de boire et d'équilibrer votre alimentation en mangeant au moins cinq types de rations parmi les sept offertes. Afin de faciliter les calculs, chaque type de ration nutritive est indiqué par un code de couleur.

— Nous invitons ceux qui connaissent leur domicile à y retourner afin de reprendre le cours normal de leur existence, dit Sam. Ceux qui ignorent où ils habitent se feront attribuer un lieu de résidence.

Jean-Pierre se tourne vers Sophie et les deux enfants qu'on vient de leur confier.

— Je sais où j'habite.

◆

À la maison, la famille est accueillie par un flot de musique enjouée. À la télévision, deux adultes et deux enfants aux traits stylisés se tiennent par la main: « Les membres d'une famille doivent rester ensemble pour s'entraider. Ils doivent demeurer à la maison pour attendre les prochaines instructions de la Force d'intervention internationale. »

Derrière la famille apparaissent Sam et Alia. Eux, ou d'autres de leurs compagnons en uniforme. Pour Jean-Pierre, ils se ressemblent beaucoup et ont tous la même voix. À l'écran, les membres de la Force d'intervention saluent la famille. Ces derniers les saluent joyeusement en retour. L'image de Sam s'agrandit jusqu'à ce que son visage souriant occupe entièrement l'écran:

« Faites-moi confiance. Je suis venu vous aider. »

Au milieu du salon, l'adolescent et la fillette regardent la télévision sans dire un mot. Jean-Pierre se rend compte qu'ils sont tous les quatre immobiles, subjugués par les images sur l'écran lumineux.

Lorsque le message se répète, l'adolescent au visage maculé détourne le regard et étudie son nouvel environnement d'un air dédaigneux. Il s'approche d'une série d'encadrements alignés sur une tablette fixée au mur.

Jean-Pierre s'approche à son tour. Dans les cadres, il y a des photos. Il n'avait pas prêté attention à toutes les particularités de l'aménagement intérieur de la maison, la journée précédente ayant été beaucoup trop intense et déstabilisante.

Son attention est attirée par une photo un peu plus grande que les autres, représentant un homme et une femme dans une pose figée.

— Penses-tu que c'est moi ?

Le regard de l'adolescent passe de la photographie à Jean-Pierre, qu'il évalue d'un regard critique.

— Avec plus de cheveux, ouain. C'est qui, elle ?

Jean-Pierre étudie le visage de la femme sur la photo, ses cheveux châtains bouclés, ses yeux clairs entourés d'un réseau de fines rides, son sourire révélant des dents très blanches et régulières.

— Je sais pas.

L'adolescent émet une sorte de grognement moqueur. Jean-Pierre se rend compte qu'il a les mains engourdies à tenir le bidon d'eau et le sac de rations nutritives depuis tout ce temps.

Il monte les trois marches qui mènent au palier de la cuisine jouxtant la salle à manger. Il dépose les denrées sur le comptoir.

Sophie l'a précédé. Elle regarde autour d'elle, mystifiée par les nombreuses portes de toutes tailles qui l'entourent. Elle en ouvre une au hasard. C'est rempli de verres et de bols à motifs colorés.

Jean-Pierre ouvre de son côté la plus grande des portes de la cuisine. Une ampoule inonde d'une clarté crue ce qui se trouve derrière, un habitacle blanc rempli de pots, de bouteilles aux formes diverses et de sacs multicolores.

Un réfrigérateur.

— De la nourriture, dit Sophie. Pour manger.

Jean-Pierre hoche la tête : il avait compris. Sophie se met à ouvrir toutes les portes de la cuisine, aidée par la fillette. L'adolescent s'est approché aussi, mais ne participe pas à l'activité générale. Il se contente de les observer, circonspect.

Sophie sort d'une armoire un sac de papier coloré et crépitant. Elle l'ouvre en déchirant une extrémité et contemple l'intérieur. Une bouffée odorante parvient aux narines de Jean-Pierre, ce qui le fait saliver. Sophie puise dans le sac une sorte de galette toute mince et toute tordue. Elle goûte à l'aliment. Ses yeux s'écarquillent.

— Des… chips.

Elle tend le sac à Jean-Pierre, qui plonge la main dans le sac. Encore un de ces gestes qui lui vient naturellement. Il goûte à son tour. La galette est croustillante, salée et fortement parfumée.

Des chips.

Le mot, abstrait lorsqu'il a été prononcé par Sophie, s'est incarné dans sa bouche, dans son esprit. Un autre terme se superpose au premier : croustilles. Comme camionnette et pick-up. Ces mots doivent avoir un équivalent dans l'autre langue, celle qui n'est comprise que par une seule des survivantes de la catastrophe.

L'adolescent goûte aux croustilles à son tour. Son expression sceptique fait place au ravissement.

— Hein… C'est bon…

Il en prend une pleine poignée et s'empiffre. La seule qui ne veut pas goûter est la fillette. Elle est redescendue dans le salon et déambule comme si elle était à la recherche de quelque chose. Le garçon aperçoit son manège. Il va la rejoindre, protecteur, mais cette dernière recule à son approche.

— Qu'est-ce que t'as ?

Jean-Pierre et Sophie descendent à la suite de l'adolescent. D'instinct, ils demeurent en retrait. Ils n'osent pas encore s'imposer.

Jusqu'à ce moment, la fillette semblait leur accorder sa confiance à tous les trois. Que signifie cet étrange changement de comportement ?

Jean-Pierre écarte les mains, tente de se faire rassurant.

— T'es pas obligée de manger si t'aimes pas ça.

La fillette hoche la tête, l'air désemparé. Une flaque de liquide s'étale autour de son pied droit.

— Heille !

Jean-Pierre s'empare de la fillette et la transporte à bout de bras vers la salle de bain.

— Qu'esse vous faites ? proteste l'adolescent.

Jean-Pierre ignore l'appel. Il soulève la fillette au-dessus de la cuvette au moment où l'adolescent referme une main agressive sur son bras.

— Lâchez-la !

Le garçon aperçoit l'urine qui continue de couler le long de la jambe de la fillette, jusque dans son espadrille, et de là dans la cuvette. Son attitude agressive est remplacée par un étonnement un peu dégoûté. Il lâche le bras de Jean-Pierre et recule d'un pas. Sophie apparaît à son tour, inquiète.

— Qu'est-ce qui se passe ?

Jean-Pierre laisse le temps au processus naturel de suivre son cours, puis s'adresse à la fillette.

— Penses-tu que c'est fini ?

La petite se met à pleurer. Il la dépose aux pieds de Sophie, qui s'agenouille devant elle, maternelle.

— Tu te rappelais pas c'était quoi, des toilettes ?

La petite prend une respiration entre deux sanglots.

— Je savais pas où elles étaient…

— C'est pas grave… Viens, viens, je vais t'essuyer…

Sophie lui nettoie les jambes avec une serviette.

— Pauvre p'tite… Je sais même pas comment t'appeler. Il va falloir enlever ça…

Elle lui retire ses espadrilles et ses chaussettes crasseuses et mouillées. Jean-Pierre remarque une inscription écrite à la main à l'intérieur de l'espadrille. *Florence.*

Sophie aussi a vu.

— Florence ? C'est ça ? Tu t'appelles Florence ?

La petite secoue son visage attristé : elle ne sait pas. Sophie effleure du bout du doigt le dessin de fleurs sur sa joue.

— Pourquoi tu as de la peinture sur le visage ?

Elle émet un profond soupir, la lèvre tremblante.

— Je sais pu rien, madame.

— Sophie. Je m'appelle… (Elle glisse un regard vers Jean-Pierre.) Sophie. Bouge pas, je vais te nettoyer le visage aussi.

Sophie vient pour nettoyer le visage de Florence avec la même serviette qui a servi pour nettoyer ses jambes. Après un instant de réflexion, elle choisit un autre linge, propre, avec lequel elle efface les fleurs et les étoiles peintes sur les joues de la fillette.

Les hommes retournent au salon, où ils s'étudient du coin de l'œil. Un silence inconfortable régnerait dans la maison si les instructions diffusées à la télévision ne continuaient de défiler en boucle.

— Toi, ça t'est-tu revenu ?

L'adolescent toise Jean-Pierre, le regard noir.

— M'est revenu quoi ?

— Ton nom, c't'affaire.

Le jeune ne répond pas. Il lui tourne le dos, les épaules rejetées en un mouvement de mauvaise humeur.

— Pas grave, concède Jean-Pierre. On te donnera un nom si tu retrouves pas le tien.

L'autre revient sur ses pas en brandissant un bout de papier d'un air défiant.

— Je le connais, mon nom. Je m'appelle Xavier Lafrance, OK ?

Jean-Pierre prend le document : une carte plastifiée tout écornée. Il plisse les yeux. Il est rappelé au fait que sa vue s'embrouille quand il tente de distinguer quelque chose de près.

C'est bien malcommode.

Malgré la petitesse de la photo, il reconnaît la tignasse noire et la moue rebelle de l'adolescent. Xavier Lafrance. Élève à l'École secondaire Paul-Le Jeune, sur le boulevard Saint-Joseph, à Saint-Tite, au Québec.

Il a compris ce qu'était un boulevard. Il sait que Saint-Tite, c'est la ville où ils habitent. Le sens du mot « Québec » lui échappe toujours. Comme celui de « G0X 3H0 ». S'agit-il de mots de la troisième langue, la langue inconnue ?

L'adolescent reprend sa carte d'identité.

— Est-ce que tu t'en serais souvenu sans ça ? demande Jean-Pierre.

Xavier examine le document avec l'expression de déplaisir qui semble normale chez lui.

— Non.

— Moi non plus. J'ai pas reconnu mon nom quand je l'ai appris.

— Ouain. C'est poche.

— Qu'est-ce qui est poche ?

— Xavier. Comme nom. C'est poche.

Sophie et Florence apparaissent. La fillette est méconnaissable avec son visage propre et ses nouveaux vêtements dénichés dans une des chambres : une chemise bleue qui lui descend jusqu'aux genoux, et dont les manches ont été retroussées.

Ils reprennent l'inventaire de la cuisine interrompu par l'incident. Jean-Pierre laisse Sophie mener les opérations. Elle semble savoir ce qu'elle fait.

La jeune femme dépose sur la table tout ce qu'elle reconnaît.

— Je sais pas ce que ça va goûter.

Jean-Pierre compte quatre chaises autour de la table. Ils sont quatre. Ça concorde. Les décisions des représentants de la Force d'intervention internationale ne sont pas arbitraires. Les familles devaient être toutes constituées de quatre personnes. Avant.

Une seule de ces chaises possède des accoudoirs. Il se laisse guider par son instinct encore cette fois et s'assoit sur la chaise avec des accoudoirs.

Oui. C'est bien sa place.

Les autres s'assoient à leur tour. La nature des denrées, d'abord inconnue – à l'exception des croustilles et des rations nutritives fournies par la Force d'intervention –, se révèle au fur et à mesure que Jean-Pierre y goûte. Ces petites rondelles puisées dans un sac, ce sont des biscuits. Cette pâte onctueuse et parfumée, puisée à la cuillère : de la compote de pommes.

Florence avale une cuillerée d'une pâte jaune, qu'elle recrache avec une grimace.

— Quessé qu'y a ? demande Xavier.

— C'est pas bon…

Jean-Pierre sent le contenu du pot. L'odeur de la substance jaune lui suffit pour en reconnaître le contenu : de la moutarde.

— Prends le temps de sentir avant de goûter, Florence.

Jean-Pierre ouvre un autre pot. Sur celui-là, il est écrit « Nutella ». L'odeur qui en émane est plus alléchante. Il y plonge le bout du doigt et le lèche. Il tend le pot vers la fillette.

— Ça, tu vas aimer ça.

Florence y plonge une autre cuillère et se met à la lécher. Son visage s'illumine.

— C'est vrai que c'est bon !

— Je veux goûter, déclare Xavier.

Il tente de subtiliser le pot à Florence, mais celle-ci refuse de le lui céder.

— Arrête !

— J'en veux moi aussi.

— J'ai pas fini !

Jean-Pierre sent sa poitrine se gonfler d'exaspération face à ce spectacle qu'il sait inacceptable. Il lève la voix :

— Heille ! Restez tranquilles !

Tous se retournent vers lui, stupéfaits par ce brusque éclat de voix. Celle qui semble la plus déconcertée est Sophie. Elle le contemple, les yeux ronds.

— Pourquoi cries-tu ?

Jean-Pierre comprend qu'il lui a fait peur. Il se renfrogne avec un soupir. Ce n'était pas son intention d'effrayer quiconque.

N'empêche, sa manifestation d'impatience a eu du bon. Xavier a cessé de chercher à dérober le pot de Nutella à Florence. « À sa sœur » : telle est la pensée qui a voulu s'insinuer dans l'esprit de Jean-Pierre. Mais le mot lui semble inapproprié. Pour l'instant, du moins.

Après s'être rassasié, Jean-Pierre poursuit sa redécouverte de sa maison.

Il y a d'autres photos sur les murs de la chambre du rez-de-chaussée. Il s'y reconnaît, ainsi que la femme inconnue, incarné à de multiples reprises parmi une population diversifiée. Il trouve même une photo identique à celle du salon, en petit format. Il la met dans sa poche : une sorte de réflexe.

Une des photos lui semble plus remarquable que les autres. C'est lui, debout parmi un groupe d'hommes, tous souriants, lui le premier. Ils sont coiffés d'un haut casque blanc et ont enfilé le même uniforme orangé. L'arrière-plan est un fond noir piqueté de taches lumineuses.

— Je suis nulle part, dit Sophie.

— Qu'est-ce que tu veux dire ?

— Sur les photos.

— Un peu normal. C'est ma maison, pas la tienne.

— Cette femme-là, tu la reconnais ?

— Laquelle ?

— Celle qui est partout.

— Non. Non, je la reconnais pas.

— Je pense que c'est ta femme.

Il hoche la tête. Il en était arrivé lui aussi à cette conclusion. Quel étrange sentiment de penser qu'il est déjà marié avec une inconnue. Fait-elle partie des survivants ?

— Mais penses-tu…

Sophie hésite, comme si elle s'apercevait qu'elle va prononcer une niaiserie.

— Penses-tu qu'on se connaissait ? avant ?

— On s'en serait rendu compte.

— Tu penses ?

Sophie secoue doucement la tête. Elle reprend :

— On se connaissait pas.

— T'as répondu toi-même à ta question.

La jeune femme se détourne, déçue.

En poursuivant son exploration de la maison, Jean-Pierre découvre derrière une porte un autre escalier. Au lieu de monter, celui-ci plonge vers le bas. Jean-Pierre descend prudemment dans l'obscurité. Des marches craquent sous son poids. Sa main trouve un commutateur – il a appris à se laisser guider par son instinct –, qu'il soulève. Une lumière crue inonde cette partie de la maison, qui se révèle considérablement moins ordonnée que le reste.

— Y a encore plein d'affaires ici ! s'exclame Florence, qui l'a suivi dans l'escalier, les yeux ronds.

— Touche à rien.

Jean-Pierre lui-même n'ose rien déplacer. Il se contente de faire le tour de la vaste pièce, qui semble faire le carré de la maison. Il y a des livres, du tissu, toutes sortes d'appareils, des chaises empilées les unes sur les autres, une quantité de caisses en plastique ou en carton rangées dans des étagères en métal. L'air confiné sent un peu le moisi.

Près d'un établi, deux uniformes orangés sont suspendus à des crochets. Jean-Pierre reconnaît le genre d'uniforme qu'il a sur la photo avec les inconnus casqués. Une étiquette est cousue sur la poitrine de chaque uniforme, avec son nom et, en plus petit, « Québec-Lithium inc. ».

Encore ce mot. *Québec*.

Ce devait être quelque chose d'important.

◆

La journée passe, pendant laquelle Jean-Pierre erre dans la maison, l'esprit envahi par une torpeur de plus en plus envahissante. Il est vrai qu'il n'a pas beaucoup dormi la nuit précédente. Les messages en boucle diffusés par la télévision contribuent à l'abasourdir.

Dès que le ciel s'assombrit, il va s'allonger sur le lit de la chambre du rez-de-chaussée. Sophie et Florence viennent le rejoindre. Il aurait préféré qu'elles se couchent ailleurs, mais il est trop las pour protester. La petite, blottie entre les deux adultes, sombre presque aussitôt dans un sommeil agité…

Jour 3

Jean-Pierre sursaute, les yeux grands ouverts. Il ne s'était pas rendu compte qu'il dormait. Tout est noir. Il sent une masse chaude contre lui et un poids léger sur sa poitrine. Il tend la main, touche un bras gracile sur son torse. Il remonte jusqu'à une épaule et de longs cheveux ébouriffés. La façon dont la fillette s'est collée à lui le perturbe pour une raison qu'il est incapable d'expliquer. Cela lui semble… inconvenant.

Soudain, un flot de lumière rosée envahit la chambre.

La source de lumière vient du dehors. Un son très grave fait doucement vibrer les murs. À son poignet, le bracelet vert et blanc émet une série de brèves pulsations lumineuses. Le même phénomène se produit au bracelet de ses deux compagnes de lit. Le vrombissement diminue d'intensité, pour disparaître doucement. La lumière rose aussi a disparu. Dehors, c'est la nuit.

Il se lève, mais trébuche presque aussitôt sur quelque chose de mou. Un grognement s'élève.

— 'tention, stie !

Jean-Pierre comprend que Xavier s'est couché dans la chambre, à même le plancher, roulé dans un tas de couvertures.

Il contourne avec précaution l'obstacle, va pisser, puis déambule dans le reste de la maison éclairée par la lumière spectrale de la télévision. Les messages continuent de défiler à l'écran, mais la voix a été remplacée par une musique lente, douce et néanmoins infiniment étrange à son oreille. Il cligne des yeux, vaguement nauséeux. Il s'allonge sur le divan, mais au moment où il va s'endormir, Sophie surgit dans le salon, haletante, les yeux frémissants.

— T'es là !

Elle accourt se serrer contre lui. Elle tremble de tous ses membres.

— Qu'est-ce que t'as ?

— Je pensais que t'étais parti !

Jean-Pierre est partagé entre un sentiment d'exaspération et le désir protecteur qui gonfle en lui chaque fois que la jeune femme se met dans cet état. Il la serre contre lui.

— Où voulais-tu que j'aille ?

— Je sais pas. J'ai eu peur.

— Calme-toi.

— Je serai jamais capable de me calmer. Jamais.

— Seigneur !...

Elle ne répond pas. Lui-même ne sait pas trop ce que signifie le mot qui s'est présenté à ses lèvres. *Seigneur*... Quelque part, il comprend que ce n'est pas vraiment une chose ou une personne. Ça ne sert qu'à exprimer un sentiment.

Comme Sophie ne semble pas vouloir le quitter, et que le divan est bien étroit, Jean-Pierre la ramène dans la chambre, où ils repoussent Florence pour réussir à s'allonger tous les deux.

La jeune femme replonge aussitôt dans le sommeil. Hélas, ce n'est pas le cas de Jean-Pierre. Malgré la fatigue lui alourdissant les membres, il est désormais incapable de se rendormir. Le corps tiède de la jeune femme contre son flanc le met dans un état de tension sourde encore plus soutenu que lorsqu'il s'est éveillé enlacé par la fillette. Son pénis est gonflé et sensible. Il a envie de caresser le corps de Sophie, convaincu qu'il s'agit d'une autre réalité de son ancienne existence qui prendrait son sens à l'usage.

Un scrupule aux contours diffus l'en empêche.

◆

Au matin, ils sont tous réveillés par des petits cris aigus qui proviennent de l'autre bout de la maison. Jean-Pierre et Sophie, suivis par un Xavier échevelé et grognon, découvrent que la source des cris est Florence. La fillette sautille dans la salle à manger devant la large cloison vitrée.

— C'est quoi ça ? demande-t-elle en pointant le doigt vers l'extérieur.

Jean-Pierre regarde dans la direction indiquée. Une petite créature rousse avance le long de la rampe qui fait le tour d'une véranda en bois, semblable à celle construite à l'avant de la maison. L'animal interrompt sa progression et les regarde en retour avec un mélange de nervosité et d'effronterie. Détail burlesque : sa queue mobile est aussi grosse que tout le reste de son corps.

Florence pousse sur la paroi vitrée.

— Comment on fait pour sortir ?

Jean-Pierre jugule l'envie de lui dire que la paroi ne s'ouvre pas. Si c'était le cas, pourquoi y aurait-il une terrasse de l'autre côté ? Il laisse son instinct guider ses mains. La porte de verre, contrairement à toutes les autres portes de la maison, ne pivote pas sur un axe : elle s'ouvre en glissant.

Dès que la voie est libre, Florence file vers la créature rousse, mais celle-ci a déguerpi dès qu'elle a vu la porte s'ouvrir. L'animal escalade vivement le premier tronc d'arbre sur son chemin. Puis, bien en sécurité sur une branche, il exprime son mécontentement à grand renfort de trilles et de roulades.

Florence est fort déçue.

— Pourquoi il s'est sauvé ?

— Il a eu peur, explique Sophie.

— Pourquoi ?

— Parce qu'on est gros et qu'il est petit.

L'explication laisse Florence sceptique.

— Je voulais juste le flatter.

À l'intérieur, ils découvrent que les messages à la télévision ont changé. Ce sont désormais des instructions pour utiliser sans danger les divers appareils que l'on trouve dans les maisons. Les narrateurs – qui ont la voix de Sam et d'Alia – expliquent le principe des prises et des boutons électriques, le tout illustré par des dessins animés aux couleurs pastel.

— Est-ce qu'ils ont dit qu'on pouvait sortir ? demande Xavier.

Jean-Pierre ne comprend pas le sens de la question.

— Hier, ça disait de rester à la maison en attendant les nouvelles instructions, explique l'adolescent. C'est des nouvelles instructions, ça. Ça veut dire qu'on est pu obligés d'attendre.

Jean-Pierre échange un regard avec Sophie : le raisonnement se tient.

— Mais je veux manger avant. J'ai faim.

— Moi aussi ! claironne Florence. Je veux du Nutella !

Le produit se révèle si populaire que le contenu du pot est rapidement consommé. Il en va de même avec la compote de pommes et les chips. Sophie et les enfants fouillent dans les armoires et dans le réfrigérateur à la recherche d'autres produits comestibles, mais les denrées populaires sont rares. Il y a des boîtes cylindriques en métal avec des étiquettes qui semblent indiquer un contenu comestible. Ils ne savent pas comment les ouvrir. Les produits en poudre sont nombreux, mais aucun n'est vraiment mangeable : certains sont pâteux et sans goût, d'autres, marqués « poivre » ou « cannelle » dans de petits bocaux, sont si forts qu'il faut les recracher. Le « bacon » est constitué de tranches gluantes et molles qui soulèvent le cœur. Les œufs sont les denrées les plus bizarres du lot : des roches qui se brisent au moindre impact en révélant une glaire bicolore parfaitement répugnante.

Jean-Pierre commence à comprendre pourquoi la Force d'intervention a distribué des rations nutritives. Il ouvre le sac donné la veille et tente de se rappeler lesquelles avaient meilleur goût que les autres. Son seul souvenir clair, c'est que les rations bleues sont immangeables. Il choisit une barre jaune. C'est la croustillante, dont le goût sucré se prolonge en une curieuse amertume au fond de la bouche.

À ce moment, Sophie et les deux enfants lèvent la tête, alarmés.

— Qu'est-ce qui se passe ? demande Jean-Pierre.

— J'entends du bruit dehors.

Il n'avait rien entendu, mais maintenant qu'on le lui fait remarquer, il perçoit un bourdonnement lointain qu'il croit reconnaître. Le moteur d'une voiture. Qui s'éteint. Un double claquement de porte. Puis des bruits de pas sur le plancher de la véranda en face de la porte d'entrée.

Pascale entre dans la maison. Elle est suivie par une jeune fille frêle qui tient un garçonnet dans les bras. Ce sont les enfants qui lui ont été confiés la veille. La silhouette corpulente de Lionel se dresse dans le cadre de la porte, hésitante, mais il finit par entrer lui aussi.

— Je veux vous parler, annonce Pascale à la famille attablée.

— À quel sujet ?

Jean-Pierre a posé la question sans animosité. Il est heureux de revoir la jeune femme aux cheveux blonds, qui lui est apparue comme une des survivantes de la catastrophe les plus calmes et les plus sensées.

— Il y a d'autres villes autour d'ici, rappelle Pascale. Des villes plus grandes, même. Regardez…

Elle écarte les denrées sur le comptoir de la cuisine de façon à pouvoir y étendre la carte routière consultée la veille à la station-service.

— J'en ai aussi, des cartes, explique Jean-Pierre. Dans mon auto.

Pascale hoche la tête en glissant un index sur la surface de la carte.

— Tout le monde en possédait, j'imagine. Regardez. Ici, c'est Saint-Tite. Hier, on est arrivés par ce chemin-là. De l'autre côté, la route mène jusqu'à Hérouxville. Peut-être que là les gens ont conservé leur mémoire. Sinon, plus loin, il y a Grand-Mère et Shawinigan. D'après la carte, ce sont des villes encore plus grandes.

Sophie, qui s'est approchée pour examiner la carte, est sceptique.

— C'est loin.

— J'ai ma voiture, dit Pascale. Mais je veux pas y aller seule. Lionel, ça lui tente pas.

— Qu'est-ce que Sam et Alia disent de ça ?

— J'ai pas compris qu'il fallait demander la permission avant de faire quelque chose.

Sophie paraît choquée par cette réponse, et même Jean-Pierre reste désarçonné devant cette manifestation de l'indépendance d'esprit de la jeune femme.

— La télévision nous dit de rester à la maison et d'attendre les instructions, rappelle Lionel, boudeur.

— Ben reste ici. Je t'oblige pas.

— Moi, je veux y aller ! annonce Xavier.

Florence écarquille les yeux.

— Ben là ! Moi aussi, d'abord !

— Pas question, coupe Jean-Pierre. C'est moi qui vais accompagner Pascale.

— Comment ça ? proteste Xavier.

— C'est moi qui décide ces choses-là. Vous restez tous ici.

— Hein ! C'est poche !

Surpris par les éclats de voix, le petit garçon se met à pleurer. La jeune fille caresse son visage avec un regard de reproche vers Xavier. Pendant ce temps, Florence s'est approchée du garçonnet.

— Comment tu t'appelles ?

Avec un hoquet, le petit garçon cesse de pleurer. Mais il reste muet, la bouche ouverte, le nez morveux, et fixe Florence comme s'il n'en croyait pas ses yeux. L'adolescente explique :

— Il parle pas. On sait pas son nom.

— Et toi, tu t'appelles comment ?

Le visage pâle de l'adolescente se colore jusqu'à la racine de ses cheveux roux.

— Je sais pas non plus.

— Moi, c'est Florence. As-tu regardé dans tes souliers ? C'est là qu'on avait écrit mon nom.

— Je… J'ai pas regardé.

— On vous laisse régler ça, conclut Jean-Pierre. Pascale et moi, on va aller chercher de l'aide.

◆

Assis du côté passager de la voiture de Pascale, Jean-Pierre voit rapetisser dans le rétroviseur Sophie, Lionel et les quatre enfants rassemblés sur la véranda. Sophie semble à la fois inquiète et fâchée, Xavier est clairement déçu, tandis que Lionel a baissé les yeux, renfrogné.

Une fois la voiture sortie de la partie boisée de la rue Maisonneuve, Pascale tourne à gauche au lieu de poursuivre vers la place centrale. Elle a consulté la carte avant de partir et semble capable de retrouver son chemin même lorsque le passage qu'elle veut emprunter est bloqué par des véhicules abandonnés, ce qui arrive souvent.

Jean-Pierre examine sa compagne du coin de l'œil. Elle porte les mêmes vêtements que depuis son éveil à la conscience. Sa chemise beige est chiffonnée et les taches de sang qui en maculent le col ont viré au brun. Ses longs cheveux blonds sont plus désordonnés que jamais.

L'attention de Jean-Pierre se porte sur le quartier de la ville incendié. À perte de vue, des carcasses de véhicules encore fumantes gisent dans une plaine jonchée de déchets noirs, au pied de tours de brique qui donnent l'impression d'être sur le point de tomber.

Ils doivent contourner la partie incendiée, les rues y sont impraticables tellement il y a de déchets. Or, même dans les quartiers intacts la ville est déserte. Les survivants doivent être devant la télévision à attendre les instructions de la Force d'intervention internationale.

En fait, Sam, Alia et les autres représentants sont également invisibles. D'une certaine façon, cela ne déplaît pas à Jean-Pierre.

La voiture s'est engagée le long d'une route où la densité de maisons et d'immeubles diminue à mesure qu'ils s'éloignent de l'agglomération. Les véhicules abandonnés diminuent en nombre eux aussi. Ceux qui restent sont parfois arrêtés au beau milieu du chemin. D'autres ont basculé dans le fossé. Une auto est carrément renversée sur le toit à une vingtaine de mètres du remblai, la carrosserie égratignée et ses vitres opacifiées par un fin réseau de craquelures. Jean-Pierre croit apercevoir une forme humaine à l'intérieur. Ils passent trop vite pour qu'il puisse être sûr de ce qu'il a vu.

Bientôt, la route se prolonge à travers une forêt clairsemée. Pascale, qui n'a pas desserré les dents depuis le départ, rompt le silence.

— Je préfère que ce soit toi qui sois venu avec moi.

— Ah.

— T'as l'air plus débrouillard que Lionel.

Jean-Pierre approuve en silence.

La voiture doit soudain ralentir: de grands animaux, certains bruns, d'autres blancs tachetés de noir, circulent en liberté sur le chemin. Certains sont affublés d'une sorte de harnais retenu sur leur dos par des sangles. Difficile de jauger s'ils sont amicaux ou agressifs tant leurs mouvements sont imprévisibles. Pascale doit exécuter des manœuvres pour les contourner. Les animaux s'enfuient, chacune de leurs pattes frappant l'asphalte avec un claquement sonore.

Jean-Pierre ne peut s'empêcher de rire en contemplant les bêtes inconnues.

— C'est quoi, ça ?

Pascale semble surprise par son ignorance.

— Des chevaux… Tu te rappelles pas de ça ?

— Maintenant que tu le dis… Mais c'est flou…

Pascale s'interrompt en portant son regard vers l'avant. Les abords boisés de la route se sont éclaircis. Droit devant, quelques maisons apparaissent, dispersées. Un panneau vert annonce bientôt *Hérouxville*. La carte consultée par Pascale est donc fiable, c'est bien la ville la plus rapprochée de Saint-Tite.

Jean-Pierre ressent un pincement de déception. L'agglomération semble considérablement plus petite que Saint-Tite. L'espoir de rencontrer des survivants en grand nombre s'amenuise d'autant.

— Tu dis qu'il y a des villes plus grandes de l'autre bord ? C'est encore loin ?

L'attention de Pascale est concentrée sur un obstacle qui barre le chemin : un treillis de tiges métalliques à travers lesquelles clignotent des lumières rouges et bleues.

Pas le choix : ils doivent s'arrêter.

Jean-Pierre et Pascale sortent de la voiture pour aller voir. À en juger par la symétrie de la structure, et le fait qu'elle soit parfaitement perpendiculaire à la route, il est difficile de croire qu'elle est tombée par accident. C'est à dessein que le treillis a été installé sur le chemin de cette façon.

— Une barrière, dit Pascale.

— Pour quoi faire ?

— Ils aiment peut-être pas les étrangers, à Hérouxville.

La jeune femme, après un instant de réflexion, tire sur la structure de métal.

— C'est pas trop lourd. On peut peut-être la déplacer.

Jean-Pierre lui donne un coup de main. Effectivement, la barrière est plus légère qu'il n'y paraît. Mais dès que la structure est déplacée de quelques centimètres, un bourdonnement assourdissant fait vibrer l'air et les lumières de la barrière se mettent à clignoter frénétiquement. Jean-Pierre et Pascale lâchent la barrière et reculent tous les deux.

— *This road is closed*, tonne une voix surgie de nulle part. Cette route est fermée. *Este camino es cerrado. Go back to the village*. Retournez au village. *Dé la vuelta al pueblo*.

Jean-Pierre et Pascale échangent un long regard. La voix qui émerge de la barrière est la même que celle de Sam et de ses compagnons masculins.

— Pourquoi ? demande Pascale.

— *This road is closed*. Cette route est fermée. *Este camino es cerrado. Go back to the village*. Retournez au village. *Dé la vuelta al pueblo*.

Elle insiste :

— Pourquoi est-ce que la route est fermée ?

Après une longue pause, la voix s'élève à nouveau, toujours aussi assourdissante.

— Pour votre sécurité.

— Est-ce qu'il y a d'autres survivants ? demande Jean-Pierre. À Hérouxville ? Ou ailleurs ?

— Vous avez fait preuve d'imprudence. Vous ne devez pas quitter votre lieu de résidence sans obtenir au préalable l'autorisation d'un membre de la Force d'intervention internationale.

Pascale émet une brève expiration par les narines. Ses paupières frémissent et la peau autour de son nez est devenue rouge. Jean-Pierre comprend que la jeune femme est furieuse.

— Pourquoi est-ce qu'on n'a pas le droit de quitter notre lieu de résidence ?

— Les radiations sont toujours présentes dans certaines zones. Il faut rester en sécurité dans votre domicile et obéir aux instructions de la Force d'intervention.

— On veut juste savoir s'il y a des survivants ailleurs, plaide Jean-Pierre. Pourquoi vous répondez pas ?

— Il y a d'autres…

La barrière s'interrompt abruptement, pour reprendre à la suite de quelques crachotements :

— … survivants ailleurs. (pause) Dans d'autres zones. (pause) Il serait non sécuritaire d'établir un contact avec eux. (pause) Les radiations sont toujours présentes dans certaines zones. Il faut demeurer dans votre domicile et obéir aux instructions de la Force d'intervention. (pause) Retournez au domicile qui vous a été attribué.

De mauvaise grâce, Pascale et Jean-Pierre obéissent aux instructions. La voiture fait demi-tour et reprend en sens inverse la route qui relie Saint-Tite à Hérouxville.

À peu près à la moitié du chemin, le véhicule se met à ralentir, pour accélérer de nouveau brièvement, puis ralentir encore. La sensation est désagréable.

— Pourquoi tu fais ça ? demande Jean-Pierre.

— J'ai rien fait. Je comprends pas ce qui se passe…

La voiture continue de hoqueter un certain temps, puis le phénomène s'interrompt et la voiture décélère pour de bon. Jean-Pierre s'aperçoit, hélas, que c'est parce que le moteur a cessé de fonctionner.

Après une course de plus en plus indolente, la voiture finit par s'immobiliser en plein milieu du chemin. Pascale essaie à plusieurs reprises de tourner la clé qui permet de démarrer l'engin. Un gémissement rythmé accompagne ses tentatives, mais le moteur refuse de se remettre en route.

La jeune femme examine un moment le tableau de bord encombré de cadrans et d'appareils, puis s'adosse à la banquette avec un soupir.

— Je me rappelle pas à quoi ça sert, tout ça. À part le grand cadran au milieu. C'est pour indiquer à quelle vitesse on roule.

— J'ai pas besoin d'un cadran pour le savoir.

Elle sourit piteusement.

— Non.

Ils sortent de la voiture. La main en visière sous le ciel éblouissant, Jean-Pierre regarde en direction de Saint-Tite.

— Penses-tu que le soleil est encore dangereux ?

— Je sais pas.

— On peut marcher, je suppose.

— Je pense pas qu'on ait le choix.

Jean-Pierre regarde dans l'autre direction.

— À moins qu'on retourne à Hérouxville. À pied, ce serait facile de contourner la barrière.

— On abandonnerait nos familles ?

Jean-Pierre hoche la tête. Il n'avait pas pensé à ça.

— T'as raison.

Ils entament la longue marche qui les ramènera à Saint-Tite.

Ils progressent en silence un moment. La forêt qui borde la route défile au rythme tranquille de leurs pas. Cette nouvelle expérience n'est pas désagréable. Il fait chaud. L'air sent bon. Jean-Pierre commence à avoir soif, mais il est heureux de pouvoir se dégourdir les jambes.

Sur leur chemin ils contournent les mêmes véhicules abandonnés qu'à l'aller.

Une heure plus tard, la forêt qui borde la route est devenue clairsemée. Des panneaux colorés apparaissent à l'horizon devant eux. Des toits d'immeubles. Une chance que Saint-Tite approche, car la chaleur du soleil sur la tête de Jean-Pierre commence à être désagréable. Sa soif ne s'est pas atténuée non plus. Ses joues piquent. Il a mal à une cheville.

D'un commun accord, ils s'accordent une pause. Assise sur le bord de la route à l'ombre d'un arbre, Pascale a enlevé ses souliers et se masse les pieds. Elle enlève sa chemise, dont elle se sert pour essuyer son visage rougi. Elle retire ensuite son soutien-gorge. Elle se gratte le dos et les seins avec un soupir contenu.

— Ça me démange. Je porte ça depuis…

Elle n'a pas besoin d'être plus explicite. Jean-Pierre aussi porte les mêmes vêtements depuis son éveil à la conscience, à part les souliers et les chaussettes trempés qu'il a changés.

Jean-Pierre étudie le corps de Pascale avec intérêt. Il aime la voir ainsi à moitié dénudée. Il se sent privilégié, sans être capable de préciser exactement en quoi. Peut-être que la jeune femme est belle, tout simplement.

Celle-ci ne semble pas se formaliser d'être le point de mire. En réalité, pour la première fois depuis qu'ils se sont rencontrés, elle semble découragée. Jean-Pierre tente d'imaginer un mot pour la consoler :

— Ça aurait pu être pire. La voiture aurait pu tomber en panne plus loin.

Pascale hoche négativement la tête.

— On aurait dû obéir aux instructions.

— Pas d'accord. Je suis content d'avoir essayé.

Jean-Pierre sent un objet agaçant dans la poche arrière de son pantalon. C'est la petite photo de son couple qu'il a trouvée dans la chambre, la reproduction en plus petit format de la photo du salon.

— As-tu trouvé des images comme ça chez toi ?

Pascale étudie la photo.

— Y a plein de photos dans les tiroirs. Sur les murs aussi. Des documents qui concernent la Sûreté du Québec. Mais aucune de moi. Ni de Lionel. T'as plus de cheveux, là-dessus.

— Mmm.

— Tu te rappelles qui est la femme ?

Jean-Pierre lui fait part de sa déduction concernant le lien qui les unirait. Pascale, comme à son habitude, prend le temps de réfléchir.

— Elle était peut-être avec nous autres dans la salle hier, pendant le discours de Sam et d'Alia. Vous vous êtes peut-être croisés sans vous reconnaître.

Jean-Pierre reste saisi. Pareille évidence lui avait échappé. Aussitôt de retour à Saint-Tite, il demandera à Sam et à Alia de rencontrer toutes les femmes qui ont survécu. Non, plus efficace : il leur montrera la photo et les chargera, eux, de la retrouver. Ne sont-ils pas là pour les aider ?

Pascale change de sujet :

— Comment ça marche avec Sophie ?

— C'est dur pour elle. Elle a peur. Ça lui fait de la peine de pas connaître son nom.

— J'imagine. Moi, j'aime pas Lionel. Il est bizarre.

— Ç'a été mon impression, à moi aussi.

— Il pense juste à retourner à son garage. À part ça, il pue. Si au moins il restait loin de moi. Il passe son temps à me coller.

— Te coller ? Dans quel sens ?

Elle semble soudain embarrassée.

— Il veut tout le temps me toucher. Cette nuit, il voulait se coucher sur moi. Je lui ai dit d'arrêter. Il m'écrasait ! Il pue tellement, ça me lève le cœur.

Jean-Pierre ne sait trop quoi ajouter à ces révélations. Il se souvient à quel point le corps tiède de Sophie contre le sien l'a rempli de désir la nuit précédente. Il aurait bien voulu caresser son corps des pieds à la tête. L'embrasser, aussi. Il éprouve le même désir en ce moment en contemplant les épaules dénudées de Pascale, ses bras hérissés d'un fin duvet, ses seins à la peau plus claire que le reste du torse.

Jean-Pierre essuie son front en sueur. La tête lui tourne. Essayer de comprendre toutes les situations dans lesquelles il se retrouve depuis son éveil le pétrifie.

Un son étrange, nouveau, détourne l'attention de Jean-Pierre. Une stridulation suraiguë, dont il est difficile de repérer l'origine. Pascale a entendu elle aussi. Ils se dépêchent de remettre leurs chaussures et se redressent, les sens en éveil.

Contre le ciel bleu apparaît une minuscule tache sombre. Elle provient de la direction de Saint-Tite. À mesure qu'elle s'approche, la tache grossit et se révèle être un objet volant en forme de disque, d'à peu près un mètre de diamètre. Arrivé à la hauteur de Jean-Pierre et de Pascale, le disque bascule sur le côté et se met à tourner en rond autour d'eux.

La stridulation émise par l'appareil est si intense que Jean-Pierre en éprouve de la douleur au creux des oreilles. Il ne connaît pas la nature ni la provenance de cet objet. Une chose est sûre : l'appareil est menaçant. Après une vingtaine de révolutions circulaires, le disque déplace petit à petit sa trajectoire de façon à obliger Pascale et Jean-Pierre à se déplacer vers Saint-Tite.

D'abord perplexes, ces derniers comprennent l'injonction. On leur ordonne de revenir à leur domicile.

Dès qu'ils adoptent un rythme de marche raisonnable, l'objet agrandit le diamètre de sa trajectoire circulaire pour s'éloigner des deux marcheurs, le tout accompagné d'une diminution importante du bruit.

Afin de vérifier son hypothèse, après une minute de marche, Jean-Pierre retient Pascale par le bras pour lui signifier d'arrêter.

Immobiles au milieu du chemin, ils observent l'objet volant. Pendant quelques révolutions, le disque continue de tourner comme si de rien n'était, mais finalement s'impatiente et resserre de nouveau sa trajectoire autour de Pascale et de Jean-Pierre. La stridulation augmente fortement d'intensité.

Les deux n'insistent pas et reprennent leur marche interrompue. Pendant tout le reste de leur périple, le disque volant ne les abandonne pas, si ce n'est que, rassuré par la docilité de sa charge, il abandonne son mouvement tournant et se contente de flotter à quelques mètres au-dessus de leur tête, désormais presque silencieux.

◆

La douleur à la cheville de Jean-Pierre s'est intensifiée au point qu'il boite misérablement lorsqu'ils atteignent la section de la route qui partage les quartiers incendiés de Saint-Tite de ceux toujours intacts.

L'appareil volant ne les a pas quittés, lui et Pascale.

Ils avancent dans les rues de la ville. Le remugle de la cendre avive le supplice de la soif. Heureusement que la jeune femme a le sens de l'orientation : Jean-Pierre aurait été incapable de retrouver sa maison.

La ville n'est pas complètement déserte. Des survivants les regardent lorsqu'ils passent, certains intrigués, les autres avec indifférence. Jean-Pierre, au fond de lui, est surpris de ne pas voir Sam ou Alia.

Le comité d'accueil qui les attend sur la véranda de sa maison soulève une partie du mystère. C'est là que se trouvent les deux représentants de la Force d'intervention internationale, en compagnie de Sophie, de Lionel et des quatre enfants.

Dès qu'elle aperçoit Jean-Pierre, Sophie se jette dans ses bras.

— Qu'est-ce qui s'est passé ? Où est-ce que vous étiez ?

C'est presque un sanglot tellement elle est soulagée. Florence aussi est venue les enlacer tous les deux. Jean-Pierre accepte la double étreinte, un peu gêné devant les regards qui convergent sur eux.

— Ça va... Ça va...

— Vous avez été partis longtemps ! s'exclame Florence sur un ton scandalisé.

Moins émotif, Lionel s'est approché de Pascale, suivi de l'adolescente qui tient toujours le garçonnet dans ses bras.

— C'est vrai, maugrée Lionel, qui semble décontenancé par le fait que Pascale a le torse nu. On commençait à se demander si vous alliez revenir.

— L'auto est tombée en panne. Il a fallu rentrer à pied. On se serait bien passés de ça.

— On a eu peur, nous autres, dit Sophie.

— Peur de quoi ?

Elle contemple Jean-Pierre, ses yeux noirs luisants de reproche.

— De ce qui aurait pu vous arriver !

— Votre femme a raison, intervient Sam sur un ton qui, tout en restant cordial, est nuancé de réprobation. Vous avez commis une imprudence en ne vous conformant pas à nos directives, qui étaient de ne pas quitter votre lieu de résidence sans avoir obtenu au préalable notre autorisation.

— Ce reproche s'adresse aussi à vous, ajoute Alia à l'adresse de Pascale, en atténuant la sévérité du propos avec un sourire compréhensif. J'ajoute qu'il est inconvenant que vous déambuliez le torse découvert devant vos compagnons et les membres de votre famille.

Pascale regarde ses seins, les sourcils froncés.

— Comment ça ?

La représentante de la Force d'intervention internationale semble prise de court par la réponse de

Pascale. Le temps d'un souffle, elle demeure muette, le visage inexpressif, puis ses traits délicats s'animent à nouveau.

— Cela fait partie des règles sociales qu'il vous faudra apprendre à nouveau. La nudité n'est acceptable que dans l'intimité du couple. En public, et devant les autres membres de votre famille, il est bienséant de vous couvrir le torse, les hanches et les cuisses. Il faudra vous procurer de nouveaux vêtements pour remplacer ceux que vous avez abandonnés lors de votre fugue irréfléchie. Ne craignez rien, nous vous aiderons à trouver des vêtements appropriés.

— Nous sommes ici pour vous aider, ajoute Sam.

Alia se tourne ensuite vers Jean-Pierre.

— Terminons avec une ultime observation. Vous êtes marié avec Sophie. Il n'était pas convenable que vous la quittiez, elle et vos enfants, pour partir à l'aventure avec une autre femme. Le reproche équivalent s'adresse à vous, Pascale. Votre place est auprès de votre mari et de votre famille.

Les deux fautifs absorbent les remontrances dans un silence contrit. Jean-Pierre ne saurait quoi répondre, même s'il l'osait. Le fait que la voiture soit tombée en panne a montré à quel point le monde qui les entoure leur est peu familier. Il comprend maintenant que Sam et Alia ont raison : il a mis son existence en danger en quittant la ville. Il lui faudra prendre garde désormais à ne pas écouter la moindre proposition incongrue.

◆

Jean-Pierre est assis dans le salon, sa cheville douloureuse repose sur un pouf devant lui. Un nouveau dessin animé joue à la télévision. Il montre des gens qui tentent de quitter le village, à pied ou en voiture, lorsqu'une barrière s'abaisse devant eux. La structure ressemble à celle qui bloquait le passage à la hauteur de Hérouxville. Le mot « Danger » apparaît en grosses lettres clignotantes, le tout accompagné d'un avertissement émis par la voix de Sam, colorée d'un ton plus sévère qu'à l'habitude.

« Attention ! Il est dangereux de quitter la ville. »

Les personnages rapetissent, ainsi que les maisons autour, jusqu'à ce que la ville entière apparaisse dans l'écran. Un cercle lumineux se referme autour, une protection contre les radiations solaires qui tentent d'y pénétrer.

« Les radiations sont toujours présentes, reprend la narration. Il est important de demeurer dans votre domicile et d'obéir aux instructions diffusées à la télévision. »

Une famille – père, mère et deux enfants – apparaît à l'écran. Sam, ou du moins son incarnation sous forme de dessin animé, apparaît à son tour dans l'image et s'adresse directement aux spectateurs.

— Ne prenez aucune initiative sans me consulter. Je suis votre ami. Je suis ici pour vous aider.

Ses bras s'allongent pour former une barrière protectrice autour de la famille, dont tous les membres sourient et saluent les spectateurs.

— J'vous l'avais bien dit, commente Sophie, satisfaite de constater que le message de la télévision lui donne raison.

Jean-Pierre émet un bref soupir mais préfère se taire et continuer à gruger sa ration nutritive. Une grise. Les enfants ne les aiment pas car elles sont plus dures que les autres, mais leur goût n'est pas déplaisant. Que pourrait-il dire, de toute façon? Sophie a raison. Lui et Pascale ont été téméraires. Stupides, même. Mais il est incapable d'éprouver de la rancœur envers la jeune femme. Si c'était à refaire, il le referait. Et, cette fois, il ignorerait l'ordre de la barrière d'Hérouxville. Il la contournerait pour aller voir plus loin.

Il sent un sourire sur ses lèvres, un peu choqué d'entretenir des pensées aussi rebelles.

Devant les annonces, Xavier est resté sceptique.

— C'est quoi le stress, avec leurs radiations? On l'a déjà perdue, notre mémoire.

— Y a pire que perdre la mémoire, s'insurge Sophie. T'as pas vu tout le monde mort?

Jean-Pierre lance un regard en coin à Xavier. L'argument de l'adolescent a une certaine logique. Quoique la réponse de Sophie n'est pas sotte non plus. Pas facile de déterminer la validité d'une affirmation quand on ne sait pas sur quoi elle s'appuie.

Il reporte son attention sur l'écran, où vient d'apparaître un dessin animé qu'il n'a jamais vu. Il en est venu à ressentir une sorte de satisfaction à reconnaître l'arrivée d'un message nouveau.

L'action se déroule dans le grand immeuble au toit pointu encadré par les deux hautes flèches. Les familles de survivants sont assemblées pour recevoir les instructions de la Force d'intervention.

« Il est temps de réorganiser la société », annonce un narrateur invisible.

Jean-Pierre tend l'oreille, car la voix aussi est nouvelle. Bien que masculine, elle est différente de celle qui était jusqu'à présent partagée par Sam, tous les représentants masculins de la Force d'intervention internationale, la barrière et la majorité des voix narratives employées à la télévision.

« Mais comment faire ? » poursuit la voix nouvelle.

Sam apparaît en gros plan. Il sourit. Parents et enfants s'approchent de lui.

« Comment nous y prendre pour réorganiser notre société ? » demande un des parents.

« Il faut collaborer avec nous sans ménager vos efforts », répond Sam. « Nous pouvons vous guider, mais nous ne sommes pas assez nombreux pour tout faire. Êtes-vous prêts à participer et à exécuter mes ordres ? »

Les parents s'exclament avec une belle unanimité : « Oui ! »

« Et vous, les enfants ? Allez-vous m'aider et aider vos parents à transformer Saint-Tite en un endroit merveilleux où il fera bon vivre, où tout le monde sera heureux ? »

Avec un enthousiasme strident, les enfants s'écrient : « Ouiii ! »

Le sourire de Sam s'élargit.

« Avec une pareille fougue, nous réussirons. Tous ensemble, nous réussirons. »

Alia apparaît et s'avance au côté de Sam.

« Oui. Tous ensemble, nous réussirons. Répétez avec moi – vous aussi à la maison : "Tous ensemble, nous réussirons. Tous ensemble, nous réussirons..." »

Florence est la première à obéir à l'injonction. C'est une enfant, un rien l'amuse. Sophie ne tarde pas à l'accompagner avec ferveur. Finalement, Jean-Pierre et Xavier se joignent au mouvement général. Et pourquoi pas ? N'est-ce pas préférable ainsi ? Ne vaut-il pas mieux agir en commun que de se quereller ?

◆

Il fait nuit. Jean-Pierre s'est assoupi aussitôt la tête posée sur l'oreiller, la cheville encore douloureuse, les jambes engourdies par la marche de la veille. Maintenant, la bouche sèche, le cœur battant, il fouille du regard la chambre obscure. Il se demande comment il est arrivé là. Un sentiment d'effroi le saisit : a-t-il encore perdu la mémoire ?

Mais non. S'il est capable de se poser la question, c'est qu'il ne l'a pas perdue, la mémoire. Ce serait un paradoxe, sinon.

Paradoxe… De nouveaux concepts surgissent au moment où il s'y attend le moins. La liste des mots et des idées semble infinie.

Mais alors, cet océan de lumières mouvantes, ces panoramas confus qui flottent encore à la lisière de sa conscience… De quoi s'agit-il ? Il a eu l'impression de se retrouver sous terre. Sous terre… Quelle étrange idée. Est-ce que c'est ça, rêver ?

Jean-Pierre sent le dos de Sophie appuyé contre son flanc. Il comprend, rien qu'à la manière dont elle respire, qu'elle ne dort pas non plus. Depuis le temps qu'il veut la caresser, il cède à son désir. Elle ne porte plus son maillot : il était inconfortable et la couvrait si peu qu'elle avait souvent froid. Elle s'est couchée avec une robe ample en tissu doux, dont il lui suffit de lever le bas pour dénuder ses jambes. Ses cuisses. Ses fesses.

— Qu'est-ce que tu fais ?

— Je sais pas.

Sophie se raidit sous les caresses. Jean-Pierre laisse ses mains remonter le long du corps doux et chaud. Il caresse son ventre, ses petits seins. Elle respire plus vite avec, de temps en temps, un hoquet presque inaudible. Elle ne change pas de position, mais ne le repousse pas non plus. Lui ne sait pas où son initiative va le mener. Il a déjà tenu la jeune femme dans ses bras, mais jamais ainsi. Quoi qu'il advienne, cela lui plaît. Il lui embrasse le cou et l'oreille.

— Tu sens bon.

— Attends, finit-elle par chuchoter.

En se tortillant, elle retire entièrement sa robe. Lui aussi se débarrasse de son pantalon, qui le gêne dans ses mouvements. C'est elle qui l'embrasse désormais et qui le caresse avec ferveur.

La voix endormie de Florence s'élève à côté.

— Vous bougez trop.

— Occupe-toi pas de nous, chuchote Sophie. Dors.

— Pourquoi vous faites ça ?

— Chut…

Ils se caressent longuement, échangent leurs souffles, abandonnent toute initiative à leur corps qui s'ajuste aux mouvements de l'autre. Ainsi en est-il jusqu'à un éblouissement de jouissance que Jean-Pierre n'aurait pas cru possible.

Il aurait voulu que cet état de volupté ne cesse jamais. Il se révèle, hélas, de brève durée.

Il se dégage de l'emprise de Sophie, son être entier partagé entre la béatitude et l'anéantissement. Il songe au témoignage de Pascale pendant leur pause, lorsqu'elle s'est plainte du comportement incompréhensible de Lionel. C'est donc par désir de communion charnelle qu'il s'était couché sur sa femme, sentiment que ni l'un ni l'autre n'avait reconnu.

Difficile de blâmer Pascale tant il est manifeste que Lionel est un être fruste.

— Une chance que je t'ai, murmure Sophie en lui caressant le visage. Une chance…

— Moi aussi. T'es fine.

— Tu regrettes pas trop ?

— Quoi ?

— D'être avec moi au lieu de Pascale…

Il caresse son visage à son tour, doucement, du bout des doigts, jusqu'à ses lèvres, sur lesquelles il garde le doigt appuyé. Il veut qu'elle se taise. Encore un geste qui lui est venu sans qu'il en exprime la volonté.

— Dors.

Jour 4

Au matin, Jean-Pierre découvre que c'est encore Florence la première levée. Elle est allongée sur le divan en face de la télévision, roulée dans un grand manteau en tissu rouge, modérément intéressée par les instructions et les slogans diffusés par la Force d'intervention.

Elle se redresse dès qu'elle l'aperçoit.

— Jean-Pierre ?

— Oui ?

Il s'attend à ce qu'elle lui pose des questions au sujet de ce qui s'est passé entre Sophie et lui pendant la nuit, mais la fillette a un autre sujet de préoccupation.

— Y a plus rien à manger.

— Qu'est-ce que tu racontes ? Il reste des barres.

— Juste des dures et des dégueulasses.

— Ben voyons.

Jean-Pierre monte au palier de la cuisine. Il trouve le sac de rations nutritives donné par la Force d'intervention et découvre en effet qu'il ne reste plus que quelques barres grises. Sans compter les barres bleues, universellement détestées.

— Vous avez mangé toutes les autres ?

— Ben oui.

Il songe à tout ça quand Sophie apparaît, emmitouflée dans sa robe. Jean-Pierre la met au courant de la situation, qu'il conclut par une question incrédule.

— Y a plus rien à manger à part ça ?

Elle baisse le visage, comme si elle se sentait coupable de la chose.

— Il reste juste les poudres pas bonnes. Je me suis forcée à manger la moitié d'une barre bleue. J'ai eu mal au cœur presque toute la journée après.

— Sont pas mangeables, annonce Xavier qui sort à son tour de la chambre, le visage renfrogné comme à son habitude.

— J'aime par les dures non plus ! clame Florence.

Jean-Pierre soupire.

— J'ai compris. On va aller en chercher d'autres au comptoir de nourriture.

— Il est encore là ? dit Sophie.

Jean-Pierre hoche la tête, plus assuré qu'il ne se sent en réalité.

— Le meilleur moyen de le savoir, c'est d'aller voir.

La suggestion faisant l'unanimité, ils enfilent leurs chaussures et sortent de la maison. Jean-Pierre n'avait pas compris que tous les membres de sa famille l'accompagneraient, mais il ne voit pas de raison de leur dicter le contraire. Une famille unie accomplit des tâches en commun. Ils l'ont dit à la télévision.

Dehors le ciel est gris, mais l'air du matin est aussi doux que d'habitude. Alors qu'ils marchent en famille le long du chemin boisé, un grondement sourd se fait entendre. Un objet sombre, anguleux, apparaît dans le ciel. Il se déplace lentement. Jean-Pierre comprend que c'est la distance qui donne cette impression. L'objet volant est donc forcément très grand, aussi grand que le plus grand immeuble de Saint-Tite. Il ne pourrait pas démontrer qu'il a raison, mais il sait que c'est le cas. Tout en marchant, il le regarde disparaître à l'horizon.

Arrivés en ville, Jean-Pierre et sa famille longent d'un pas décidé le chemin de travers qui mène à la rue Notre-Dame. À la pensée des rations alimentaires, Jean-Pierre sent son estomac gargouiller. C'est vrai qu'il commence à avoir faim.

— Y a du monde qui se dispute, lance soudain Sophie.

Jean-Pierre tend l'oreille. Sa femme a raison. On crie là-bas, en direction de la place.

Un homme surgit devant eux entre deux maisons et les croise en courant. C'est à peine s'il leur accorde un regard – et ce regard est noir de méfiance. Il serre contre sa poitrine deux sacs de rations nutritives.

Jean-Pierre veut lui demander où il a pris les sacs, mais l'autre a déjà disparu.

Arrivés dans la rue Notre-Dame, les quatre aperçoivent enfin la place centrale de Saint-Tite, en face du grand bâtiment aux deux tours. Une petite foule s'agite près du comptoir de distribution de nourriture. Debout au centre de la table, un représentant de la Force d'intervention internationale en uniforme gris semble superviser la distribution de sacs de rations.

La voix de ce dernier est étonnamment forte, mais même ainsi c'est à peine si elle arrive à surpasser les cris et les supplications des survivants qui l'entourent.

— Veuillez ne prendre qu'un seul sac par famille. Il faut remettre les sacs surnuméraires que vous avez pris…

Sophie est horrifiée par la commotion.

— Qu'est-ce qui se passe ?

— Y a plus de barres ? demande Xavier, qui a l'esprit vif.

Jean-Pierre fait signe à Sophie et aux deux enfants de ne plus bouger.

— Restez ici.

Il se précipite, le cœur battant. Il n'est pas le seul à se mêler aux gens qui jouent des coudes devant la table. Dès qu'il voit un espace entre deux personnes, il s'y glisse pour mieux avancer. Il se sent soudain retenu par le collet de sa chemise. Par réflexe, il attrape un des doigts de la main qui le retient et le plie cruellement vers l'arrière. Quelqu'un émet un cri de souffrance, mais il est libéré.

Pendant ce temps, le représentant tente toujours d'apaiser l'ardeur de la petite foule à ses pieds.

— … pas plus qu'un sac de rations nutritives par famille. Chaque famille est de taille égale et chacun de ses membres a droit à sa part. Une communauté unie doit s'entraider et partager…

Au moment où Jean-Pierre atteint enfin la table, il ne reste que quatre sacs. Un survivant en prend deux et tente de s'enfuir.

— Heille ! Il a dit un sac par famille !

De haute lutte, Jean-Pierre lui en arrache un des mains. Leur bagarre cause un mouvement de foule qui renverse la table. Le représentant bascule. C'est la confusion la plus totale. Les deux belligérants sont à leur tour pris à partie par ceux qui n'ont pas eu de rations.

Un des sacs, se déchirant, envoie des rations dans tous les sens. On se jette au sol pour en ramasser le plus grand nombre, au risque d'avoir les mains écrasées.

Jean-Pierre aperçoit Sophie parmi ceux qui ramassent.

— Laisse faire ! J'ai un sac !

Elle l'ignore, ou n'entend pas son appel à travers les cris et les insultes. Elle fourre des barres à l'intérieur de sa robe qu'elle a repliée pour former une sorte de poche.

— Viens, Sophie !

Un jeune homme tente de soutirer le sac des mains de Jean-Pierre, qui le repousse sans ménagement.

— C'est à moi !

— On n'a rien à manger chez nous ! gémit le jeune.

— Nous autres non plus ! Viens, Sophie !

Cette fois elle lui obéit, son bras pressé contre sa robe pour retenir les barres. Enlacés, la tête rentrée dans les épaules, ils tentent de s'extraire de la cohue. Un homme leur bloque le chemin, le visage congestionné de fureur.

— Vous êtes ensemble, j'vous ai vus ! Vous avez assez d'un sac !

L'homme empoigne brutalement Sophie par sa robe. Une autre femme lui tire les cheveux.

— Putain !

Jean-Pierre frappe l'homme au visage. Un éclair de douleur remonte de sa main jusqu'au coude. L'agresseur lâche Sophie en crachant de la salive ensanglantée, mais l'autre femme lui tire toujours les cheveux. Elles tombent toutes les deux à terre. Pendant qu'il se penche pour venir en aide à sa compagne, Jean-Pierre se fait brutalement arracher le sac des mains.

Le voleur s'enfuit, aussitôt poursuivi par une partie de la foule alors qu'une autre s'arrache les barres tombées de la robe de Sophie à grands renforts d'insultes et de bousculades. Jean-Pierre les écarte à coups de pied : il n'a jamais été aussi furieux de sa vie.

Il ne reste bientôt plus que Sophie, allongée au sol, sa robe déchirée, le corps secoué de sanglots. Jean-Pierre la contemple, écœuré.

— Maudite conne ! Je t'avais dit de rester derrière !

La jeune femme se cache la tête entre les bras.

— Fais-moi pas mal !

Jean-Pierre recule d'un pas, le visage en feu, les oreilles bourdonnantes.

C'est donc si évident qu'il a envie de la frapper ? Il recule d'un autre pas, étourdi de confusion, incrédule de la voir sangloter ainsi. Il voudrait repousser l'infecte pensée d'où elle a surgi. Mais ce qui a été pensé ne peut plus être non pensé. À moins de retourner à l'état dans lequel il se trouvait à son éveil sur le pont, après l'éblouissement du Voile de lumière.

Il n'a pourtant pas besoin des slogans de la Force d'intervention pour savoir que frapper sa femme, c'est interdit…

C'est… c'est *mal*.

Mais enfin, Sophie n'est pas sa femme. Florence et Xavier ne sont pas ses enfants.

Et puis après ?

Ce qui suit est chaotique et confus dans l'esprit de Jean-Pierre. Xavier et Florence sont agenouillés près de Sophie. La fillette pleure. Le garçon lui lance un regard interloqué et méfiant. Autour d'eux, les cris et les insultes sont noyés par un vrombissement qu'il a appris à reconnaître.

Un disque volant.

Cette fois, le bruit provient de toutes les directions à la fois.

Une demi-douzaine de disques ont surgi d'on ne sait où et volent en tous sens dans le ciel au-dessus de la place centrale. L'un de ceux-ci descend en tourbillonnant et passe si proche de la tête de Jean-Pierre qu'il doit se jeter à terre.

— Quessé ça ? crie Xavier.

— Cessez de vous battre ! tonne la voix désincarnée qui les avait convoqués le premier matin après leur éveil à la conscience. Cessez de vous battre et rentrez chez vous ! Une fois sur place, soyez attentifs aux nouvelles instructions, auxquelles vous devrez impérativement obéir ! Rentrez chez vous immédiatement !

Les survivants, terrifiés par la stridulation des disques et le caractère autoritaire du message, se dispersent sans demander leur reste.

Jean-Pierre aide Sophie à se relever puis eux aussi vident les lieux, suivis par les enfants, qui baissent la tête chaque fois qu'un disque volant les survole de près.

Réfugiés dans leur maison, les quatre reprennent leur souffle en échangeant des regards médusés. Sophie exhibe piteusement sa maigre récolte : elle n'a réussi à sauver que trois rations alimentaires, une jaune, une blanche et, cruelle ironie, une bleue.

Des larmes abondantes lui coulent sur les joues.

— Excusez-moi.

Jean-Pierre ravale la remarque désobligeante qui lui vient aux lèvres. La réalité, humiliante, c'est que lui n'en a même pas rapporté une seule. Tout ce qu'il a gagné dans l'aventure, c'est une sensation de douleur qui s'avive quand il serre le poing droit.

— Partagez-les. J'en veux pas.

— Tu mangeras rien ?

— Il reste des grises. Elles sont pas si pires.

— Je peux manger des grises aussi, dit Xavier.

— T'avais dit que tu les aimais pas, proteste Florence.

— J'ai jamais dit ça.

— Oui, tu l'as dit.

— Je voulais dire que c'était pas mes préférées, c'est tout.

Jean-Pierre pose une main maladroite sur l'épaule de Xavier.

— T'es un bon garçon.

L'adolescent le regarde d'un air méfiant, comme s'il croyait qu'on se moquait de lui.

Après bien des négociations pour savoir qui préfère la ration jaune – baptisée la « Croustillante » par Florence – et la ration blanche – la « Collante » –, les deux femmes s'entendent pour partager chacune des barres moitié-moitié.

Jean-Pierre et Xavier, pour leur part, mâchonnent résolument leurs « Dures ». L'adolescent pousse la bonne volonté jusqu'à essayer encore une « Dégueulasse », mais renonce après une seule bouchée.

— Pfah ! Pourquoi ils nous donnent une sorte de barres qu'on est pas capables de manger ?

Xavier a le don de poser des questions pertinentes. Ce sont les réponses qui manquent.

Tout en mangeant, la famille garde un œil sur la télévision. La Voix leur a ordonné de rester à l'affût de nouvelles instructions. Pour le moment, ce sont celles du matin qui continuent de défiler en boucle, toujours sous forme de dessins animés colorés. Aujourd'hui, on explique à la communauté comment utiliser la toilette et la douche, pourquoi il est nécessaire de se vêtir décemment. Il importe aussi que les membres d'une même famille demeurent ensemble : c'est le noyau de base de la société, autour duquel tout le reste s'articule. Finalement, on répète qu'il est extrêmement dangereux de quitter le territoire de la ville à cause des rayonnements solaires, qui sont encore nocifs à certains endroits.

Jean-Pierre ne peut s'empêcher d'établir un lien entre ces trois dernières instructions et son incartade de la veille avec Pascale. Est-ce une simple coïncidence, ou le contenu des instructions diffusées à la télévision est adapté selon le comportement de la communauté ?

Et pourquoi pas ? Ce serait une décision logique de la part de membres de la Force d'intervention internationale.

Un peu lassé par les instructions répétitives de la télévision, Jean-Pierre monte au second étage pour inventorier ce qui s'y trouve. Florence l'a suivi. La fillette a déjà fouiné un peu partout et se révèle une guide pleine de bonne volonté.

— Ici, c'est une autre toilette. Regarde, ça marche comme celle d'en bas.

Le pouce sur le levier, elle actionne le mécanisme avec un air d'autorité.

— J'ai fait pipi dedans, hier.

— C'est bien, Florence.

— Y a un lit dans la chambre rose, mais dans la chambre bleue y a juste des meubles avec une télévision qui fonctionne pas.

Jean-Pierre se retient de faire remarquer à Florence qu'il voit tout aussi bien qu'elle, mais l'enthousiasme de la fillette l'amuse. À l'intérieur de la chambre bleue, elle ouvre une porte.

— Tu vois ? Encore du linge. Y en a aussi dans l'autre chambre. Pis dans les boîtes sur le lit.

— Oui. Je m'en souviens.

— Y a du linge, genre, partout dans la maison.

Jean-Pierre examine le meuble qui soutient une télévision d'un plus petit format que celle du salon. Mais est-ce bien une télévision ? Ça y ressemble, bien que l'écran soit branché à divers appareils, dont une plaque couverte d'une multitude de touches marquées par l'ensemble des chiffres et des lettres de l'alphabet.

Un clavier.

Jean-Pierre laisse courir ses mains sur la plaque. Chaque touche s'enfonce avec un cliquetis. Familier. Le son, autant que le geste. Sans qu'il y pense, son regard est remonté vers l'écran. Mais ce dernier demeure éteint.

Sur une étagère, quelques livres sont maintenus debout par des morceaux de roche sculptés en forme de serpents. Le plus gros livre est intitulé *Dan Brown Da Vinci Code*. Jean-Pierre le feuillette : juste du texte, sans la moindre illustration. Le volume à côté est beaucoup plus mince, avec une couverture plus sobre : *Projet de révision de la loi des Mines en Finlande, au Québec et au Mexique*. Tiens, encore ce mot : Québec. À côté, un troisième fascicule au programme aussi élaboré que mystérieux : *Programme canadien des matériaux de référence certifiés : certification des matériaux de référence destinés aux laboratoires d'analyse de l'industrie des minéraux*.

Le contenu est du même calibre, pendant des pages et des pages, avec des tableaux et des graphiques colorés.

— Ouain…

Est-il supposé comprendre ce qui est écrit ? Il comprend la plupart des mots, mais le sens général lui échappe. Peut-être que ces livres appartiennent à la femme qui vivait avec lui.

— Jean-Pierre ! Viens !

Sophie l'appelle en bas. Il descend avec Florence sur ses talons. Le message annoncé par la Voix a remplacé les dessins animés : c'est un avis de convocation en grosses lettres violettes. Tous les survivants doivent se rassembler immédiatement dans le grand bâtiment à tourelles.

— Quessé qu'on fait ? demande Xavier.

Jean-Pierre ébauche un geste fataliste. Ignorer les ordres ne les a pas beaucoup servis jusqu'à présent.

◆

Lorsque les quatre pénètrent dans le grand bâtiment, ils constatent qu'ils sont presque les derniers arrivés. La salle est bondée. Une rumeur sourde est réverbérée par les hauts murs, le tout ponctué de pleurs de jeunes enfants. D'abord surpris de voir autant de monde, Jean-Pierre se souvient qu'à la première convocation, les enfants n'étaient pas encore parmi eux. Xavier et Florence semblent assez impressionnés.

La petite s'empare de la main libre de Jean-Pierre. De l'autre, il tient celle de Sophie, raide de nervosité depuis la convocation.

À l'avant de la salle, six représentants de la Force d'intervention internationale se dressent de chaque côté de l'écran central : trois hommes, trois femmes, tous en gris, immobiles. Une impression de sévérité se dégage de leur posture rigide, quoique leur visage demeure d'une inexpressive placidité.

La famille avance le long de l'allée centrale. Il fait chaud dans la grande salle, et ça pue. Les survivants se regardent, méfiants. Jean-Pierre reconnaît à ses lèvres tuméfiées l'homme qui a tenté de lui soutirer son sac de rations : l'autre le fixe d'un regard noir.

— Jean-Pierre ! Sophie !

Une jeune femme en robe bleue sans manches leur fait signe d'approcher d'un banc libre derrière elle. Il faut une seconde à Jean-Pierre pour reconnaître Pascale. Elle a renoué ses cheveux blonds en une queue de cheval qui dégage son visage avenant. Lionel aussi est méconnaissable, lavé et vêtu d'un pantalon et d'une chemise de couleur claire. Son expression renfrognée est toutefois inchangée. L'adolescente est assise entre les deux, mais sans le petit garçon.

Ignorant le regard peu amène de Lionel, Jean-Pierre accepte l'invitation à s'asseoir derrière la famille de Pascale.

— Où est le bébé ? demande Florence.

Pascale incline la tête d'un air fataliste.

— Je l'ai rendu.

Sophie ouvre de grands yeux.

— Comment ça ?

— Il mangeait pas et il pleurait tout le temps. Avec Alia, je suis allée à l'hôpital. Il bougeait plus. Je pense qu'il est mort.

Pascale fait un geste, comme si le sujet ne l'intéressait plus. Elle montre la foule autour d'eux.

— Pourquoi on est ici ?

— C'est à cause de la bataille. Je pense.

— La bataille ?

— Y avait pas assez de barres nutritives pour tout le monde, explique Xavier, avide de se glisser dans la conversation. Tout le monde s'est battu.

— Toi aussi ? demande l'adolescente.

— Ah, non. Pas moi.

Xavier se renfrogne et rougit, ce que Jean-Pierre ne peut s'empêcher de trouver comique. Ce qui le frappe presque aussitôt, c'est de réaliser qu'avec le passage du temps son angoisse s'est suffisamment atténuée pour qu'il puisse apprécier la drôlerie de certaines mimiques, de certaines situations.

— Je protégeais Florence, clarifie Xavier.

L'adolescente hoche la tête. Elle a une manière à elle de regarder les gens, en plissant légèrement les yeux, comme si elle ne voyait pas très bien. Cela rappelle à Jean-Pierre combien il lui est difficile de bien voir de près.

— J'ai pas eu connaissance de ça, dit Pascale. J'étais avec Alia à l'hôpital.

— C'est quoi, un hôpital ? demande Florence.

— C'est là qu'on soigne les blessés et les malades.

L'emploi du pluriel n'échappe pas à Jean-Pierre, mais un mouvement à l'avant interrompt la discussion.

Sam et Alia sont apparus par une porte dérobée dans un coin de la salle. Ils viennent se placer au milieu de la scène, juste sous l'écran, où ils s'immobilisent dans la même posture que leurs confrères et consœurs en gris. Ils se ressemblent vraiment beaucoup, tous ces hommes et toutes ces femmes. Il suffirait à Sam d'échanger sa casquette et son habit bleu contre le costume d'un de ses compagnons en gris, et bien malin qui serait capable de s'apercevoir de la substitution.

Jean-Pierre se sent mal à l'aise d'exprimer ce genre de pensée.

— Veuillez vous asseoir, dit Sam avec un geste de cette tranquille autorité qui semble faire partie de sa nature.

Les rares conversations qui se poursuivaient s'arrêtent aussitôt. La communauté tout entière obéit à l'exception d'un tout petit enfant qui court dans les allées entre les bancs de bois. Une femme s'élance à sa poursuite pour essayer de le rattraper, mais l'enfant s'esquive en riant. La femme trébuche et reprend sa poursuite, avec de temps en temps un regard terrifié vers les membres de la Force d'intervention qui attendent sans un mot.

Toute la communauté observe la femme. Jean-Pierre aussi ressent une indicible angoisse devant l'incident. Il se demande s'il doit intervenir pour intercepter l'enfant dans sa course, mais cela ne ferait qu'accentuer le chaos. Ce n'est pas son enfant. Doit-il s'en mêler ou pas ? Il se sent si mal qu'il a envie de crier.

C'est Alia elle-même qui intervient. Avec une étonnante vivacité, elle bondit sur l'enfant turbulent et l'attrape en un seul et même mouvement fluide. L'enfant a beau hurler et se débattre, Alia le tient bien. Elle le remet à la mère, qui bafouille des paroles inintelligibles avant de retourner à sa place, le visage baissé tellement elle est gênée.

Heureusement, voyant que son escapade est bel et bien terminée, l'enfant se calme.

Alia retourne à l'avant. Ni elle ni aucun de ses compagnons ne semblent le moindrement agacés par la péripétie. L'incident est clos.

Sam reprend la parole :

— Écoutez-moi tous. Notre communauté a été le théâtre ce matin d'un incident tout à fait désolant. Une explosion de violence, à laquelle plusieurs parmi vous ont participé. Nous ne pourrons pas tolérer pareil comportement dans notre communauté. Nous nous sommes engagés, nous, représentants de la Force d'intervention internationale, à assurer votre sécurité et votre bien-être. Or, rien de ce qui est important ne peut être mis en œuvre dans la désorganisation sauvage. Lorsque chacun tire de son côté sans s'être d'abord entendu sur la direction qui est la plus bénéfique à sa communauté, il en résulte un gaspillage absurde d'énergie.

Alia prend le relais :

— Il en va ainsi pour chacun des aspects de l'existence. Le sommeil, le travail physique, l'habillement et l'alimentation. Tout est affaire de technique raisonnée et ordonnée. L'incident navrant de ce matin ne se reproduira pas, car les suppléments nutritionnels seront désormais distribués selon les besoins de chacun grâce à un appareil automatisé. Il sera vain de tenter de s'en procurer plus que sa part. Mais passons vite sur cet incident de parcours, car ce n'est pas pour vous admonester que nous vous avons réunis à nouveau, mais pour vous mettre au travail. Car c'est ainsi que se construit une société, grâce au travail de tous pour le bénéfice de chacun.

Sam ouvre grand les bras, le visage fendu par un vaste sourire, et l'écusson d'or sur son poitrail bleu reflète les nombreuses lumières du haut plafond.

— Cette société est vôtre, et c'est à vous de la reconstruire. Nous ne sommes ici que pour vous guider et vous aider. Voici une esquisse de ce programme auquel vous êtes tous conviés.

Alia — La priorité est de diversifier les sources de nourriture. Les rations nutritives ne devront être qu'une solution temporaire. Il faudra collecter les denrées encore comestibles là où elles sont entreposées et les distribuer de manière égale parmi vous.

En contrepartie, il faudra jeter ce qui est corrompu, inutile ou encombrant.

Sam — Ainsi en va-t-il des vêtements. Une importante quantité de ceux-ci a été fabriquée avant la catastrophe qui vous a affligés ; ce qui a été épargné par les incendies est à votre disponibilité. Chacun recevra ce qui lui est nécessaire pour ses besoins dans une perspective de protection des éléments, de confort et de respect des normes morales de la société.

Alia — Ainsi en va-t-il avec les accessoires hygiéniques. Le bonheur commun dépend du travail, qui dépend de la santé, qui dépend de l'hygiène active. Malades et blessés seront soignés, mais ne vaut-il pas mieux éviter d'en arriver à cette regrettable extrémité ?

Sam — N'oubliez jamais qu'une incursion dans les zones extérieures à la communauté vous expose à toutes sortes de dangers.

— On commence à le savoir, marmonne Xavier avec un regard vers la fille de Pascale et Lionel.

L'adolescente rougit en battant des paupières. Pour Jean-Pierre, sans qu'il sache vraiment pourquoi, se retenir de rire est d'autant plus difficile que Florence tente de se contenir elle aussi à grand-peine.

Le dos droit et la poitrine gonflée pour imiter la posture du représentant masculin, Xavier répète muettement les instructions de ce dernier, sa bouche formant les mots sans qu'on entende quoi que ce soit, ce qui fait pouffer de rire son jeune auditoire féminin.

Jean-Pierre doit finalement intervenir : on les regarde. En vérité, lui non plus ne prête plus vraiment attention au discours de Sam et d'Alia, qui détaille l'organisation future de la communauté. Il n'oserait pas l'avouer à quiconque – c'est à peine s'il se l'avoue à lui-même –, mais le flot intarissable d'instructions qui leur est servi par la Force d'intervention internationale depuis le premier matin où la télévision s'est allumée commence à l'assommer. Il a hâte que ces derniers se taisent et les libèrent de la salle puante. Mais cela ne semble pas être leur intention immédiate…

Retenant un soupir, Jean-Pierre prend une pose faussement attentive et laisse son esprit vagabonder.

Jours de progrès et de joie

Peu à peu, la communauté des survivants de Saint-Tite s'organise sous la férule bienveillante de la Force d'intervention internationale. Chaque matin est le prélude à une nouvelle journée de progrès et de joie.

Les survivants se lèvent tôt.

Jamais un problème pour Jean-Pierre. Pour Florence non plus. Aux premières lueurs du jour, elle est déjà active, souriante et le regard clair. S'extirper du lit est plus difficile pour Sophie et Xavier. La première dort mal, et le second est généralement de mauvaise humeur jusqu'à la moitié de la journée.

— Étais-tu comme ça avant ? lui a demandé Jean-Pierre.

— Avant quoi ?

Une autre manifestation de mauvaise volonté. À Saint-Tite, tout le monde comprend ce que signifie « avant ».

Il a bien fallu donner un nom au phénomène. Certains ont parlé du Mur, d'autres du Choc ou du Grand Oubli. Une forme de consensus s'est formée, un choix double oscillant entre Voile de lumière et

Éblouissement. Des choix descriptifs. Normal: la lumière associée à leur retour à la vie consciente a été une de leurs rares expériences communes. Pour certains, la lumière a été si intense qu'ils en ont ressenti de la douleur. D'autres s'en souviennent à peine à travers le chaos qui a suivi leur éveil.

Après les exercices du matin accomplis en famille devant la télévision, Jean-Pierre et les autres se lavent et se brossent les dents. L'hygiène active est importante. « Il vaut mieux prévenir que guérir. » Un des nombreux slogans de la Force d'intervention dont il est difficile de contester la sagesse.

Le déjeuner suit. L'alimentation de la communauté s'est transformée en quelques jours à peine. Comme promis, une machine distributrice de rations alimentaires a été installée sur la place centrale. Il suffit à chacun des villageois d'approcher son bracelet de l'appareil pour voir glisser dans le bac de distribution suffisamment de rations nutritives pour la journée. Les enfants en reçoivent moins que les adultes. Inutile de demander plus que sa part. Si un villageois sollicite abusivement la distributrice, un slogan apparaît sur la paroi: « Je reçois ce que je mérite, je n'ai pas besoin de plus. »

Aucun membre de la communauté ne peut prédire combien il recevra de croustillante (la jaune), de pâteuse (la rouge), de sucrée (la noire), de collante (la blanche), de salée (la verte) ou de dure (la grise). Les représentants de la Force d'intervention internationale se sont rendus à l'évidence et ont retiré les rations bleues.

Ce n'est pas le seul changement dans les normes alimentaires. Ainsi que l'ont expliqué Sam et Alia, il reste d'abondantes quantités de nourriture comestible dans les commerces et les entrepôts qui n'ont pas été la proie des flammes. Même si tout n'est pas de qualité égale, la variété est la bienvenue. Parmi les denrées que se partagent les familles, on trouve de nombreux pots de Nutella, au grand ravissement de Florence et de Xavier.

C'est à ce travail de récupération qu'est affectée Sophie. Elle et une douzaine de villageoises forment un groupe sous la surveillance discrète d'un des membres de la Force d'intervention. Ce n'est pas une besogne agréable. Ramasser, trier et redistribuer la nourriture qui s'est conservée est la partie aisée. Mais elles doivent aussi collecter et jeter celle qui s'est dégradée. Sophie se plaint que l'odeur lui soulève le cœur. Et que la puanteur empire de jour en jour. Jean-Pierre ne doute pas de sa parole : sa compagne sent mauvais quand elle rentre à la maison.

Lui-même n'a pas été mieux loti. Il fait partie d'une équipe d'une vingtaine de nettoyeurs chargés de ramasser les innombrables débris qui jonchent les rues de Saint-Tite. Lionel travaille dans son groupe, entièrement composé d'hommes. Un travail pénible et au moins aussi offensant à l'odorat que celui de Sophie. Car au nombre de ces débris figurent des cadavres d'humains et d'animaux. Sam et Alia ont répété que les radiations ont causé la mort de nombreux êtres vivants. Il est important d'enterrer ces cadavres pour éviter la contamination.

Un véhicule automatique fourni par la Force d'intervention va porter les débris en dehors de l'enceinte de la ville ; Jean-Pierre n'en sait pas plus au sujet de l'emplacement de cette décharge et il n'a pas demandé de précision sur le sujet. Le véhicule automatique ne peut cependant les suivre partout. Par exemple, la route par laquelle leur convoi est arrivé le premier jour est toujours bloquée par le semi-remorque coincé en travers de la chaussée.

C'est la première fois que Jean-Pierre et Lionel retournent à l'endroit où un survivant fou leur a tiré dessus.

Jean-Pierre ressent d'étranges fourmillements au creux du ventre en contemplant le camion. La voiture noire n'a pas bougé non plus. Le seul changement par rapport à son souvenir est le fait que le pare-brise de la voiture est désormais émietté.

Il scrute la façade des maisons autour, à la recherche d'un homme embusqué. Personne. Évidemment. Le tireur est peut-être toujours vivant. Si c'est le cas, il est devenu un membre de la communauté, marié et père de deux enfants, comme tous les hommes ou presque.

Peut-on reprocher à quiconque la nature de ses actes de ce jour-là ? Alors que tous étaient confus et terrorisés ?

Le panorama vibrant de chaleur autour de Jean-Pierre lui semble soudain irréel. A-t-il vraiment vécu tout cela ? Les cadavres qui jonchent la rue sont la preuve qu'il ne s'agissait pas d'un rêve. Le corps sous la roue avant droite – celui qui avait empêché la voiture noire d'avancer – est toujours là, à côté du cadavre du gros monsieur obsédé par les sandwichs. Jean-Pierre reconnaît aussi celui de la vieille dame, plus par sa robe que par ses traits, car son visage n'est plus qu'une plaie immonde grouillante d'asticots. L'odeur est à l'avenant.

Les membres de l'équipe de ramassage des débris s'y mettent à plusieurs pour transporter les cadavres jusqu'à la section du chemin accessible au véhicule de ramassage. Un travail harassant, surtout dans le cas du gros homme. Une fois la corvée terminée, les membres de l'équipe font une pause dans l'ombre du camion. Jean-Pierre s'adresse à Lionel.

— As-tu retrouvé ton ami ?

— Hein ?

— Tu sais, le gars qui travaillait avec toi, au garage... Il était avec nous autres, dans le convoi.

Lionel hausse ses grosses épaules rondes.

— Je l'ai pas revu.

— Il y avait aussi un petit garçon. Personne savait son nom.

— Pourquoi tu me parles de ça ?

— Je me demandais ce qui leur était arrivé. On n'a pas retrouvé leurs cadavres.

Lionel se détourne et Jean-Pierre n'insiste pas. L'autre est bougon avec tout le monde, mais Jean-Pierre a parfois l'impression qu'il le déteste, lui particulièrement, et cela malgré les prescriptions de Sam et d'Alia sur la nécessité de s'entendre et de coopérer – *Tous ensemble, nous réussirons !*

La pause ne dure pas longtemps : une sonnerie déclenchée par le véhicule est le signal qu'il faut s'activer. Ailleurs dans la ville, des chiens ont commencé à se repaître des cadavres pourrissants. La plupart des bêtes fuient en voyant approcher les ramasseurs, mais quelques gros chiens refusent de céder le terrain et grondent, tous crocs dehors. Heureusement, aucun animal ne peut soutenir une attaque concertée de plusieurs hommes armés de bâtons. Quel meilleur exemple des vertus de la collaboration ?

Tous ensemble, nous réussirons !

Les enfants travaillent aussi, à des tâches adaptées à leurs capacités.

Florence et d'autres fillettes trient les vêtements trouvés dans les boutiques et les distribuent à ceux qui en ont besoin. Un comptoir destiné à cet usage a été installé dans une des boutiques situées près de la place centrale. Les membres de la communauté profitent des grands miroirs qu'on y trouve pour s'assurer que leur tenue correspond aux normes vestimentaires préconisées par Sam et Alia. Sur les murs, des affiches résument le contenu des messages télévisés qui abordent la question.

Les hommes et les garçons doivent porter un sous-vêtement, avec un pantalon et une chemise. Un chapeau est recommandé pour les gens qui, comme Jean-Pierre et Lionel, travaillent à l'extérieur.

Les femmes de n'importe quel âge peuvent choisir des robes légères et amples, avec un sous-vêtement et un support de la poitrine pour celles qui en ont besoin. Certaines préfèrent une blouse avec une jupe. Les cheveux longs sont retenus par une attache ou un bandeau. Une coiffure ébouriffée, cela fait négligé. Florence apprécie particulièrement ce rôle de conseillère à l'habillement, car elle a des idées bien arrêtées sur la question et n'a aucun scrupule à les exprimer. Elle-même sélectionne avec soin une nouvelle robe chaque jour, en montrant une prédilection pour le rouge.

Xavier a été enrôlé dans une petite équipe de nettoyage spécialisée, dont fait partie la fille de Pascale et de Lionel – ils l'ont finalement appelée Châtelaine, une suggestion de Sophie qui a trouvé ce nom sur la couverture d'une revue dans leur maison. L'équipe est chargée de ramasser tous les livres, revues et autres documents en papier de la ville. Ils ont trouvé beaucoup de revues dans un commerce situé juste en face de la salle communautaire, et des livres en plus grand nombre encore dans un bâtiment au centre de Saint-Tite – des milliers de volumes disposés sur des rayons, dont il a fallu remplir des caisses pour les jeter ensuite dans la benne d'un véhicule de la Force d'intervention. Le tout est déversé au milieu de la place centrale, tout près de la statue de l'homme à cheval, pour alimenter le feu de joie autour duquel toute la communauté se rassemble au moment du dernier repas de la journée.

— Après le travail vient le repos, a expliqué Sam le premier soir où ils ont allumé le feu de joie. Une communauté assure sa cohésion grâce aux liens que chacun de ses membres tisse avec les autres.

Alia les a tous salués avec son perpétuel sourire empreint de bienveillance.

— Faisons la ronde autour du feu et chantons à la gloire de Saint-Tite.

C'est un des moments les plus agréables de la journée pour les membres de la communauté, et Jean-Pierre ne fait pas exception. C'est agréable de se délasser après avoir passé la journée à soulever de lourdes charges. Sur des tables, les victuailles récupérées par les bons soins de Sophie et de ses compagnes ont été disposées pour un buffet.

Le repas du soir se prend en commun : tous ont aidé la communauté, et la communauté le leur rend bien.

L'atmosphère, plutôt tendue les premiers soirs, est plus décontractée maintenant que tous ont appris à se connaître un peu.

Xavier déambule autour du feu en compagnie de Châtelaine et d'autres jeunes de leur âge. Le soir venu, l'adolescent devient inexplicablement aimable et plein de bonne volonté envers ses semblables. Il semble particulièrement apprécier la présence de Châtelaine, un sentiment qui paraît réciproque.

Alors que Sophie discute avec Pascale, Jean-Pierre observe les deux femmes, de simples silhouettes auréolées par la clarté jaune des flammes. Florence s'est endormie dans les bras de son père. Elle porte une robe bouffante de sa couleur préférée, avec des chaussettes rouges aussi, et un ruban de la même teinte dans ses cheveux, quelque peu décoiffés maintenant.

À l'écart, Lionel lance des cailloux dans le feu, perdu dans ses réflexions, moroses à en juger par son expression. Il est inconsolable d'avoir perdu son garage. Pascale leur a expliqué que Lionel a demandé à Sam et Alia de lui permettre de retourner chez lui. La permission lui a été refusée. Pascale en a profité pour demander si les membres de la communauté allaient pouvoir un jour circuler librement. Le représentant des Force d'intervention l'a rassurée. Ce moment approchait. Bientôt, le monde extérieur redeviendrait sécuritaire. Mais ce n'était pas encore le cas.

Xavier et ses amis, un moment disparus dans la nuit, réapparaissent avec des bâtons pour brasser les cendres du feu. Ils l'alimentent ensuite avec des ballots de livres et de journaux.

Jean-Pierre, envahi par une délicieuse langueur, est fasciné par la vision du papier qui se racornit dans les flammes. Sur plusieurs couvertures, les images sont similaires : un homme ou un autre enlace une femme ou une autre. Ou alors ils s'embrassent passionnément.

Des étincelles générées par la combustion montent vers le ciel.

Un point particulièrement lumineux glisse lentement à travers le champ d'étoiles. Jean-Pierre suit du regard la progression régulière du point brillant, qui change brusquement de direction à deux reprises avant de disparaître.

Sophie s'approche, un sourire dans son visage modelé par la douce lumière du feu de camp. Avec son bras libre, Jean-Pierre la serre contre lui. Il aime qu'elle vienne se faire câliner. C'est le rôle d'un homme de prodiguer de l'affection à sa famille : c'est ce que disent les instructions télévisées de la Force d'intervention internationale. Sur ce point, comme sur bien d'autres, Jean-Pierre est d'accord avec les prescriptions.

Parmi le bruissement des conversations, il reconnaît la voix de Pascale. Elle s'adresse à l'un des représentants de la Force.

— Est-ce que vous allez en garder quelques-uns, des livres ?

— Pour quoi faire ? Le papier est un bon combustible pour alimenter le feu de joie. C'est là sa première utilité.

Le timbre de la voix est masculin. Jean-Pierre est incapable de dire si l'interlocuteur de Pascale est Sam ou l'un de ses compagnons. La nuit, tous les représentants de la Force sont gris.

— Il y a des choses d'écrites, dans tout ça. Des informations. Des souvenirs. Ça peut pas nous aider pour la reconstruction ?

— Le contenu des livres anciens est confus, contradictoire et sans rapport avec le nouveau monde que nous vous aidons à construire. Les concepts qu'on y retrouve sont pires qu'inutiles, ils sont nuisibles à l'entreprise de restauration du nouveau monde, car ils reflètent un mode de pensée archaïque.

Jean-Pierre comprend que c'est bien Sam qui parle. C'est le seul des représentants, avec Alia, qui s'exprime avec autant d'éloquence. Même que, parfois, il arrive que certains de ses arguments soient difficiles à saisir. Sam poursuit en élevant un peu la voix, car il sait que Pascale n'est pas seule à écouter ce qu'il a à dire.

— Nous sommes vos amis. Nos armes sont la persuasion, non la contrainte. Si nous vous prodiguons autant de bons conseils, c'est pour vous éviter de perdre du temps à explorer des voies sans issue. Admettons que vous consacriez votre précieux temps d'éveil à lire les textes de tous ces livres, de ces innombrables revues, au lieu de soutenir par votre action directe le travail de vos concitoyens. Quel bénéfice tirerez-vous de cette égoïste oisiveté si ce n'est un constat de futilité ? En vérité, la plus grande utilité de ces ouvrages du monde ancien est de nous illuminer et de nous réchauffer en purifiant le monde de leur potentiel délétère. Nous y voyons un puissant symbole : le nouveau monde se nourrira de l'ancien monde comme le feu se sera nourri des anciens livres.

Après la veillée autour du feu, chaque famille rentre chez elle. C'est la période où les parents peuvent enfin être seuls. Conformément aux instructions de la télévision, les enfants ont été déménagés dans d'autres pièces. Florence couche sur le divan du salon, tandis que Xavier s'est approprié le lit du second étage après l'avoir débarrassé des valises pleines de vêtements qui l'encombraient.

Dans la noirceur et le silence, Jean-Pierre caresse Sophie, qui apprécie autant que lui cette période de communion. Son corps nu est chaud, vibrant de tension animale. Elle l'embrasse à pleine bouche.

Jean-Pierre est heureux, même si les cheveux de sa compagne sentent la charogne et le papier brûlé.

Fissures

Pascale s'est présentée à la maison, très tôt, alors que Jean-Pierre et sa famille déjeunent. Au lieu de les rejoindre dans la cuisine où ils sont attablés, elle traverse le salon. Elle semble à la recherche de quelque chose.

Jean-Pierre descend du palier à sa rencontre. La jeune femme se tourne vers lui en arborant son expression habituelle, intense et sérieuse.

— T'avais pas des photos de ta femme ?

Il faut un moment à Jean-Pierre pour comprendre le sens de la question.

— Tu veux dire celle d'avant ?

— Je pense que je l'ai retrouvée.

— Quoi ?

— Je suis pas sûre. Elle lui ressemble. T'avais pas une photo, ici, sur l'étagère ?

— Xavier les a ramassées pour le feu du soir, avec les livres et les revues. C'est son travail.

Pascale a baissé les yeux, avec de temps en temps un regard furtif dans la direction de Sophie. Elle reprend, un filet de désapprobation dans la voix.

— T'as vraiment rien gardé ?

Jean-Pierre entraîne Pascale dans sa chambre. L'attitude de la jeune femme l'a mis sur la défensive. Il a effectivement conservé quelques photos, avec l'impression de se livrer à un acte de rébellion. Mais s'agit-il bien de rébellion ? Après tout, le ramassage de tous les souvenirs inutiles du passé pour alimenter le feu de joie n'est qu'une suggestion de la Force d'intervention. Ce n'est pas un ordre.

Il ne possède plus la photo à laquelle Pascale fait allusion. Il en a gardé une autre, plus petite, moins nette, où le visage de son ancienne femme est de biais. Une ombre bizarre lui découpe le visage : le résultat n'est pas très élégant, mais la femme reste néanmoins reconnaissable.

— Je suis presque sûre que c'est elle, affirme Pascale.

— De quoi tu parles ?

Sophie les a suivis dans la chambre. Sa voix est criarde et sonne désagréablement.

— J'ai jamais vu cette personne-là, insiste Sophie. J'ai bien regardé toutes les femmes de Saint-Tite. Aucune lui ressemble.

— Sophie a raison, dit Jean-Pierre. Explique-toi, s'il te plaît.

— Elle est à l'hôpital. Je suis tannée de m'expliquer. Viens voir toi-même.

Jean-Pierre suit Pascale hors de la maison. Il interdit aux autres de les accompagner, ce qui ne plaît pas à Xavier.

— Je viens pareil.

— Non. Faut que tu ailles travailler.

— D'la marde !

— Xavier, t'as entendu comme moi les instructions. Je suis le père de la famille. C'est moi qui donne les ordres aux enfants.

L'adolescent s'immobilise sur la dernière marche de l'escalier extérieur, rouge de frustration, mais il n'ose pas braver l'interdit.

Jean-Pierre reporte son attention sur Pascale.

— Il est où, ton hôpital ?

Pascale le mène par les rues de Saint-Tite jusqu'à un bâtiment gris, plus grand que les entrepôts de nourriture. Ils contournent la bâtisse jusqu'à une porte en retrait.

L'intérieur est sombre. Une épaisse odeur prend à la gorge. Cela rappelle à Jean-Pierre la puanteur des cadavres. En moins répugnant, tout de même.

Un couloir conduit à une grande salle au plafond haut, guère plus éclairée que le reste, dans laquelle s'alignent des lits sur plusieurs rangées. Malgré la pénombre, d'instinct presque, Jean-Pierre comprend que les formes allongées sous des couvertures, ce sont des gens. Des malades. Des blessés. L'hôpital. C'est ici que Pascale a été obligée d'amener le garçonnet dont elle avait la garde.

Elle lui fait signe d'avancer.

— C'est dans le fond.

Jean-Pierre s'aperçoit qu'il était resté figé à quelques pas de la porte, saisi par l'étrangeté des lieux. Il met un pied devant l'autre. Autour de certains lits, des appareils inconnus palpitent. Des fils et des tubes en émergent, branchés à divers points du corps des malades. Certains portent des masques connectés à des tubulures articulées.

Une représentante de la Force d'intervention internationale se dresse devant eux. Il fait tout de même assez clair pour que Jean-Pierre détermine qu'il ne s'agit pas d'Alia.

— Qui êtes-vous et quelle est la raison de votre présence en ces lieux ?

— Je travaille ici depuis deux jours, répond Pascale.

— Ce n'est pas à vous que s'adresse ma question, mais à cet homme, qui n'est pas votre mari.

— Demain, je pourrai pas venir. C'est lui qui va me remplacer.

— Ce n'est pas votre rôle de prendre ce genre de décision.

— Je voulais pas vous déranger. Je pensais que vous aviez des choses plus urgentes à faire.

Ce n'est pas la première fois que Jean-Pierre est désarçonné, et même un peu choqué, par l'arrogance avec laquelle Pascale s'adresse aux représentants.

La jeune femme adresse un signe discret à Jean-Pierre. Il l'accompagne sans un mot. La représentante les suit de près, attentive.

Pascale rebrousse chemin jusqu'à une aire de rangement. Elle revient en poussant devant elle un chariot à roulettes qui supporte divers contenants en métal luisant. Docilement accompagnée par Jean-Pierre, elle progresse le long des allées. De temps en temps, elle détache un contenant plein de liquide fixé à un des lits. Elle en vide le contenu dans le plus profond des bassins du chariot.

Une puissante odeur d'urine monte aux narines de Jean-Pierre. Impassible, Pascale remet le contenant en place et répète la même opération auprès d'un autre malade.

— Tu vois ? Et quand c'est de la merde, tu le vides dans le bassin du dessous.

— D'accord.

— On va faire le tour. Après, je vais te montrer où aller vider le chariot.

— D'accord.

— Ce n'est pas votre rôle de décider qui vous remplacera en cas d'absence, répète la représentante.

Pascale ignore la remontrance, à croire qu'elle n'a rien entendu. La représentante semble renoncer : sans un mot, elle rebrousse chemin. Jean-Pierre la regarde s'éloigner, le cœur battant.

— Ceux en uniforme gris sont plus faciles à convaincre que Sam et Alia, dit simplement Pascale.

Jean-Pierre prend la mesure de ce qui vient de se passer. Il a sciemment participé à une manœuvre destinée à tromper une représentante de la Force d'intervention internationale. Encore une fois, il s'est laissé entraîner par Pascale. Que va dire Sophie quand elle apprendra cela ?

Maintenant que la représentante a disparu, Pascale semble se désintéresser des malades. Elle pousse le chariot en diagonale jusqu'au lit d'une femme en fort piteux état. La malade alitée regarde dans le vide, les yeux mi-clos, la bouche ouverte. Elle est retenue par des courroies de contention, un collier autour du cou. Jean-Pierre l'observe, médusé. Il n'y a pas une grande ressemblance entre la femme maquillée et souriante des photographies et ce visage osseux encerclé par une couronne de cheveux gris. C'est bien elle, pourtant. Il reconnaît la disposition particulière de ses dents. Cela le frappe comme étant un peu inconvenant et absurde, mais c'est ainsi. Il n'a vu personne qui avait des dents pareilles à celles de la femme sur la photo.

— T'as raison… On dirait que c'est elle…

— Me semblait aussi.

Jean-Pierre se dandine d'un pied sur l'autre. Il ne s'est pas senti aussi mal à l'aise depuis le premier jour. L'attention soutenue qu'il déploie pour ne rien dire d'absurde, pour ne rien faire de déplacé, est si épuisante qu'il en ressent une forme de désespoir. Il se sent creux, fragile, honteux.

Il se penche vers la femme alitée.

— Est-ce que tu es réveillée ?

La malade tourne son regard vers lui. C'est comme si elle n'avait pas encore pris conscience que deux personnes se sont arrêtées à son chevet.

Jean-Pierre reprend, hésitant.

— Excuse-moi, mais je sais même pas ton nom.

La femme est prise d'agitation et commence à émettre des gémissements dont la cause n'est pas claire. Est-il possible qu'elle se souvienne de lui ?

— Est-ce que tu me reconnais ? Je suis ton… (Il hésite sur le mot.) Ton mari. Je m'appelle Jean-Pierre. Est-ce que ça te dit quelque chose ? Es-tu capable de parler ?

La femme continue de trembler. Son regard va et vient entre Pascale et Jean-Pierre. Elle poursuit ses gémissements, presque des râles. S'il s'agit d'une tentative de communication, elle est vaine, car aucun des visiteurs n'arrive à comprendre un mot.

Le voisin de lit de la femme, un vieil homme édenté, s'agite à son tour. Il tente de se redresser, mais il fait partie des malades retenus aux montants de leur lit par des sangles. Le corps arqué pour approcher son visage des visiteurs, il chuchote à voix trop basse pour être entendu.

Jean-Pierre l'ignore. Il prend la photo dans sa poche et la tend vers sa femme.

— On a retrouvé ta photo. Dans ma maison… Regarde, c'est toi. Ça te rappelle rien ?

C'est à peine si la femme regarde la photo. Elle semble soudain statufiée. Un filet de salive coule de sa bouche ouverte, le long du menton, jusque dans le cou.

Le vieil homme chuchote à nouveau, un peu plus fort cette fois pour attirer l'attention de Jean-Pierre. Son visage effraie: des yeux rouges et une bouche édentée crèvent comme des blessures un masque de peau ridée. Il répète un mot impossible à saisir. « *Chéeujôte... Chéeujôte...* »

Un mot de la troisième langue? la langue inconnue?

Alertée par le bruit, la représentante de la Force s'approche de Jean-Pierre et de Pascale.

— Vous n'êtes pas assignés à ce poste de travail. Veuillez quitter ce bâtiment.

— Qu'est-ce qu'elle a?

— Ça ne vous concerne pas. Vous n'êtes pas assignés à ce poste de travail.

— Oui, ça le concerne, intervient Pascale. C'était sa femme avant l'éblouissement.

La représentante accueille cette information avec un bref instant de réflexion.

— Elle a souffert des radiations solaires.

— Pourquoi est-ce qu'elle est comme ça, et pas nous autres?

Encore un moment de réflexion.

— Tous les survivants n'ont pas subi le même degré de dommage à leur cerveau.

Pendant la conversation, la femme alitée se débat et gémit de plus belle. Quelques malades autour s'agitent aussi, à commencer par le vieillard édenté.

— *Chéeujôte, simonac!*

— Fermez-vous donc! s'impatiente Jean-Pierre. Je comprends même pas ce que vous dites!

Le vieil homme est outragé de la réponse de son interlocuteur. La représentante s'interpose entre Jean-Pierre et le vieil homme.

— Ça suffit. Vous n'êtes pas assignés à ce poste de travail. Veuillez quitter ce bâtiment.

La crise de la femme de Jean-Pierre ne s'atténue pas pendant ce temps, au contraire. Elle voudrait se jeter en bas du lit qu'elle ne se débattrait pas avec plus de violence. Et le vieil homme qui continue de répéter la même phrase, hystérique : *« Chéeujôte ! Chéeujôte ! »*

Avec un dernier regard à sa femme qui se tord, les yeux révulsés, Jean-Pierre se laisse entraîner par Pascale.

À l'extérieur, la lumière du jour le force à mettre sa main en visière sur son front. Il suit Pascale le long des routes de Saint-Tite, trop troublé par ce qu'il vient de vivre pour savoir quoi en dire. La jeune femme marche vite, clairement dépitée par la tournure des événements. Sans ralentir le pas, elle glisse un regard de biais vers Jean-Pierre.

— C'était peut-être pas une si bonne idée de te montrer ça.

— Ouain.

Il voudrait lui dire, au contraire, qu'il admire le fait qu'elle est une des rares survivantes à contester les directives de la Force d'intervention. Il aimerait être capable d'autant d'audace. Comme c'est trop souvent le cas, il ne trouve pas les mots pour exprimer ce qu'il ressent.

— On a été chanceux de pas se retrouver... tu sais... comme elle...

C'est au tour de Pascale d'émettre un vague murmure d'assentiment.

Au détour d'une rue, ils aperçoivent au loin le groupe des ramasseurs de débris qui progressent dans leur direction, suivi par le véhicule automatique. Jean-Pierre devrait se trouver parmi eux.

Emportés par le même réflexe, ils rebroussent chemin pour s'engager dans un chemin secondaire. Ils cheminent en silence, puis Pascale fait un signe à Jean-Pierre.

— Je te laisse aller. Je vais retourner travailler.

— Oui. On se revoit au souper.

— Oui, à plus tard...

Au moment où Pascale tourne les talons, Jean-Pierre la retient par le bras.

— Attends.

Il referme son autre main sur l'épaule de la jeune femme et la tire contre lui. Elle ouvre de grands yeux étonnés, mais elle se laisse faire. Il plonge le visage dans son cou et aspire son odeur. Il caresse ses seins, fermes et souples sous le tissu léger de sa robe. Il y a souvent repensé, à sa poitrine, à son corps, depuis leur incartade vers Hérouxville.

— Tu es belle.

Il lui embrasse le cou, la joue, la bouche. Elle a fermé les yeux. Elle commence à lui caresser les cheveux, mais son toucher est hésitant. D'un coup, elle le repousse et se détache de lui. À voir la rougeur de son visage autour du nez, Jean-Pierre croit qu'elle est en colère. Puis il ne sait plus trop: elle paraît plus perplexe que fâchée.

— C'est compliqué... commence-t-elle avant de s'arrêter.

Elle réfléchit, le visage agité d'émotions, puis secoue la tête en signe de négation.

— Je t'aime plus que Lionel. Mais c'est trop compliqué.

Elle tourne les talons. Jean-Pierre la regarde s'éloigner, déçu mais aussi, d'une certaine façon, soulagé que Pascale ait choisi de le repousser. Leur existence est effectivement assez compliquée sans la bouleverser davantage.

Il va rejoindre l'équipe des ramasseurs, où on l'accueille avec quelques regards surpris. C'était la première fois qu'un membre du groupe s'absentait. Il imaginait que Lionel aurait été le plus méfiant de tous, mais c'est à peine si ce dernier lui prête attention.

Le reste de la journée se passe dans un état de torpeur vaguement nauséeuse. Il fait chaud, ce qui n'aide pas. Depuis qu'ils ont fini de nettoyer les rues, l'équipe de ramassage de débris inspecte les maisons une par une pour en sortir les cadavres.

Il n'est pas rare qu'une porte d'entrée soit verrouillée. À l'aide de barres de fer, ils arrivent à forcer les serrures. Un travail qui semble plaire particulièrement à Lionel.

Ils ont vite appris à déterminer, juste à humer l'air confiné, si un cadavre se trouve à l'intérieur. Ce n'est pas toujours l'odeur de la charogne humaine : les chiens et les chats morts sont tout aussi puants.

À la fin de la journée, Jean-Pierre décide de retourner prendre une douche à la maison avant le repas communautaire. Pas seulement à cause de l'odeur : ses yeux brûlent de la sueur qui a coulé de son front toute la journée.

Il arrive enfin à la maison, courbé de fatigue. Il commence à trouver malcommode d'habiter à l'extérieur de l'agglomération.

À sa surprise, il aperçoit Sophie allongée sur le divan du salon. Elle se redresse à demi, les yeux rougis. Les deux enfants apparaissent aussi. Les trois le regardent avec la même attention.

— Qu'est-ce qui se passe ? Vous êtes pas au souper ?

Florence fait un pas vers l'avant, puis elle s'arrête, hésitante.

— Est-ce qu'il va falloir qu'on s'en aille ?

— Quoi ?

— Xavier a dit qu'on va devoir aller vivre ailleurs, quand ta vraie femme va revenir.

L'adolescent fronce les sourcils, mécontent.

— C'est pas ça que j'ai dit…

Jean-Pierre émet un vaste soupir.

— Je vais pas vous abandonner. Inquiétez-vous pas.

Le visage de la fillette s'est illuminé d'espoir.

— Sophie aussi ? Elle va rester ?

— C'est quoi, c'te maudite histoire-là ? Y a personne qui s'en va nulle part ! OK ?

Il se rend compte encore cette fois qu'il les effraie quand il hausse le ton comme ça. Il s'adresse aux enfants plus calmement.

— C'est pas facile de savoir ce qu'il faut faire. C'est compliqué pour les adultes aussi.

Les deux enfants demeurent silencieux. Sophie s'est assise sur le divan, son regard suppliant levé vers Jean-Pierre.

— Je pensais que tu revenais avec…

— Avec quoi ?

— Tu sais de qui je parle. Ta vraie femme.

Il émet un ricanement sans joie.

— Elle est pas près de revenir. Elle est malade.

— Mais si elle guérit ?

Jean-Pierre sent son estomac se contracter d'exaspération.

— Maudit que c'est compliqué de discuter avec toi ! Si elle guérit, on verra à ce moment-là !

Sophie hoche la tête négativement.

— J'aime pas Lionel ! Je veux pas me retrouver avec lui !

— Quessé que tu racontes maintenant ?

— Même si ta femme revient pas, je l'sais que tu veux Pascale.

Jean-Pierre ne sait quoi répondre sur le coup. Il ne peut s'empêcher d'être sonné par l'affirmation. Il repense à leur étreinte furtive, à Pascale et à lui, le matin même. Il entend son aveu, valorisant et déconcertant à la fois, qu'elle le préfère à Lionel. Ont-ils été vus ? Un témoin s'est-il empressé d'aller rapporter cette incartade à Sophie ?

— Tu t'inventes des histoires, Sophie.

— Ah ! J'suis pas aussi arriérée que tu penses.

— J'ai jamais dit que tu étais arriérée.

— Tu l'as pas dit, mais tu le penses.

— Ostie !...

— Chicanez-vous pas, supplie Florence.

Xavier n'a rien dit, mais il serre les poings, le regard farouche sous la mèche de ses cheveux noirs. On croirait que l'adolescent se prépare à le frapper.

Jean-Pierre, accablé, sent ses jambes s'amollir.

— Je veux pas... Je veux pas me disputer avec toi, Sophie. Avec vous autres non plus, les enfants. Je veux plus jamais me disputer de ma vie.

Les enfants vont rejoindre Sophie pour la réconforter. Jean-Pierre erre un temps dans la maison, esseulé.

Sam et Alia leur ont promis une vie de progrès et de joie s'ils obéissaient aux instructions. Il n'aurait pas imaginé que ce serait aussi difficile.

Il aimerait faire taire ces instructions animées qu'il a vues et entendues des dizaines de fois. Il commence à en avoir assez de ce flot ininterrompu de conseils et de slogans.

Réjouissez-vous, car le nouveau monde
sera un monde de joie et de progrès!
Chantons à la gloire de Saint-Tite!
Il vaut mieux prévenir que guérir!
Tous ensemble, nous réussirons!
Nous sommes vos amis!

L'écran de la télévision est en verre. Le verre éclate quand il est frappé avec suffisamment de force. Pourquoi ne le fait-il pas?

Que diraient Sam et Alia s'il détruisait la télévision? Que dirait Sophie? Et Pascale? Approuveraient-elles ce fantasme de rébellion?

Jean-Pierre prend sa douche, frissonnant sous l'eau froide, puis s'habille avec des vêtements moins puants.

La tension a baissé dans la maison. Sophie n'a plus les yeux rouges. Piteuse, elle vient se faire câliner par Jean-Pierre. Il la serre contre sa poitrine, heureux de ce changement d'attitude.

Ils se rendent en famille au souper communautaire. Après avoir mangé, ils chantent autour du feu alimenté en livres par Xavier et les autres adolescents.

Sophie n'a pas quitté les bras de Jean-Pierre de la soirée et ce dernier n'est que trop heureux de l'accommoder. Il a de la difficulté à se rappeler la cause de son impatience de tout à l'heure. Il en était presque venu à détester Sam, Alia et l'ensemble complet des représentants de la Force. Pourquoi cette éruption d'agressivité? La bonne entente ne vaut-elle pas mieux que la querelle et la dispute?

Plus tard, dans l'intimité, Sophie répond à ses caresses avec une avidité et un abandon inégalés jusqu'à présent. Les angoisses et les tracas de Jean-Pierre, tout cela est bien lointain à cette heure.

Plus tard, lorsqu'un flot de lumière rosée envahit la chambre, Jean-Pierre n'y prête presque plus attention. La faible vibration des murs est tout aussi familière. À son poignet, le bracelet émet l'habituelle série de pulsations lumineuses. Même chose au bracelet de Sophie, mais elle ne s'en rend pas compte. Elle s'est endormie. La vibration s'atténue. La lumière rose faiblit et disparaît.

Jean-Pierre s'aperçoit que s'il fait noir, c'est parce que ses paupières se sont fermées d'elles-mêmes. Des restes de pensées flottent dans son esprit, épars. Il n'est plus inquiet. Tout est normal. Tout va bien.

Intrusion

Il a découvert qu'il avait l'habitude de se lever toutes les nuits pour aller pisser. Cette fois, c'est différent. Il n'est pas réveillé par un besoin naturel mais par de la lumière venue du dehors. Rien à voir avec la lumière rose. Une tache jaune, tremblotante, furtive, glisse sur le mur opposé à la fenêtre.

Jean-Pierre sort du lit en prenant garde à ne pas réveiller Sophie. La tache lumineuse a disparu. Il regarde par la fenêtre. Personne. A-t-il rêvé ?

Il avance le long du corridor obscur qui mène au salon. Il entend craquer la véranda, puis le son caractéristique de la porte d'entrée qui s'ouvre.

Des pas.

Il glisse un œil dans le salon. Trois silhouettes inconnues se dressent près de l'entrée, auréolées d'une faible luminosité jaune.

Des hommes, c'est clair. Une des silhouettes chuchote, l'autre répond sur le même ton. Ils avancent doucement à l'intérieur de la maison en éclairant le plancher devant eux avec une lampe portative. Un des inconnus chuchote quelque chose qui ressemble à « ils vont crier »… L'autre dit « pas ben le choix »…

Jean-Pierre pense à Florence, endormie sur le divan du salon, vulnérable. Il bondit, agrippe par le collet l'homme le plus rapproché et le repousse vigoureusement. L'homme trébuche contre les deux autres en échappant sa lampe, qui s'éteint. Des cris outragés tonnent dans le salon assombri.

— 'Tention !

— Tabarnaque de ciboire !

— Qu'est-ce qui se passe ? s'écrie Florence d'une voix ensommeillée.

Jean-Pierre allume les luminaires du salon. Les trois hommes plissent les paupières sous la lumière crue, une grimace de déplaisir dans leur visage mangé par la barbe.

— Tabarnaque, éteins ça !

— Qu'est-ce que vous voulez ?

Jean-Pierre ne reconnaît aucun des trois hommes. Celui qu'il a empoigné au collet est court et costaud, le visage buriné, les cheveux gris ; le second est plus jeune, un grand maigre avec un nez étroit ; le troisième a le front dégarni et cligne des yeux nerveusement derrière de petites lunettes rondes.

La surprise le frappe à retardement. S'il ne reconnaît pas ces hommes, c'est parce qu'il ne les a jamais vus. *Ils ne sont donc pas de Saint-Tite !*

Le grand maigre s'avance, les yeux écarquillés.

— Éteins la lumière, je te dis !

Jean-Pierre ne s'en laisse pas imposer.

— D'où est-ce que vous venez ? Qu'est-ce que vous voulez ?

Le costaud aux cheveux gris a levé les mains avec un geste d'apaisement.

— Aie pas peur, Jean-Pierre… C'est nous autres… C'est Benoit…

— Hein ?

— Tu vois ben qu'y nous reconnaît pas.

— On est tes amis, insiste l'homme aux cheveux gris.

Au même instant, Sophie apparaît par la porte de la chambre tandis que Xavier dévale l'escalier. Il saute les trois dernières marches et avance vers les étrangers, agressif.

— Z'êtes qui, vous autres ?

Les trois inconnus reculent d'un pas.

— Les nerfs, le jeune ! prévient le grand maigre. On est plus gros que toé !

— Faites pas mal aux enfants ! crie Sophie.

Au centre du tumulte, le costaud aux cheveux gris multiplie les gestes apaisants.

— S'il vous plaît, s'il vous plaît… On veut pas faire de mal à personne.

Il s'adresse à Jean-Pierre, suppliant.

— Jean-Pierre, écoute-moi. On est des amis. Je suis Benoit. Tu te souviens pas de moi, mais moi, je me souviens de toi.

Tous s'immobilisent à l'endroit où ils sont. Malgré l'énervement général, l'affirmation de l'intrus a produit son effet.

— Vous vous souvenez de moi ?

— Oui !

— Vous voulez dire… de moi « avant » ?

Un sourire de soulagement illumine le visage buriné de son interlocuteur.

— On se connaît depuis vingt ans, certain.

— Vous avez pas perdu la mémoire ?

— Non. Karl et Michel non plus.

— Comment c'est possible ?

— On va tout vous expliquer. Vous allez tout comprendre si vous nous laissez parler.

Le grand maigre appelé Karl s'avance, la main dressée avec impatience vers le luminaire du salon.

— Mais avant, on peut-tu, tabarnaque, éteindre la lumière ?

— Pas sûr que ça soit grave. On est en dehors de la ville.

Ce sont les premiers mots de Michel, l'homme aux lunettes rondes. Il semble plus posé que ses deux compagnons. Karl proteste en pointant l'index vers le plafond.

— Y peuvent passer avec leurs osties de soucoupes volantes pis se poser des questions.

Par un raccourci qui tient plus de l'instinct que du raisonnement, Jean-Pierre comprend la nature de cette soucoupe volante que Karl a mentionnée. En un geste de bonne volonté, il éteint. Aussitôt, un pas léger traverse le salon enténébré. La course se termine par les chuchotis soulagés de Sophie. Florence est allée se réfugier dans les bras de sa mère.

La pièce ne demeure pas obscure longtemps. La tache de lumière jaune réapparaît. L'homme aux cheveux gris a récupéré sa lampe portative.

Les trois hommes montent les marches qui mènent à la cuisine. L'un d'entre eux va allumer au-dessus du poêle une ampoule dont Jean-Pierre ignorait l'existence. Après avoir convenu que la faible lumière ne risquait pas d'apparaître trop suspecte, ils s'assoient tous les trois autour de la table de la cuisine en faisant signe à Jean-Pierre de les accompagner. Ce dernier est un peu vexé de constater que Karl s'est installé à sa place, mais il ne dit rien. Ce sont des étrangers. Ils ne connaissent pas les us et coutumes de la communauté de Saint-Tite.

Sophie et les enfants les ont suivis. Jean-Pierre ordonne aux enfants de retourner se coucher. Son ordre manque de conviction : il comprend que ni Florence ni Xavier ne se rendormiront plus maintenant. Plutôt que d'entendre leurs récriminations, il se ravise et leur permet de rester.

Tout ça se déroule sous le triple regard des inconnus, qui examinent chaque membre de la famille avec une expression difficile à déterminer. Attentive, oui, mais aussi inquiète, presque farouche. À en juger par leurs joues mal rasées, leurs vêtements sales et l'âcre odeur de sueur qu'ils dégagent, il est clair que ceux-ci n'ont pas eu la vie facile.

— Je vous écoute, dit Jean-Pierre.

L'homme aux cheveux gris s'essuie les lèvres d'un air nerveux.

— Comme je te l'ai dit, je m'appelle Benoit. Benoit Gauthier. Je suis le surintendant à la revitalisation de la mine de Montauban. Comprends-tu de quoi je parle ?

— Non.

Un voile de déception passe dans le regard de l'homme.

— Tremus Gold Mining ? Ça te dit rien ? La compagnie redémarre et agrandit la mine à cause de l'augmentation du prix de l'or. On travaillait là tous les quatre. Karl est électricien, Michel est ingénieur minier. Pareil pour toi. Tu étais chargé de la sécurité.

Un souvenir surnage dans l'esprit de Jean-Pierre.

— Je vous reconnais. Je vous ai vus sur une photo…

— Maudit, arrête de me vouvoyer, Jean-Pierre. Ça fait juste trop bizarre.

— Si vous… Si tu veux… On travaillait avec des uniformes orange et des casques blancs, c'est ça ? À… Québec-Lithium ?

— Exact ! On a travaillé à Québec-Lithium toi pis moi. En Abitibi. Quasiment dix ans. Tu t'en rappelles !

— Pas vraiment. Je me rappelle juste avoir vu les uniformes et la photo.

— Pis moi ? intervient Sophie. Vous me connaissez, moi ?

Les trois visiteurs nocturnes échangent un regard qui vaut plus qu'une réponse.

— T'es pas du coin, dit Karl. Je t'aurais remarquée.

— Ah oui ? Pourquoi ?

— Parce que les belles filles comme toi, je remarque ça, explique-t-il avec un sourire de connivence. Je sais pas d'où tu sors. T'as l'accent québécois, mais tu ressembles à une Italienne.

— Plutôt une Marocaine, suggère Michel.

— Je sais même pas ce que ça veut dire !

Les trois hommes semblent désarçonnés par la réponse angoissée de Sophie. Benoit a soudain l'air très las.

— Ça veut peut-être plus rien dire non plus…

— Pis nous autres ? demande Florence. Est-ce que vous nous connaissez ?

À l'immense déception des enfants, aucun des hommes ne les reconnaît.

— Mon nom complet, c'est Xavier Lafrance, insiste ce dernier. Regardez ! J'ai une carte avec mon adresse.

Karl prend la carte plastifiée que lui tend Xavier. Il montre l'adresse aux autres. Leur expression n'est pas encourageante. Karl redonne la carte, son long visage plissé d'un sourire attristé.

— La rue Turcotte, c'est dans le quartier qui a brûlé. Pis y a beaucoup de Lafrance dans le coin. Désolé, ti-gars.

Xavier reprend sa carte sans dire un mot.

Benoit reporte son attention sur Jean-Pierre.

— Je sais pas pourquoi t'es pas venu travailler ce matin-là, mais normalement t'aurais été avec nous autres deux cents pieds sous terre. Tu te souviendrais de tout !

— Je comprends pas le rapport.

— Le rapport, c'est que personne qui se trouvait sous terre a perdu la mémoire. Comprends-tu ce que je te dis ?

— Qu'est-ce que vous voulez dire par « sous terre » ? demande Sophie.

Karl s'essuie le visage avec la main. Il a l'air à bout de nerfs.

— Ciboire, on perd notre temps… Y comprennent pu rien…

— Calme-toi, rétorque Benoit, qui reprend à l'attention de Sophie : Une mine, ça sert à trouver des métaux dans la roche. On perce des puits, pis on descend dedans avec des excavatrices, des gros camions pour creuser des galeries. À Montauban, c'est une ancienne mine qu'on est en train de revitaliser. C'est de la job. Faut drainer, ventiler, inspecter, stabiliser les galeries pour que tout soit sécuritaire. C'était ça, le travail de Jean-Pierre : il était chargé de la sécurité. C'est là qu'on était quand y a eu l'attaque. J'imagine que tous ceux qui se trouvaient sous terre dans les autres mines du Québec sont corrects, mais on n'a pas réussi à en contacter d'autres. Y a plus rien qui marche. Les cellulaires, la radio, la télévision, Internet, y a plus rien qui fonctionne !

À travers le flot de paroles, qu'il est loin d'appréhender dans sa totalité, un mot a attiré l'attention de Jean-Pierre.

— Une attaque ? Quelle attaque ?

— L'attaque qui vous a effacé la mémoire, évidemment.

— C'était pas les radiations du soleil ?

— Câlisse ! s'emporte Karl. L'entends-tu, lui, avec ses radiations solaires ! C'est ça qu'ils vous racontent, les tabarnaques, hein ? Pis vous autres, vous croyez ça ? Vous avez pas compris que c'est *eux autres* qui vous ont effacé la mémoire ?

Le cri éraillé d'un vieil homme alité résonne soudain dans la mémoire de Jean-Pierre. *Chéeujôte !*

C'est eux autres !

— Vous avez pas compris que c'est même pas des humains ? poursuit Karl. Vous trouvez pas ça bizarre qu'ils ont tous la même face ? C'est des robots ! Des crisses de robots !

Benoit pose une main apaisante sur le bras de son jeune collègue.

— C'est pas de leur faute, Karl. Ils se rappellent rien. Ils peuvent pas séparer le mensonge de la vérité.

Il se retourne vers Jean-Pierre, le regard intense.

— On sait pas comment ils s'y sont pris pour vous effacer la mémoire, mais c'est ben évident que ça n'a rien à voir avec le soleil. Ils ont dû utiliser une sorte de machine en orbite… On sait pas, on a rien vu… C'est justement parce qu'on était pas à la surface qu'on peut te parler aujourd'hui. C'est arrivé le 8 juin, juste un peu avant midi. Stef et Réjean finissaient le forage des trous pour élargir la galerie 8B. Comme tu nous avais demandé. Chamberland est descendu pour savoir pourquoi t'étais pas là. Il était pas content, mais quessé que tu voulais qu'on lui dise ?

« Ce serait arrivé quinze minutes plus tard, on y aurait passé aussi. J'étais au téléphone pour commander l'ascenseur. Nathalie a répondu. Pis elle a arrêté de parler, d'un coup. Y a eu un bruit comme si elle avait lâché le combiné. Bizarre : je continuais d'entendre du monde. Je me disais que quelqu'un d'autre viendrait reprendre le téléphone. J'ai appelé comme un malade. J'ai ben fini par comprendre que personne répondrait.

« Bon, plus de téléphone, ça voulait dire qu'on pouvait même pas appeler l'ascenseur. Chamberland était en tabarnaque, je te dis pas. On s'est installés comme on a pu dans une excavatrice pis on est remontés par le tunnel d'accès. Une chance qu'à Montauban les galeries sont pas à deux milles sous terre ! Une fois dehors, on a découvert que Nathalie, Julie, monsieur Nicholson, tout le staff du bureau, étaient tous encore là. Mais ils étaient complètement… complètement légumes !

— Des légumes ? s'étonne Florence en glissant un regard sceptique vers Jean-Pierre.

— C'est une expression pour dire qu'ils étaient comme perdus, explique Benoit. Y marchaient tous dans le couloir, sans but, sans comprendre ce qu'ils faisaient là. Pareil avec les ouvriers qui rénovaient le moulin. On a pogné la chienne en croyant que ça pouvait être une fuite de gaz toxique. Quelque chose avait pété. Une bonbonne de je-sais-pas-quoi. Fallait sacrer son camp, prévenir les pompiers. On a voulu emmener tout le monde, mais ils avaient peur de nous autres ! Ils se sauvaient !

— Faut dire qu'on leur criait après comme des hystériques, précise Michel avec un sourire acide.

— Qu'est-ce tu veux que je te dise ? C'est sûr qu'on criait. On capotait ! On s'est tannés de les courir. On est partis chercher de l'aide à la caserne de pompiers de Lac-aux-Sables… Sauf qu'arrivés là, c'était le même bordel. Des autos arrêtées n'importe où. Du monde dans le chemin qui se tassait même pas en nous voyant arriver. Tout ce temps-là, on appelait le 911, on essayait de rejoindre la compagnie à Kingston, rien fonctionnait. C'est à ce moment-là qu'on a compris que c'était ben plus grave qu'on pensait. On a continué vers Sainte-Thècle. On s'est jamais rendus. Il y avait une barrière en travers du chemin, juste avant Hervey-Jonction. Personne avait jamais vu une barrière comme ça. On est descendus voir s'il y avait moyen de la tasser de là. Dès qu'on y a touché, ç'a fait sonner une alarme. C'est là qu'on a vu arriver deux soucoupes volantes…

— Des soucoupes volantes ! répète Karl en ponctuant le tout d'un rire hystérique. Des *soucoupes volantes* !

— Je sais, dit Jean-Pierre, qui ne saisit pas la raison d'un tel éclat de rire. On en a vus, nous aussi.

— Sauf que vous autres, les soucoupes volantes, vous vous rappelez pas que c'est pas supposé exister, reprend Benoit. Elles se sont mises à nous tourner autour comme des guêpes. C'était stressant pas à peu près. Chamberland leur a lancé une barre à clou. Méchante erreur. Les soucoupes se sont mises à nous poivrer avec des sortes de p'tits plombs. Des grenailles en plastique : c'était pas fait pour nous blesser, mais ça pinçait en tabarouette. Quand on a voulu remonter dans nos autos, c'est clair que les soucoupes voulaient pas. J'ai paniqué. J'ai pris le champ pis j'ai couru jusqu'à l'orée du bois. Une des soucoupes m'a suivi un bout de temps, mais j'imagine qu'elle voulait pas perdre de vue les autres de la gang. Je me suis enterré comme j'ai pu sous des feuilles pis des branches. J'ai plus revu la soucoupe. Au bout d'une heure, ç'a fini par me démanger. Je me suis levé. Je me suis éloigné en restant dans le bois. J'ai fini par retrouver Karl.

« On était ben embêtés de savoir où aller. On voyait de la fumée monter dans le ciel. On s'est dit qu'il y avait eu des bombardements, une attaque terroriste, quelque chose. On comprenait vraiment pas pourquoi quelqu'un aurait voulu bombarder la Mauricie.

« Karl était inquiet pour sa blonde, à Saint-Tite. Ça faisait loin à marcher. Sainte-Thècle était plus proche, mais maintenant qu'on comprenait que toute la région avait subi le phénomène, on s'est senti mal d'avoir abandonné les autres à la mine. On s'est dit que, finalement, ce serait une meilleure place pour se cacher en attendant de comprendre ce qui se passait. Une fois la noirceur tombée, on a marché une partie de la nuit jusqu'à la mine. En chemin, on a ramassé deux ou trois personnes qui nous ont suivis. On aurait pu voler n'importe quelle auto arrêtée au bord du chemin. Tout le monde avait laissé les clés sur le contact – y avait même des autos dont le moteur tournait encore ! On les a pas prises. On avait trop peur de se faire remarquer. On voulait pas que les soucoupes nous suivent jusqu'à la mine. C'est en posant des questions à ceux qu'on a ramenés qu'on a compris que vous aviez pas été drogués ou empoisonnés. Vous aviez juste perdu la mémoire. Complètement. Tout le monde se souvenait d'un genre de flash éblouissant, mais de rien de ce qui s'était passé avant ça.

— La Force d'intervention était pas encore arrivée pour vous aider ? demande Jean-Pierre.

Les trois hommes échangent un autre long regard entendu, attitude qui commence à irriter Jean-Pierre. Michel brise le silence, délicatement.

— On sait que vous pensez que les robots – ceux que vous appelez la Force d'intervention – sont là pour vous aider… On veut pas vous choquer, mais c'est exactement le contraire. C'est eux autres qui vous ont effacé la mémoire. Eux autres qui ont causé la mort de… de je sais pas combien de personnes. Des millions, sûrement. Vous avez compris pourquoi ils parlent en français, en anglais et en espagnol ? Parce que ce sont les trois langues principales de l'Amérique du Nord. Ça veut dire que l'invasion est à cette échelle-là, et probablement à l'échelle du globe. L'humanité au complet aurait perdu la mémoire. Comme moyen d'empêcher les gens de se révolter, c'est génial. Depuis ce temps-là, ils vous contrôlent en vous bourrant de mensonges.

Jean-Pierre soupire longuement avant de répondre :

— Je suis pas capable de faire la différence entre ce qui a du sens et ce qui en a pas.

Karl éclate d'un rire râpeux.

— Ça commence à être dur pour nous autres aussi.

— Il y a personne sur Terre qui possède ce genre de technologie-là, reprend Benoit. Je sais que c'est fou, que ça n'a pas de sens, mais on pense que ce sont des ETs… Des extraterrestres.

Jean-Pierre a l'impression qu'une main cruelle lui tord l'estomac. Une sensation de brûlure remonte au milieu de son thorax et un goût acide lui emplit la bouche. Il échange un regard avec Sophie et les deux enfants, puis reporte son attention sur Benoit.

— Qu'est-ce que vous voulez de nous autres exactement ?

L'homme émet un rire malaisé.

— Si vous aviez à manger, ça serait un début.

◆

Après s'être sustentés de beurre d'arachide, de craquelins et de petits poissons en boîte – en refusant catégoriquement les barres nutritives que Sophie leur a proposées –, les trois hommes ont invité Jean-Pierre à le suivre dans le sous-sol de la maison. Florence et Xavier, les yeux embrumés de sommeil, ont enfin obtempéré aux demandes de Sophie de retourner se coucher avec elle.

Une fois dans le sous-sol, Jean-Pierre observe avec stupeur Benoit allumer une ampoule dans un coin de la grande pièce à l'aide d'un commutateur dissimulé derrière une pile de caisses de carton. L'homme aux cheveux gris a l'air de connaître les lieux mieux que le propriétaire de la maison ! Il s'intéresse ensuite à un long casier de métal fixé à l'horizontale au-dessus d'une table encombrée de pots et d'outils divers.

La porte du casier est ouverte. Benoit glisse à Jean-Pierre un regard interloqué.

— Tu barres pas ton armoire ?

— Je sais pas. Qu'est-ce qu'il y a dedans ?

— Tes carabines.

Benoit sort de l'armoire un long étui de cuir, qu'il ouvre pour en retirer une arme à feu qu'il manipule avec une lueur de satisfaction dans les yeux.

— Ta vieille 30-06. *Good*.

Karl s'est approché pour prendre une autre arme, mais c'est avec une grimace de dépit qu'il la sort de son étui.

— Une 410 ! Ça ou rien, c'est pareil !

— Une arme, c'est une arme, dit Benoit. Une slug de 410, c'est méchant.

— Si on en a.

Benoit reporte son attention sur Jean-Pierre :

— T'as plus ta Winchester ?

— C'est une carabine, ça aussi ?

— Une 303, oui ! J'étais avec toi quand tu l'as achetée. Tu l'avais sortie ? C'est pour ça que ton casier était ouvert ?

— Demandez-moi rien au sujet de ce qui est arrivé avant l'éblouissement.

Benoit fronce les sourcils.

— Ce matin-là, au lieu de venir travailler, tu te promenais avec ta 303 ? Bizarre.

— Il avait compris que quelque chose de louche se préparait, suggère Karl. Il avait spotté des affaires bizarres.

En allant puiser au plus creux de sa mémoire, parmi les souvenirs encore embrouillés par l'intensité de l'éblouissement, Jean-Pierre entend un tintement métallique.

Le bruit d'un objet dur qui tombe sur le tablier d'un pont.

Un pont aux rampes d'acier piqueté de rouille…

Sous lequel coule une rivière…

Au milieu d'un paysage verdoyant…

Sous un ciel d'été…

Jean-Pierre rapporte à ses trois anciens collègues de travail ce souvenir. Il leur décrit la situation, esquisse les lieux où il s'est réveillé, témoignage accueilli avec un surcroît de perplexité.

— Je vais voir dans son pick-up, propose Michel.

— Oui. Bonne idée.

Pendant que Michel quitte le sous-sol, Benoit continue d'étudier son vis-à-vis, les rides de son visage plissées par la réflexion.

— Sur le pont, quand t'as repris tes esprits, est-ce que Nicole était avec toi ?

— Qui est Nicole ?

— Ta femme. Ta vraie femme. Je veux dire, tu comprends que ta Sophie, là, c'est pas vraiment ta femme ?

Le ton condescendant de la question irrite Jean-Pierre.

— J'ai perdu la mémoire. Ça veut pas dire que je suis cave. Ma vraie femme est malade à l'hôpital. Je savais pas qu'elle s'appelait Nicole, c'est tout.

— Fâche-toi pas. On a juste de la misère à départager ce que vous avez oublié pis ce que vous vous rappelez.

— Je me rappelle des actions, par exemple.

Jean-Pierre prend la carabine des mains de Benoit. Avec un mouvement naturel, il ouvre la culasse.

— Mes mains savent que je dois faire ça. Dans le trou, ici, il faut mettre quelque chose.

— Une balle, oui. Le trou, ça s'appelle la chambre.

— La chambre. Oui.

Jean-Pierre renverse la carabine et montre l'ouverture rectangulaire.

— Il manque un morceau, ici.

Michel lui tend un court boîtier de métal.

— Ton chargeur. Tu peux mettre huit balles.

En une seconde, Jean-Pierre a fixé le chargeur sous le barillet.

— Tu te rappelles les mouvements, les gestes, approuve Benoit. Pareil avec ceux qui étaient à la surface, à la mine. Nathalie sait même plus son nom, mais elle est encore capable de mettre l'ordinateur en marche. Les ouvriers qui rénovaient le moulin savent encore se servir de leurs outils. Mais demande-leur pas quel jour on est.

— Je sais parler.

— Tu peux parler, parce que les mots correspondent à une... séquence de mouvements de ta bouche, j'imagine ?

— Pourquoi il se rappelle pas son nom ? intervient Karl. Un nom, c'est un mot, ça aussi. Pas convaincant, ton affaire.

Benoit a un geste las.

— J'ai pas de meilleure explication. *Anyway*, tout le monde a pas eu la même réaction. Surtout les vieux. Monsieur Nicholson est complètement mêlé. Il était parfaitement lucide avant.

Des pas dans l'escalier. Michel revient en annonçant qu'il a trouvé dans la cabine du pick-up un étui avec une boîte de munitions de 303. Mais pas de carabine.

L'annonce déçoit Karl.

— Avec la nôtre, ça fait juste deux carabines. Plus une 410. On n'ira pas chier loin... On a combien de balles ?

— Pas des masses.

— Il fallait que le magasin de chasse et pêche brûle ! Penses-tu qu'il y en a un à Hérouxville ?

— Ça me dit rien. Je pense pas.

— Pourquoi vous voulez des armes ?

Les hommes contemplent Jean-Pierre. Karl semble particulièrement éberlué par la question.

— T'as pas encore compris que nous autres, on veut pas se faire capturer pis se faire laver le cerveau ?

— Mais…

Jean-Pierre s'interrompt. Pourquoi est-ce toujours aussi difficile de trouver les mots pour s'expliquer ? Il reprend :

— Ils ont été corrects avec nous autres… J'veux dire… Comment vous pouvez être sûrs qu'on n'est pas vraiment les victimes des rayons solaires ? que la Force d'intervention internationale est pas vraiment là pour nous aider ?

— Jamais tu penserais ça si t'étais pas amnésique ! crie Karl. Jamais !

— Pas si fort. Tu vas faire peur à ma famille.

— Vous *devriez* avoir peur, au lieu de licher le cul à vos robots ! rétorque Karl, qui a tout de même baissé le ton. Ma blonde est morte, ostie, comprends-tu ça ? Catherine est morte ! Toé, ben sûr, tu t'en câlisses, vu que tu sais même plus de qui je parle. Y a combien de personnes qui sont mortes dans la région ? Des milliers, je gage ! Pis tu viens me dire *qu'ils sont venus vous aider ?*

— Mollo, mollo, intervient Michel. Ça fait beaucoup pour Jean-Pierre à absorber d'un coup. Je sais pas pour vous autres, mais moi, je dors debout. On reprendra ça demain matin, d'accord ?

— Si tu acceptes qu'on couche chez toi ? demande Benoit avec un regard évaluateur vers Jean-Pierre.

Ce dernier hésite, pris de court. Ce n'est pas le genre de situation couverte par les recommandations télévisées. Tout le monde sait que chaque membre de la famille doit retourner à sa maison après le feu de joie. Qu'en est-il des gens qui ne font pas partie d'une famille ? La notion de personne extérieure au village n'existe pas, sauf à l'état d'abstraction.

— Je suppose que vous pouvez coucher ici, oui.

Benoit pose sa grosse main calleuse sur l'épaule de Jean-Pierre.

— Je te reconnais. T'as pas changé, toujours aussi serviable. C'est de ça qu'on s'est rendu compte : la perte de la mémoire a pas changé la personnalité des gens. Pourquoi tu penses qu'on a décidé de venir te voir ? Parce que t'as toujours été débrouillard. On se disait que s'il y en avait un qui pouvait nous aider à Saint-Tite, ça serait toi.

Jean-Pierre hoche la tête : il ne sait pas trop quoi répondre à cela. Michel a raison, de toute façon : il est trop épuisé et étourdi par le torrent de nouveautés pour réfléchir sainement. Il a besoin de repos. Il abandonne les trois hommes dans le sous-sol et remonte se coucher.

RUPTURES

Jean-Pierre se lève encore plus tôt que d'habitude. Le ciel au-dessus de la frondaison est d'un violet profond, avec un soupçon de rose dans la direction où le soleil se lève. Cette direction particulière a un nom – chaque concept a un nom –, mais le fait de le réaliser ne suffit pas à faire remonter le mot dans sa mémoire.

Il déambule un temps dans la maison, jusqu'à ce que la télévision l'invite à faire ses exercices du matin. Il n'a pas le cœur à obéir aux directives. Les révélations de ses collègues de travail lui tournent dans la tête.

Il entend de l'eau couler au deuxième étage. Il découvre Benoit en train de se raser devant le lavabo, le torse nu, ses épais cheveux gris encore mouillés. Il montre le rasoir rose qu'il tient à la main, un sourire timide à travers la mousse.

— Ça devait être à Nicole. Je me suis permis. Y a des toilettes à la mine, mais personne a de rasoir.

— Ça va.

— Penses-tu pouvoir me prêter une chemise ? Ça fait je sais pas combien de temps que je transpire dans la mienne, je pue comme un robineux.

Le regard de Benoit se dirige vers Florence, qui est aussi montée voir ce qui se passait. La fillette le regarde avec de grands yeux.

— T'as jamais vu un monsieur se raser ?

— Je me souviens pas.

Benoit rit.

— Bonne réponse.

— Si vous connaissiez Jean-Pierre, vous connaissiez peut-être aussi mes parents ?

L'homme s'essuie le visage, l'air attristé.

— Pour savoir qui sont tes parents, il faudrait que je sache qui tu es, ma pauvre puce.

— J'm'appelle pas Puce. Mon nom, c'est Florence.

— Florence. Désolé.

Elle réfléchit un moment, puis fait un geste de la main.

— Pas grave. Je suis contente d'être avec Jean-Pierre, Sophie et Xavier. Je les aime.

— Je suis sûr qu'ils t'aiment aussi.

Sophie apparaît à son tour pour venir enlacer Florence.

— Je vous ai entendus discuter hier. Je le sais que j'étais pas la femme de Jean-Pierre avant l'Éblouissement.

— Ah… Je disais pas ça méchamment. On a beau avoir gardé notre mémoire, c'est dur pour nous aussi de savoir quoi faire.

Karl apparaît à ce moment, débraillé et encore mal réveillé. Il avance vers la salle de bain en bâillant et marmonnant « ostie ». Sophie et Florence s'écartent prudemment devant cette étrange apparition.

◆

Les trois visiteurs se sont installés dans le sous-sol pour déjeuner, où ils courent moins le risque d'être aperçus par un éventuel passant ou par un drone espion. C'est ainsi qu'ils appellent les disques volants. En attendant d'aller travailler, Jean-Pierre, Sophie et les deux enfants se sont joints à eux.

Jean-Pierre pose une des questions qui a mijoté dans son esprit la nuit précédente pendant qu'il cherchait le sommeil.

— Pourquoi est-ce que Sam et Alia... je veux dire les représentants de la Force d'intervention, nous aident si c'est eux qui nous ont fait perdre la mémoire ? Ils auraient pu nous tuer tous.

— On connaît pas les détails de leur plan, admet Benoit. J'ai pas l'impression que leur but premier est d'exterminer la race humaine. Rien qu'à entendre leur maudite propagande à la télévision, ils se donnent ben du trouble pour ramener l'ordre et vous rééduquer. C'est peut-être ça leur plan: garder les humains comme *cheap labor*. Pour faire la job de bras. Ça aurait du sens parce qu'ils sont pas nombreux.

— Avez-vous seulement essayé de leur parler ?

Michel a un sourire triste.

— C'est ce que j'ai proposé, mais les autres veulent pas.

Comme la veille, le plus émotif des trois s'avère être Karl.

— Ben c'est ça ! Pour qu'ils sachent qu'on est cachés dans la mine ! S'ils sont capables d'effacer la mémoire du monde entier, va donc savoir ce qu'ils sont capables d'inventer pour nous forcer à parler !

— Tout ce que je dis, répond patiemment Michel, c'est que je peux pas croire qu'ils se sont pas rendu compte que la mine est habitée. On circule la nuit en se cachant comme des enfants d'école. Franchement ! Leur technologie est ben plus sophistiquée que la nôtre. Ils ont sûrement de l'équipement pour voir de nuit.

— Tu tiens pour acquis qu'ils pensent comme nous autres, dit Benoit.

— Je m'en câlisse de ce qu'ils pensent pis de ce qu'ils veulent, rugit Karl. Faut leur botter le cul !

— Beau programme. Le problème, c'est qu'on a pas assez d'armes, ni de munitions, ni même de personnel.

— La moitié de la population de Saint-Tite allait à la chasse. On doit trouver plein de carabines dans les maisons abandonnées. C'est sa job, à Jean-Pierre, d'inspecter les maisons, non ?

— Comment savez-vous ça ?

— Ça fait deux jours qu'on est installés sur la montagne avec nos jumelles. On a pris le temps de voir ce qui se passait.

Xavier intervient, sceptique :

— Pourquoi vous allez pas les chercher vous-mêmes, les carabines ?

Benoit montre le bracelet rayé vert et blanc au poignet de l'adolescent.

— Parce qu'on va être repérés tout de suite si on n'a pas un bracelet comme ça. Vous aviez pas compris que c'est à ça que ça sert, hein ? On vous a tagués comme des cochons à la porcherie.

Sophie hoche négativement la tête.

— C'est juste pour montrer qu'on est de la même famille.

La réponse semble amuser Karl.

— Tu penses ça ? On fait un test ?

Il va prendre un outil suspendu à un support fixé au mur du sous-sol et revient vers eux. C'est une pince coupante. Avant que personne ne puisse protester, il coupe le bracelet de Jean-Pierre, qu'il jette au loin dans la cave.

Ce dernier contemple son avant-bras. Il s'était accoutumé à la présence du bracelet au point de trouver étrange de voir et sentir son poignet nu.

Xavier tend la main.

— Coupe le mien aussi.

— Non, Xavier ! proteste Sophie.

L'adolescent retire la pince des mains de Karl et coupe son bracelet. Il adresse à tous un regard défiant sous sa mèche de cheveux rebelles. Karl éclate d'un vaste rire approbateur, accompagné d'une claque amicale sur l'épaule de Xavier.

— Je t'aime ben, le jeune !

D'abord horrifiée par le geste de son frère, Florence examine son poignet d'un air intéressé. Sophie la ramène contre elle.

— Toi, je te surveille !

Jean-Pierre se lève en caressant son poignet libéré.

— Bon. On doit aller travailler.

— Ça fait que t'as compris ce qu'on attend de toi ? demande Benoit.

— Je suis pas sûr. Comment je m'y prends pour vous ramener les carabines si j'en trouve ?

— Contente-toi de les repérer. On passera plus tard dans la nuit les ramasser. Et les munitions qui vont avec. Il va falloir aussi trouver un moyen de pénétrer dans le poste de la Sûreté du Québec. Ils devaient avoir tout un arsenal là-dedans.

— Ouain. Mais tout doit être barré solide.

— Pas sûr. L'effacement des mémoires a eu lieu un matin de semaine. Le personnel de jour était donc au poste.

Il a fallu quelques secondes à Jean-Pierre pour mettre en contexte le terme que Benoit a employé : « Sûreté du Québec ».

— Le poste de la Sûreté du Québec dont vous parlez, c'est une grande maison brune et grise, le long de la grand-route ?

Benoit le regarde, perplexe.

— Exact. Le nouveau poste. Il est flambant neuf.

— Ben, c'est la maison de Pascale. Elle doit avoir des clés, elle.

Les trois anciens camarades de travail de Jean-Pierre échangent de nouveau un long regard…

◆

Ce matin-là, le ciel au-dessus de Saint-Tite est bouché par une brume vaporeuse. On devine le soleil sous forme de tache imprécise dans un ciel entièrement blanc.

Jean-Pierre et sa famille ont quitté le boisé et marchent le long de la rue Notre-Dame, comme ils le font tous les matins. Ils progressent dans un silence tendu en direction de la place centrale. Du coin de l'œil, Jean-Pierre observe Sophie, qui semble à ce point nerveuse qu'il craint que cela n'attire l'attention.

— Ça va aller, la rassure Jean-Pierre à voix basse.

Sophie répond sans desserrer les dents.

— Penses-tu que c'est vrai ? tout ce qu'ils ont dit, eux autres ?

Jean-Pierre est frappé par le choix de l'expression. « Eux autres. » Exactement ce que criait le vieux à l'hôpital. *C'est eux autres !* Les mêmes mots n'ont pas le même sens selon le point de vue.

— Ça sonne vrai, tu trouves pas ?

Sophie ne répond pas. Autour d'eux, les membres de la communauté vaquent à leurs activités. On les salue ; ils saluent en retour. Tout semble parfaitement normal. Ils sont les seuls à sentir la tension causée par les révélations qu'on leur a faites.

Près de la statue de l'homme à cheval, sous la supervision d'un membre féminin de la Force d'intervention internationale, les jeunes enfants sont assis en demi-cercle face à un panneau sur lequel apparaissent des séquences de symboles lumineux sous une inscription : *J'aide ma communauté*. À intervalles irréguliers, ils éclatent de rire, ou explosent en un concert de protestation, pour des raisons qui échappent à Jean-Pierre. Il ignore les règles du jeu, si ce n'est qu'il est basé sur la collaboration. Florence aurait bien voulu jouer aussi, mais on l'a déclarée trop âgée, à son grand dépit.

Jean-Pierre sent la main de Sophie serrer la sienne.

Il a aperçu lui aussi le représentant de la Force surgissant de la salle communautaire et avançant d'un pas résolu droit vers eux. Ce n'est pas Sam, il est en gris.

Jean-Pierre ne sait toujours pas quoi penser de la révélation voulant que les membres de la Force soient des robots. La notion reste assez confuse dans son esprit. Un robot serait un être mécanique, constitué de métal plutôt que de chair. Sauf que les membres de la Force n'ont vraiment pas l'air d'être en métal. Par contre, maintenant que ce fait lui a été souligné, il trouve effectivement anormal que les représentants se ressemblent à ce point et qu'ils soient si peu expressifs – à l'exception de Sam et Alia, bien entendu.

Le représentant se campe sur ses jambes devant Jean-Pierre et sa famille.

— Qu'est-il advenu de votre identificateur familial ?

— De quoi c'est que tu parles ? rétorque Xavier, le menton soulevé.

— Il s'agit du bracelet que vous portiez au poignet. Pourquoi l'avez-vous retiré ?

— Y est tombé tout seul.

Le représentant se tourne vers Jean-Pierre.

— Je vous adresse la même question. Pourquoi avez-vous retiré votre identificateur familial ?

— Il est tombé tout seul, moi aussi.

Le représentant reste totalement inexpressif pendant un moment, comme cela arrive quand il se produit quelque chose d'imprévu. Il finit par dire :

— Il est nécessaire que vous ayez un identificateur de remplacement. Suivez-moi.

— On va être en retard à notre travail. On peut pas y aller en fin de journée ?

Le représentant fait une pause encore plus longue que la précédente. Jean-Pierre attend, le cœur battant. C'est la première fois qu'il se permet de discuter un ordre direct.

— D'accord, mais venez vous rapporter à notre quartier général dès que vous aurez terminé vos tâches communautaires. Il en va de votre sécurité.

— Pas de problème… Merci de prendre soin de nous…

Le représentant de la Force s'écarte pour montrer qu'ils sont libres de poursuivre leur chemin. Pour un peu, Jean-Pierre dirait qu'il a l'air déçu.

Ils reprennent leur marche.

— Benoit pis Karl ont raison ! chuchote Florence.

— Faut parler d'eux à personne, t'as compris ? murmure Xavier.

— Je suis pas niaiseuse, riposte la petite, agacée.

Sophie, elle, ne dit rien. Jean-Pierre a reconnu sur son visage l'expression affolée qu'elle arborait le premier jour. Avant qu'ils ne partent chacun de leur côté pour rejoindre leur groupe de travail, il rassure ses enfants puis serre sa femme dans ses bras. Il répète à cette dernière que tout va bien aller.

Elle hoche vaillamment la tête, ce qui le rassure un peu à son tour.

Le reste de la journée se déroule dans un climat étouffant de tension et d'irréalité. L'odeur dans les maisons où un cadavre se décompose est devenue épouvantable. Jean-Pierre, comme Lionel, comme tous les autres hommes de l'équipe, a appris à retenir sa respiration en alternant avec des pauses à l'air libre pour reprendre son souffle. Heureusement, il y a aussi des maisons dans lesquelles ne se trouve aucune dépouille animale ou humaine. Paradoxalement, dans ces cas-là, Jean-Pierre n'a pas le temps de vérifier la présence de carabines puisque rien ne justifie un examen attentif de la part de l'équipe de nettoyage. L'évidence frappe Jean-Pierre : Xavier serait beaucoup plus efficace que lui sur ce plan, puisque son équipe visite les maisons seulement une fois qu'elles ont été nettoyées de leurs occupants.

À la fin de la journée, Jean-Pierre et Xavier se présentent comme convenu au quartier général des représentants de la Force d'intervention, installé dans le haut immeuble de métal qui se dresse de l'autre côté de la place centrale.

Cette fois, c'est Sam en personne qui les accueille. Il écoute avec attention leur explication concernant la perte de leurs bracelets. Sans paraître le moindrement réprobateur, il précise néanmoins qu'il ne croit pas à leur histoire.

— Ces bracelets identificateurs ont été moulés d'une pièce autour de votre poignet. Qu'un seul se soit distendu ou rompu est peu probable. Qu'il y en ait eu deux dans la même famille à subir une pareille défectuosité est mathématiquement impossible. C'est donc vous qui avez sciemment retiré vos bracelets.

Jean-Pierre a écouté la démonstration en restant impassible, mais à chaque nouveau battement son cœur lui semblait cogner plus fort dans sa poitrine. Une confirmation supplémentaire que Sam est plus perspicace que les représentants en gris. Heureusement, celui-ci ne semble pas particulièrement offusqué par leur tentative. Il se borne à répéter l'avertissement avec lequel Jean-Pierre est désormais familier : les représentants de la Force d'intervention internationale sont leurs amis, ils sont venus pour les aider. Les bracelets identificateur de famille sont un instrument pour assurer leur sécurité. Ils ne doivent pas tenter de les abîmer, ni de les retirer, sans avoir d'abord consulté Sam ou Alia.

À la suite des révélations de Benoit, Karl et Michel, d'innombrables questions ont démangé les lèvres de Jean-Pierre pendant qu'il prêtait une oreille distraite au laïus de Sam, mais il a réussi à les contenir.

Xavier est plus impulsif.

— C'est-tu vrai que vous êtes des robots ? demande-t-il en examinant Sam des pieds à la tête.

Il est rare que Sam ou Alia restent figés sans répondre comme les autres représentants. La seule circonstance où Jean-Pierre en a été témoin, c'est lorsque Pascale a demandé pourquoi il était incorrect de montrer son torse en public.

La pause que s'accorde Sam est encore plus longue cette fois. Il finit néanmoins par adresser un sourire plein de sollicitude à l'adolescent.

— Vous êtes une personne ingénieuse et observatrice, Xavier. Comment avez-vous déduit que nous n'étions pas des humains tout à fait comme vous ?

L'estomac de Jean-Pierre se serre en comprenant que la réponse de l'adolescent peut mener à d'autres questions plus embarrassantes, mais Xavier se contente de hausser les épaules.

— J'sais pas. Vous avez tous la même face. Donc c'est vrai ? Vous êtes des robots ?

— Il serait plus précis de dire que nous sommes des unités mobiles, mais le terme de robot est adéquat.

— Pourquoi vous nous l'avez pas dit ?

Cette question-là ne prend pas Sam au dépourvu.

— Que nous soyons constitués de chair ou de matériel composite ne change rien au fait que nous sommes vos amis. Nous sommes venus vous aider à vous réorganiser après que l'humanité eut subi une perte de mémoire causée par les rayons du soleil. Venez maintenant.

Sam les conduit auprès de la machine dans laquelle ils doivent encore cette fois glisser leur bras pour obtenir un bracelet. Jean-Pierre et Xavier constatent que ce nouveau bracelet est rouge vif. Il est également plus large et sensiblement plus lourd que le premier modèle. Comme Sam ne semble pas vouloir donner d'explication sur les raisons de ce changement de couleur, Jean-Pierre n'en demande pas.

Et Xavier non plus, au grand soulagement de son père.

◆

Pendant le souper communautaire, Jean-Pierre adresse un signe à Pascale pour qu'elle le suive à l'écart, mais cette dernière ne semble pas comprendre où il veut en venir.

Jean-Pierre s'approche suffisamment pour lui glisser près de l'oreille :

— J'aimerais qu'on se parle, loin du monde.

Malgré la faible luminosité, il distingue clairement que son visage rougit.

— Maintenant ?

— Viens me rejoindre sans que ça paraisse.

Comme si de rien n'était, Jean-Pierre s'éloigne du feu de joie pour aller s'adosser au mur de la salle communautaire. Il voit de loin Pascale qui semble d'abord plongée dans ses pensées. Finalement, la jeune femme abandonne sa place près du feu mais, à la surprise de Jean-Pierre, s'éloigne dans la direction opposée à la sienne. A-t-elle décidé de rentrer chez elle ?

Jean-Pierre reste un moment à ruminer dans le noir, dépité pour plusieurs raisons. Pendant la journée, il a eu l'occasion à quelques reprises de parler à Lionel, mais l'attitude bourrue de ce dernier n'encourage pas les confidences. Il s'attendait à une tout autre réaction de la part de Pascale…

Il est sur le point de retourner auprès de Sophie, elle aussi méditative à côté du feu, lorsqu'il entend sur sa gauche des bruissements. Des pas sur de l'herbe sèche, qui approchent.

— Je suis ici.

Jean-Pierre s'enfonce dans l'obscurité derrière le bâtiment. C'est à peine s'il arrive à distinguer l'ovale clair du visage de Pascale devant le sien. Il sent des mains s'appuyer sur sa poitrine, remonter jusqu'à son cou, ses joues. Il ouvre la bouche pour parler: un souffle tiède sur ses lèvres lui coupe la parole. Il s'abandonne, incapable de résister.

Ils se caressent et s'embrassent pendant une durée qui semble à la fois trop courte et dangereusement trop longue, mais finalement Jean-Pierre réussit à détacher ses lèvres.

— Pascale, c'est pas pour ça que je voulais te voir.

— Non?

La réponse est plus étonnée que déçue.

Jean-Pierre relate à Pascale les événements de la nuit précédente, ainsi qu'un résumé des révélations de Benoit et de ses deux collègues. À mesure qu'il parle, le corps de la jeune femme se raidit contre le sien.

— Je le savais, finit-elle par chuchoter.

Il lui explique ensuite ce que cherche le trio: des armes et des munitions qui, selon eux, devraient se trouver en bonne quantité quelque part dans le poste de la Sûreté du Québec.

— Je comprends pas de quoi il s'agit.

— Eux, ils le savent. Et toi aussi, avant, tu le savais.

Impossible dans l'obscurité de deviner si elle est méfiante, perplexe ou étonnée de cette explication. La première question qu'elle pose après réflexion est d'ordre pratique.

— Qu'est-ce que je dois faire?

Jean-Pierre se souvient de ce que lui a révélé Benoit : la perte de la mémoire n'a pas transformé les traits de personnalité des survivants. Voilà donc comment Pascale devait agir, avant. Elle devait être réfléchie, entreprenante, courageuse.

— Prépare-toi à recevoir de la visite cette nuit.

◆

De retour à la maison, Jean-Pierre s'est empressé de rejoindre Benoit, Karl et Michel dans le sous-sol pour leur faire part des nouvelles de la journée.

Autant ceux-ci sont heureux de savoir qu'il a une alliée potentielle, autant ils se révèlent méfiants devant le nouveau modèle de bracelet dont ils sont affublés, lui et Xavier.

— Pas sûr qu'on va réussir à les couper, ceux-là, indique Michel après les avoir examinés. Les autres étaient en plastique. Ceux-là ont un noyau de métal.

— Pis je gage cent piasses que si on les coupe, les robots vont rappliquer, dit Karl.

Jean-Pierre est incapable d'apprécier la valeur de « cent piasses », mais il comprend l'argument. Il contemple le bracelet rouge, dépité.

— Je suppose que ça veut dire que je peux pas vous accompagner chez Pascale ?

Benoit hoche la tête, son visage plissé par une grimace de mécontentement.

— S'ils te surveillaient pas avant, ils te surveillent maintenant.

— Attendez deux minutes ! dit Karl, comme frappé par une révélation.

Il file au rez-de-chaussée, pour en revenir au bout d'une minute avec une bouteille contenant un liquide jaune. « De l'huile », explique-t-il, son long visage osseux fendu par un sourire carnassier. Après avoir ordonné à Jean-Pierre de tendre le bras, il verse un filet d'huile sur sa main, son poignet et le bracelet, et il badigeonne le tout. Il lui ordonne ensuite de retirer le bracelet en le glissant sur sa main.

— C'est ben trop petit ! s'exclame Michel. Ça passera pas.

— *Check* ben ça, dit Karl. Envoèye, Jean-Pierre, pousse dessus !

Jean-Pierre veut bien obtempérer, mais il a beau pousser sur le bracelet, sa main est tout juste un peu trop large au niveau des jointures.

— Tu l'as quasiment !

Karl écarte impatiemment la main libre de Jean-Pierre puis, les doigts comme des griffes, il assure sa prise sur le pourtour du bracelet... Il tire d'un coup. Jean-Pierre glapit de douleur... puis secoue ses jointures endolories en contemplant son poignet nu.

Forcément, Xavier insiste pour qu'on le débarrasse du bracelet, ce qui ne va pas sans mal dans son cas non plus, mais ils finissent aussi par y arriver. Cette fois, même Sophie ne réussit pas à interdire à Florence d'imiter son grand frère. En fait, la main de la fillette est si fine qu'elle aurait pu retirer son bracelet bien avant si elle l'avait voulu.

— On n'aurait même pas eu besoin de les couper, la première fois ! exulte Karl en agitant au vu de tous le petit bracelet rayé vert et blanc. Ostie qu'on est cons ! C'est-tu vrai ou c'est pas vrai ? On est super cons !

— C'est beau, Karl, on a compris, soupire Michel.

— Non, vous avez rien compris ! Vous avez pas compris qu'eux autres aussi, ils sont cons ! Ce serait tellement facile d'en venir à bout. Donnez-moi une dizaine de gars avec des deux par quatre, pis je vous claire la place. On gage-tu ? Faut juste arrêter de leur obéir !

Benoit indique au jeune homme de se calmer.

— Étape par étape, mon Karl. Ils sont peut-être cons, mais je vais être plus confiant quand on aura des armes avec plein de munitions.

◆

C'est la première fois que Jean-Pierre se déplace dans la ville la nuit. Il n'a jamais vu les lieux aussi parfaitement déserts. La ville entière est rentrée chez elle, et cela inclut les représentants de la Force – les robots, comme dit Karl.

Ils sont cinq. Benoit, Karl, Michel, Xavier et lui. L'aîné des mineurs a semblé mal à l'aise que l'adolescent les accompagne, mais il a renoncé à s'interposer quand Jean-Pierre a donné sa permission.

Ils progressent lentement, en choisissant un itinéraire qui les fait passer entre les maisons. Heureusement, un croissant de lune permet d'y voir assez pour se repérer.

Au moment de contourner à distance prudente la salle communautaire, Karl force Jean-Pierre à s'arrêter. Son visage en lame de couteau est luisant de sueur, frémissant d'une expression presque exaltée.

— Pis ça, hein ? Tu trouves pas ça bizarre, hein ? Tu penses que c'était là, avant ?

Il tend la main vers le grand immeuble de métal qui se dresse dans le prolongement de la rue. Le quartier général des représentants de la Force, bien reconnaissable sous la pâle luminosité lunaire.

Jean-Pierre n'a pas le loisir de répondre : Benoit s'impatiente.

— C'est pas le temps, Karl.

Une fois en vue du domicile de Pascale, Lionel et Châtelaine, le groupe est obligé de progresser un bon moment à découvert. Heureusement, tout se passe sans anicroche.

Un étroit rectangle lumineux se découpe sur le mur de la maison. Pascale apparaît derrière la porte, une lampe à la main. Les visiteurs se dépêchent d'entrer dans un vestibule. La jeune femme ferme derrière eux puis dirige le faisceau de sa lampe vers une porte à l'autre extrémité du vestibule.

— Venez.

Elle montre le chemin. Après l'ouverture, un couloir s'enfonce dans l'obscurité. C'est la première fois que Jean-Pierre entre dans le domicile de Pascale. L'aménagement intérieur ressemble plus à celui des commerces qu'à celui des maisons ordinaires.

La jeune femme leur fait signe d'entrer dans une pièce illuminée.

— Y a pas de fenêtres ici, explique-t-elle pour couper court à toute remarque sur le danger d'attirer l'attention.

Les yeux plissés, Jean-Pierre aperçoit Lionel et Châtelaine, tous deux assis de l'autre côté d'une longue table qui occupe le centre de la pièce, entourée d'une douzaine de fauteuils. Fidèles à leur personnalité, Lionel fixe les nouveaux arrivants d'un air méfiant, tandis que l'adolescente baisse les yeux de timidité. Elle sourit toutefois à Xavier, qui lui sourit en retour.

Comme la veille chez Jean-Pierre, c'est Benoit qui endosse le rôle de porte-parole. La conversation est d'abord à sens unique. Pascale et sa famille écoutent les explications et les révélations sans broncher ni perdre de temps en dénégations. La seule qui montre un peu d'émotion, c'est la jeune Châtelaine, qui rougit et tortille nerveusement ses longs cheveux lorsque Benoit se livre à un plaidoyer pour un appel général à la rébellion armée.

Pascale se laisse le temps de réfléchir.

— Jean-Pierre m'a dit que vous cherchiez des armes. Faut m'expliquer ce que c'est.

Karl exhibe la 410 qu'il a apportée pour servir d'exemple.

— Ça, c'est une carabine. Vous devriez en avoir ici. Des plus sérieuses que ça.

— J'en ai vu seulement en photos. Êtes-vous sûr qu'il y en a ici ?

Benoit reconnaît qu'ils ne sont jamais venus dans ce poste et que les usages de la Sûreté du Québec sur la question ne leur sont pas familiers, mais il est à peu près certain que la police possède un arsenal avec des carabines et des munitions. Ils doivent trouver non seulement où les armes sont entreposées, mais surtout l'endroit où sont rangées les clés, car tout l'arsenal est forcément verrouillé.

— Les clés sont probablement pas dans la même pièce que les armes, conclut Benoit. Ça serait pas sécuritaire.

— Elles sont peut-être même pas dans le poste, suggère Michel. C'est peut-être l'officier en chef qui les gardait sur lui.

— Tu penses ? Supposons que ça leur prenait leurs carabines pour une urgence pis que le chef était absent ?

— Je sais pas… Je sais pas comment ça marchait…

— Un instant, intervient Karl, qui s'adresse à Pascale. T'avais pas ton arme de service, ton pistolet, sur toi quand tu t'es réveillée ?

— Il faut m'expliquer ce que c'est.

— C'est fait comme la carabine, mais en plus court. T'étais en service quand c'est arrivé ? Tu devais en porter un sur toi, dans un étui.

Pascale fronce les sourcils.

— Je sais de quoi tu parles. Je l'ai laissé dans ma voiture. Je trouvais ça trop lourd à traîner.

— *Fuck!* Où elle est, ta voiture ?

— En panne entre Saint-Tite et Hérouxville.

Karl lève les yeux au ciel.

— *Refuck!*

Benoit intervient et prend le contrôle des opérations. Le poste n'est pas si grand, il ordonne une fouille en règle du bâtiment. Armés de lampes de poche, les trois hommes explorent l'une après l'autre les pièces plongées dans le noir. Jean-Pierre suit Benoit, avec le désagréable sentiment d'être inutile : il ne possède pas de lampe, et tout ce qui l'entoure lui est inconnu de toute façon.

La voix de Karl résonne soudain dans la pénombre, fébrile.

— C'est icitte !

Benoit et Jean-Pierre rebroussent chemin jusqu'à une pièce en retrait, où ils retrouvent tout le monde, à l'exception de Lionel qui fait preuve de sa mauvaise volonté habituelle et est resté de son côté. C'est une autre pièce sans fenêtres, ce qui permet d'allumer la lumière. Derrière une porte coulissante se dresse une cage grillagée fixée au mur. À travers les mailles d'acier, Jean-Pierre aperçoit l'arsenal de la police. Il reconnaît plusieurs carabines, des armes au canon beaucoup plus court – les pistolets dont parlait Karl –, des boîtes de munitions, des sortes de masques avec des visières et de l'équipement dont il ignore tout des fonctions.

Karl secoue la porte grillagée. Dépité mais non surpris, il constate que celle-ci est solidement verrouillée.

— Les clés, maintenant !

— Si vous nous expliquiez de quoi ça a l'air, une clé, on pourrait vous aider, dit Pascale.

Benoit sort de sa poche une collection de plaquettes de métal aux formes alambiquées retenues par un anneau. Il secoue l'assemblage à la vue de tous.

— C'est ça, des clés.

— J'en ai vu, intervient Châtelaine, qui rougit en constatant que les regards convergent vers elle.

— Montre-nous ! dit Xavier.

L'adolescente les mène dans une des pièces pour leur indiquer, derrière une table, une mince armoire à la porte vitrée sous laquelle luisent une vingtaine de clés. La porte refuse de s'ouvrir : elle est verrouillée elle aussi.

C'est à peine si Jean-Pierre a le temps de mesurer l'ironie de la situation – il faut une clé pour accéder aux autres clés – que Karl a éliminé le problème en brisant la vitre avec un objet lourd qui se trouvait sur la table.

— On va pas passer la nuit à gosser ! lance-t-il en commençant à enlever les éclats de vitre pour pouvoir passer sécuritairement son bras.

Après avoir raflé le contenu de l'armoire, Karl, suivi de tous, retourne dans l'autre local où il essaie les clés l'une après l'autre, chaque tentative infructueuse étant ponctuée d'un juron.

Mais finalement, une des clés accepte de tourner dans la serrure…

◆

Sur la table de la salle de conférences sont alignés six carabines – de fort calibre, selon les dires de Benoit – ainsi que deux pistolets automatiques, avec toutes les boîtes de munitions qu'ils ont trouvées à l'intérieur du casier.

L'arsenal du poste contenait un troisième pistolet, que Karl s'est approprié et qu'il caresse avec jouissance depuis ce temps. Il le montre à Michel avec une exultation presque enfantine.

— Un 9 mm Glock ! *Wow*, je capote !

Michel secoue la tête.

— Je connais rien là-dedans. Je vais même pas à la chasse.

— C'est l'arme de service officielle de la SQ. Fabriquée en Allemagne. Cool en ostie.

Il adresse à Pascale un sourire sardonique.

— C'est un *gun* comme ça que t'as laissé dans ton char. Tu vas te faire sanctionner par ton boss !

Pascale est rebutée par l'attitude de son interlocuteur.

— Ça sert à rien de me reprocher des choses que je savais pas.

— Heille, reprend Karl, le visage rougi par l'excitation, toi, je te reconnais maintenant. Tu m'as donné un ticket sur la 155, y a un mois… Deux cent quarante-cinq piasses ! Tu te souviens pas de ça, hein ?

— Non.

— Je m'étais dit que t'étais pas mal *sexy* pour une flic… Bête, mais *sexy*. Avoir su ce qui s'en venait, je l'aurais jamais payé, ton ostie de ticket! Remarque, pour ce que ça change maintenant…

Benoit coupe court au bavardage pour s'adresser aux autres avec une fougue contenue.

— On commence à être équipés pour leur mener la vie dure, à vos robots.

Ils sont tous là autour de la table: Jean-Pierre, Pascale, Michel, Karl, Xavier, Châtelaine, et même Lionel, qui les observe sans aménité, les bras croisés, une grimace boudeuse dans sa barbe noire.

— Une fois que Saint-Tite va être débarrassée de la Force d'intervention, allez-vous être en mesure de nous expliquer comment nous organiser?

La question de Pascale a été posée sur un ton raisonnable, quoique Jean-Pierre y perçoit un filet de scepticisme. Or, c'est Xavier qui répond, enthousiaste:

— Pourquoi pas? Ils se souviennent de tout. Ils savent tout faire.

— On sait pas tout faire, corrige Benoit en s'adressant à Xavier. Mais c'est sûr qu'on peut vous aider. On discutera cependant de ça plus tard. Là, il faut se mettre en route avant que le jour se lève. On va aller chercher le Cherokee puis passer chez Jean-Pierre prendre son pick-up. On est trop nombreux pour tous entrer dans un véhicule.

Michel cligne des yeux sous ses lunettes.

— Tu veux tous les ramener à la mine? Même les enfants?

— C'est évident. On peut pas les laisser ici. Ils savent ce qu'on prépare.

— Moi, je veux rien savoir de vos affaires.

C'est Lionel qui vient de protester, lui qui n'a pas prononcé une parole depuis l'arrivée des visiteurs de la nuit.

— Tu peux pas rester ici, insiste Benoit. Tous ceux qui nous ont vus doivent venir avec nous autres.

— Pour aller où ?

— On n'a pas de temps à perdre avec toé, le gros, intervient Karl en agitant de façon menaçante son pistolet dans la direction de Lionel. Tu vas nous suivre, pis c'est ça qui est ça !

— On se calme, on se calme…

Benoit glisse une main nerveuse dans ses courts cheveux gris : il semble dépassé par la tournure des événements.

Pascale s'empare d'une carabine, une lueur de défi dans le regard.

— Moi, je viens avec vous autres.

Le regard de Pascale se porte vers Jean-Pierre. Ce dernier sent qu'il passe un test. Il hoche affirmativement la tête.

— Moi aussi. Mais je me sépare pas de ma famille.

— C'est ça l'idée, dit Benoit. Mais faut qu'on se grouille.

La mine

Une demi-lune trône en solitaire au milieu d'un ciel étoilé quand les deux véhicules quittent Saint-Tite endormie.

Pascale, Lionel, Xavier et Châtelaine sont montés avec Benoit et Michel dans le « Cherokee ». Jean-Pierre a appris que ce mot insolite désigne un véhicule de moyenne taille, haut sur roues. Un véhicule tout-terrain.

Karl s'est installé au volant du pick-up de Jean-Pierre après avoir trafiqué sous le capot et à l'arrière du véhicule. Une fois le moteur en route, il explique qu'il a retiré les ampoules des feux de position parce que celles-ci s'allument automatiquement la nuit.

— Excuse-moi, mais on veut pas se faire voir par les soucoupes.

— Inutile de t'excuser. Je suis pas capable de décider ce qui est bon ou pas pour ma camionnette.

— C'est vrai, dit Karl avec un sourire dans la voix. Tu savais même pas que ça prenait du gaz.

Jean-Pierre a su la raison pour laquelle la voiture de Pascale était tombée en panne au retour de leur expédition à Hérouxville. Pour fonctionner, les véhicules doivent consommer un carburant. De l'essence. C'est la première chose dont s'est assuré Karl en montant à bord de la camionnette, et cela, grâce à un simple indicateur sur le tableau de bord : le réservoir en contenait.

Tout est si évident une fois qu'on le sait.

La route qui conduit à la mine serpente interminablement au milieu de la forêt obscure. Ils ne roulent pas vite avec les phares éteints. De temps en temps, une zone habitée permet aux passagers de constater qu'ils ne sont pas en train de tourner en rond.

Des nuages cachent la lune sur son déclin. Une pluie fine se met à tomber. C'est à peine si Jean-Pierre arrive à distinguer la forme du véhicule tout-terrain devant eux, noir sur noir.

Karl regarde la route, intense, les yeux frémissants. De temps en temps, pour une fraction de seconde, il allume les phares, juste dans le but de se repérer. Le Cherokee apparaît au bout d'un chemin sinueux bordé d'arbres. Vision fugace, qui disparaît aussitôt entr'aperçue.

Si volubile la veille, Karl n'a pas dit un mot depuis le départ de Saint-Tite. Il semble avoir été transformé depuis qu'il possède le pistolet.

Entre chaque appel de phares, les essuie-glaces glissent sur l'obscurité : tout cela est hypnotisant.

Florence s'est endormie sur les genoux de Jean-Pierre. Ce dernier a passé un bras autour des épaules de Sophie. À quatre sur la banquette, c'est un peu serré. La jeune femme a d'abord pleuré et protesté, épouvantée par ce départ en catastrophe dans la nuit. Maintenant elle s'est calmée et somnole, la tête sur l'épaule de Jean-Pierre.

Sous les premières lueurs d'une aube pluvieuse, au bout d'un tronçon de route plus tortueux que le reste, ils traversent entièrement un village désert, bifurquent dans un chemin secondaire qui monte et descend sur les flancs de collines boisées. Presque aussitôt, la forêt s'éclaircit et dans la zone dégagée s'élèvent quelques édifices derrière une clôture.

À travers la vitre embrouillée, Jean-Pierre aperçoit Michel qui sort du véhicule de tête. Il va déverrouiller un cadenas et fait glisser la barrière grillagée. Les deux véhicules entrent dans l'enceinte. Michel referme la barrière derrière eux et remonte dans le Cherokee. Les véhicules progressent lentement entre les bâtiments, lugubres et gris sous le crachin matinal, et vont se garer entre deux énormes camions dans un garage à la porte laissée grande ouverte.

L'arrêt du moteur du pick-up réveille Florence, qui se redresse et regarde en tous sens, ses longs cheveux blonds tout ébouriffés.

— Où on est ?

— À la mine, dit Karl.

— C'est quoi, une mine ?

— Un trou. Envoyez, tout le monde débarque.

Jean-Pierre, Sophie et Florence obéissent. Le fond de l'air est frais, épaissi d'un remugle huileux. Cela rappelle à Jean-Pierre l'odeur qui émanait du semi-remorque accidenté, à leur arrivée à Saint-Tite. En plus intense. Sophie tient frileusement Florence contre elle. Elles contemplent le panorama couleur de boue qui s'étend au-delà de la porte, misérables.

Benoit et Michel aussi sont sortis de leur véhicule, suivis par Xavier et la famille de Pascale. Les deux mineurs observent autour d'eux. Leur attitude méfiante n'échappe pas à Jean-Pierre.

— Un problème ?

— Quelqu'un était supposé surveiller, dit Benoit.

Benoit abandonne le garage. Michel fait signe au reste du groupe de suivre.

Ils traversent une cour détrempée en direction d'un édifice à un seul étage, sans charme, aux murs placardés de jaune. Comme toujours, Pascale observe tout ce qui l'entoure avec vigilance. Pour une fois, Lionel semble avoir oublié de bouder, intrigué par les gros véhicules jaunes alignés dans le terrain clôturé.

Benoit ouvre une porte et entre dans l'édifice, suivi par Michel et les autres.

Une silhouette se dresse au bout d'un court corridor. Il fait trop sombre pour bien voir les traits de la personne, sinon qu'il s'agit d'un homme d'un certain âge, tout dépenaillé, au dos voûté et à la démarche incertaine. Il est suivi par deux autres hommes en survêtement de travail orangé, tout aussi hagards.

— *Mister* Nicholson ? demande Benoit.

— *I'm hungry*, répond le vieil homme.

— Moi aussi, j'ai faim, dit un des hommes en survêtement.

— Y a personne qui garde ? demande Benoit. Ou c'est qu'il est, Stef ? Pis Chamberland ?

— Y sont encore couchés, dit l'autre homme en uniforme.

La réponse n'améliore pas l'humeur de Benoit, qui disparaît à l'intérieur de l'édifice.

— Ça va chier ! commente Karl.

Pendant ce temps, monsieur Nicholson et les deux autres fixent Jean-Pierre, Sophie et le reste du groupe d'un air ébahi.

— *New people*, murmure le vieil homme.

Un des hommes en orangé semble particulièrement troublé par la présence de Florence.

— Une… Une p'tite fille.

La fillette se réfugie derrière sa mère, intimidée.

— Pourquoi il me regarde comme ça ?

— Qu'est-ce que vous lui voulez ? demande Sophie, méfiante.

L'homme recule d'un pas, effaré de se faire interpeller de cette façon.

— Je... Je lui veux rien... Je suis juste... surpris. Je me rappelais pas qu'il... qu'il y avait des enfants...

Jean-Pierre s'aperçoit que Karl et Michel se sont lancés à la recherche de Benoit, dont la voix tonnante résonne dans la pénombre.

— Y a quelqu'un ? Chamberland ! Stef ! Réjean !

Jean-Pierre s'élance à leur suite. Il découvre qu'à chacun de ses pas, il sait d'instinct où ceux-ci vont le mener, car la configuration des pièces et des couloirs obscurs lui semble aller de soi.

C'est donc vrai : il est souvent venu ici. Non qu'il doutât de la parole de Benoit, mais il se rend compte que posséder la connaissance et accepter la parole des autres sont des réalités très différentes.

Le couloir sombre s'éclaire soudain. Au plafond, une rampe lumineuse se prolonge sur toute la longueur. Un des murs disparaît derrière un fatras de caisses de carton, de barils de plastique et de chaises empilés les uns sur les autres. C'est Benoit, au centre du couloir, qui a pressé le commutateur.

Indifférent au fait que Jean-Pierre le suit, le vieux mineur traverse le couloir jusqu'à une porte vitrée, qu'il ouvre.

La pièce ainsi révélée est plus petite. Dans la faible lumière qui traverse une fenêtre empoussiérée, Jean-Pierre voit un empilement de couvertures disposées à terre sur le tapis.

Les couvertures bougent. Un homme se redresse à l'entrée des intrus. Le retrait des couvertures permet à Jean-Pierre de voir qu'il y a une femme et un autre homme sous les couvertures. Ils sont nus tous les trois.

Le premier réveillé se frotte les yeux, pas content.

— On vous a dit de rester en avant !

L'autre aussi s'est relevé, les yeux écarquillés. Il chuchote à l'autre :

— C'est Benoit…

Ce dernier recule sans prévenir, si bien qu'il bouscule Jean-Pierre dans le cadre de la porte. Une fois de retour dans le couloir, le vieux mineur referme la porte, le visage congestionné.

— Peux-tu t'enlever de'dans mes jambes ?

Jean-Pierre s'écarte, trop déconcerté par l'imprévisible accès de colère de son collègue pour discuter.

Sur ces entrefaites s'approche une autre femme. Elle porte une couverture sur les épaules, mais sinon elle est tout aussi nue. Elle tend une main vers Benoit, suppliante.

— Avez-vous à manger ? J'ai faim…

Dans un cadre de porte derrière elle apparaît un grand homme échevelé, la chemise ouverte, qui attache la ceinture de son pantalon en dardant un regard de défi sur les nouveaux arrivés.

— T'es là, toi ? dit Benoit.

— Où c'est que tu veux que je sois ?

— Vous vous êtes pas rendu compte qu'on rentrait ? Méchante surveillance !

L'échevelé hausse une épaule.

— C'était au tour des autres. Faut ben qu'on dorme.

Malgré la posture d'indifférence, Jean-Pierre comprend que l'homme est sur la défensive.

— Vous vous contentez pas de dormir, à ce que je vois.

— J'ai vraiment faim, insiste la femme à la couverture.

Le regard que Benoit lui adresse est plein de compassion et de pitié.

— Aie pas peur, Julie... On a apporté à manger... Mais va t'habiller, s'il te plaît. Reste pas comme ça.

Des cris et des invectives font sursauter Jean-Pierre. Ça provient de la salle des dormeurs. Benoit va enquêter. Jean-Pierre le suit.

Il a cru reconnaître la voix aigre de Karl. Il ne s'était pas trompé. Les deux hommes nus, maintenant debout, se défendent comme ils peuvent contre les coups de Karl, qui les agonit en même temps d'injures.

— Mes osties de chiens sales !

La jeune femme nue assiste à l'échauffourée d'un air inquiet, recroquevillée dans le coin de la pièce.

— Whoa ! Whoa !

Benoit va retenir Karl, qui se dégage de son emprise, la main tendue vers les deux hommes, son mince visage congestionné de fureur.

— Les as-tu vus ? Y couchent avec Nathalie ! Les deux à part ça !

— Ben oui. Je les ai vus.

— Tu trouves ça correct ?

— Non. Je suis pas d'accord avec ça.

— Juste pas d'accord ? C'est deux beaux écœurants, oui !

L'un des deux hommes se rebiffe.

— Ça te regarde pas ! C'est pas ta blonde !

— À toé non plus ! Tu profites d'elle parce qu'elle se rappelle plus rien. C't'un viol, ostie !

— 'Tention à ce que tu dis ! On l'a pas forcée !

L'autre homme nu, piteux jusque-là, contre-attaque.

— C'est quoi ton problème ? Tu te la gardais pour toé ?

Le visage de Karl s'empourpre de plus belle, mais Benoit s'interpose entre les belligérants, la voix tonnante.

— Ça suffit ! On va pas commencer à se battre entre nous autres, maudite affaire ! Viens, Karl, on les laisse s'habiller. Karl !

Ce dernier fait un pas en direction de la porte, puis la colère le reprend et il veut retourner frapper les deux hommes. La mêlée reprend, lorsque Pascale apparaît à son tour pour prêter main-forte à Benoit.

L'apparition de la jeune femme étouffe instantanément le conflit. Les deux hommes nus reculent. L'un d'eux a pris une couverture et la tient devant son entrecuisse.

— C'est qui, elle ?

Son regard saute de Pascale à Sophie et à Xavier, tous deux visibles par le cadre de la porte, pour finalement s'arrêter sur Jean-Pierre.

— T'es revenu ?

À en juger par l'intensité de sa surprise, Jean-Pierre devine que l'autre l'a reconnu.

— Il te reconnaît pas, intervient Benoit. On l'a retrouvé chez lui à Saint-Tite. Il reconnaît plus personne.

Un silence lourd suit ses paroles, puis il soulève le menton en direction des trois dormeurs.

— Habillez-vous. On a apporté à manger. Puis il faut qu'on discute.

Il sort de la pièce en secouant la tête d'un air écœuré.

— Vous faites dur.

◆

Les familles de Jean-Pierre et de Pascale ont été menées jusqu'à une grande pièce sur les murs de laquelle sont épinglées diverses affiches jaunies. Trois tables sont alignées au centre, chacune entourée de dix tabourets ronds. L'air y est frais et malodorant. Des insectes innombrables couvrent les vitres sales des fenêtres.

Les résidents de l'enclave minière se joignent à eux. Ils sont moins d'une vingtaine, tous des hommes à l'exception des deux femmes, maintenant habillées. Jean-Pierre a noté le regard désapprobateur de Florence devant leurs cheveux hirsutes et leur tenue négligée. Les hommes ne payent guère de mine non plus. À l'exception de Benoit, de Karl et de Michel, tous ont les joues envahies par la barbe.

Ils mangent avec avidité les provisions rapportées de chez Jean-Pierre et Pascale : conserves, biscuits, mais aussi des barres nutritives fournies par la distributrice de la Force d'intervention, dédaignées par certains mais appréciées par les autres. Quelques personnes lancent de temps en temps un regard nerveux vers Jean-Pierre et son groupe, comme des animaux aux abois.

Pendant le repas, Benoit relate à l'assemblée leurs aventures à Saint-Tite, narration entrecoupée par les interventions – généralement sardoniques – de Karl. C'est à peine si Michel dit un mot : il se contente de manger, les yeux las derrière ses lunettes sales, l'image même de l'accablement.

Après avoir présenté les membres des deux familles, Benoit fait de même avec les gens de la mine. Il rappelle qu'ils ne sont que six à avoir conservé la mémoire. Il présente les trois autres chanceux qui se trouvaient sous terre au moment de « l'attaque ». Les deux hommes qui couchaient avec Nathalie s'appellent Stef et Réjean. Tous deux sont des foreurs et dynamiteurs. Le grand échevelé s'appelle David Chamberland.

— Lui travaillait pas vraiment ici, explique Benoit à Jean-Pierre. C'est le chargé de projet envoyé par Kingston pour l'évaluation de coût.

— Qui est Kingston ?

— C'est pas une personne. C'est une ville. C'est là que se trouve le siège social de Tremus Gold.

— Une ville ? demande Xavier. Comme Saint-Tite ?

L'adolescent est vexé de voir les regards amusés qu'échangent les six hommes.

— Ben quoi ?

— Saint-Tite est ben plus gros, dit Karl avec un clin d'œil appuyé.

Après le repas, Michel connecte ensemble des appareils aux fonctions inconnues de Jean-Pierre. Le tout est branché à une télévision. Pour la première fois, Jean-Pierre comprend que l'écran peut servir à diffuser autre chose que les instructions de la Force d'intervention internationale.

Sur l'écran apparaît une vue aérienne d'une ville. Il faut une seconde à Jean-Pierre pour reconnaître, grâce aux deux grandes flèches du bâtiment communautaire, qu'il s'agit de Saint-Tite.

Michel, qui semble avoir repris contenance, explique que ce sont des photos prises à partir du promontoire sur la colline près du réservoir d'eau de la municipalité. C'est de cette position surélevée qu'ils ont observé les allées et venues des robots et du reste de la population de Saint-Tite.

Une autre photo montre en plus gros plan le haut bâtiment métallique dressé dans un coin de la place centrale de Saint-Tite. Michel pointe le doigt sur l'écran.

— Le vaisseau a pas bougé tout le temps qu'on a été là. C'est de là que sortent les robots, les soucoupes volantes, tout leur équipement.

— Normal, explique Jean-Pierre. C'est le quartier général de la Force d'intervention internationale.

Un sourire acide soulève les lèvres de Michel.

— Normal, hein ? As-tu compris que c'est pas un immeuble de Saint-Tite, ça? C'est un vaisseau des envahisseurs qui est venu se poser là. On sait pas par quel principe ça vole – ça ressemble juste à un gros cylindre de métal, pas de réacteurs ni rien – mais on sait que ça vole. On les a vus.

— Moi aussi. Je suis pas aveugle.

— On sait pas combien ça peut contenir de robots, ajoute Benoit, mais comme on n'en a jamais vu beaucoup à la fois, on imagine qu'ils sont pas nombreux.

— On parle à travers notre chapeau, proteste Chamberland. Y a de la place pour embarquer deux cents robots dans c't'affaire-là.

— On n'en a jamais vu plus de huit à la fois, fait observer Pascale.

— Ils ont pas besoin d'être nombreux, dit Benoit. Tout le monde leur obéit au doigt et à l'œil.

— Pas moi, dit Xavier.

Karl donne une claque d'encouragement sur l'épaule de l'adolescent.

— On va faire quelque chose avec ce jeune-là !

À ce moment, Benoit et ses compagnons se lancent dans une discussion de stratégie que Jean-Pierre a de la difficulté à suivre faute de contexte. Il est question de la pertinence d'entraîner « les autres » au maniement des armes. Certains argumentent qu'ils n'ont pas assez de munitions pour les gaspiller. Des mots inconnus apparaissent: explosifs, détonateur, walkie-talkie... Inconnus, et pourtant familiers.

Jean-Pierre se rend compte avec un sentiment de vexation grandissant que la conversation ne franchit jamais le cercle des six qui ont conservé la mémoire. Ceux-ci ne semblent plus se préoccuper ni de l'opinion ni des réactions du reste de leur auditoire. C'est à peine s'ils ont prêté attention à la remarque de Pascale au sujet du nombre maximal de robots.

— Vous parlez trop vite, intervient Jean-Pierre pendant un creux dans la discussion. On n'arrive pas à vous suivre.

— C'est ce que j'allais dire, l'appuie Pascale. C'est quoi votre histoire d'explosion?

Chamberland semble particulièrement pris de court par les protestations.

— On va pas passer l'après-midi à expliquer chaque mot.

— Pourquoi vous nous avez amenés ici si vous voulez rien savoir de nous autres? dit Xavier.

— Ouain, ben mon jeune, c'était pas mon idée de vous ramener icitte, rétorque Chamberland avec un regard en biais vers Benoit. À part que ça fait plus de bouches à nourrir, je vois pas l'intérêt.

Benoit n'apprécie pas le reproche.

— Attention à ce que tu dis. Tu vas juste les mêler. On va avoir besoin d'eux pour conduire la voiture à côté du vaisseau.

— On est capables de conduire.

— Ils sont connus des gens. Ils vont être repérés moins vite que nous.

— On a juste à prendre leurs bracelets pour se faire passer pour eux. C'est pas comme ça que c'est supposé marcher?

— Avec les robots, pas avec les gens de Saint-Tite.

— *Anyway*, pourquoi est-ce qu'on agit pas de nuit, si tu dis qu'il n'y a pas de surveillance autour du vaisseau?

Sous le regard attentif des autres, Benoit reste silencieux, son visage buriné abaissé vers le plancher sale. Il est toujours dans cette position lorsqu'il reprend la parole d'une voix fébrile et tendue.

— Y a plus d'éclairage de rue, la nuit. On verra rien. On sera même pas capables de faire la différence entre un robot pis un humain. À part ça, juste six, c'est pas assez pour couvrir le terrain. Jean-Pierre pis les autres connaissent les lieux. Plus important encore, ils connaissent les survivants de Saint-Tite. On va avoir besoin d'intermédiaires pour être acceptés de la population. Quessé que tu comprends pas là-dedans, David?

— Fais pas ton Jo-Connaissant, Gauthier. T'es pas plus un stratège militaire que moi.

— La testostérone coule à flots, ironise Karl en fixant Chamberland dans les yeux.

— Je représente la compagnie. Tant que vous êtes sur le terrain de la mine, c'est moi qui suis en charge.

— Es-tu sérieux? Y en a plus, de compagnie! Tu représentes rien que toi-même!

— OK, les gars, intervient Michel.

Jean-Pierre comprend peu à peu à quel point les six mineurs qui ont gardé la mémoire ne constituent pas un groupe uni. Il s'est formé deux clans. Stef et Réjean semblent s'être rangés du côté de David Chamberland, alors que Karl et Michel se sont rangés du côté de Benoit.

La tension qui règne entre eux est palpable depuis leur arrivée. Ça date peut-être même d'avant le Voile de lumière.

L'évidence frappe soudain Jean-Pierre. Ce n'est pas en toute innocence que Benoit l'a ramené avec lui à la mine. C'est aussi parce que sa présence fait pencher la balance du pouvoir en faveur du groupe de Benoit. Voilà donc pourquoi Chamberland se montre si hostile.

Tout cela lui semble à la fois clair et consternant. Un slogan de la Force d'intervention résonne dans sa mémoire : *Tous ensemble, nous réussirons !*

Pascale ramène la conversation sur un terrain concret. Pour quelle raison veulent-ils approcher une voiture de la base des représentants de la Force ?

— Pour la faire sauter, répond Michel avec un petit rire nerveux.

Voyant que sa réponse ne soulève pas la réaction attendue chez son interlocutrice, il explique le plan.

Ils vont emplir d'explosifs le coffre d'une voiture. Un explosif est une substance qui éclate avec une grande violence. Dans les mines, ils s'en servent quotidiennement pour briser la roche et faciliter l'excavation souterraine. La mine de Tremus Gold Mining n'est pas encore véritablement en exploitation, mais ils gardent tout de même une certaine quantité d'explosifs en réserve pour l'élargissement et la remise en état des puits et des galeries. Stef et Réjean sont des spécialistes de la question. Grâce à un dispositif appelé un détonateur activé par radio, ils peuvent faire exploser des charges à distance.

— C'est pas dangereux ? demande Florence, qui a suivi toute la conversation, son petit visage tout sérieux.

— Pauvre pitoune, c'est ça l'idée ! explique Karl, amusé. On parke la voiture proche du vaisseau. On laisse le temps au chauffeur de crisser son camp. Pis bang ! Après ça, on varge dans le tas !

— Je comprends pas, s'inquiète Sophie.

— Les robots seront probablement pas tous dans le vaisseau. Est-ce que ceux qui réchapperont de l'explosion vont nous attaquer ? Ou essayer de se sauver ? D'un côté ou de l'autre, faut pas qu'un seul s'en sorte. C'est pour ça qu'il faut qu'on soit le plus nombreux possible.

Un long silence songeur suit ces paroles.

Jean-Pierre échange un regard avec Sophie. Celle-ci hoche la tête, l'air désemparé.

— Je veux pas.

— Tu veux pas quoi ?

— Que vous fassiez exploser des choses. Je veux retourner à Saint-Tite. Pourquoi on est partis ? J'étais bien, moi.

— Maintenant que tu es au courant que c'est leur faute ? lui demande doucement Jean-Pierre. Que c'est à cause des robots si tu sais même plus ton nom ? ni d'où tu viens ?

La jeune femme a un geste de la main vers les mineurs, le visage empourpré sous ses longs cheveux noirs.

— C'est peut-être eux autres qui nous mentent...

Chamberland lève les yeux au ciel.

— C'est le boutte !

— Laisse-la parler, dit Benoit. Elle a droit à son opinion.

Le ricanement de Chamberland est âpre de mépris :

— Son *opinion* ? Ils ont pas d'opinion. Ils savent plus rien !

— Ils savent des choses de leur point de vue. De l'intérieur. Ça va être utile lorsqu'on aura repris Saint-Tite.

— On va leur être ben plus utiles que l'inverse.

— Possible, intervient Michel. Mais on est tous dans le même bateau. Faut tous ramer dans la même direction.

— Oui !

C'est Sophie qui a crié ainsi. La jeune femme reste un moment immobile, la bouche entrouverte, ses pupilles noires frémissantes. Elle semble encore plus surprise que les autres par ce qu'elle vient de dire.

— Faut tous ramer dans la même direction…

Elle a répété d'une voix rêveuse et douce, comme si la phrase avait une signification particulière pour elle. À la surprise de Jean-Pierre, Sophie lève les bras et se met à exécuter d'étranges mouvements, comme si elle repoussait un objet invisible derrière elle, tantôt sur sa droite, tantôt sur sa gauche.

— Pourquoi tu fais ça ? demande Florence.

Sophie s'arrête, perplexe. Elle sourit. Un sourire pâle et incertain, comme il en a rarement fleuri sur ses lèvres depuis que Jean-Pierre la connaît, mais un sourire tout de même.

— Je… Je me rappelle comment je me sentais. Avant… Quand je ramais sur la rivière… J'étais pas seule… J'étais… Avec des amis…

Benoit s'est approché de Jean-Pierre.

— Tu l'entends ? Il t'arrive de te rappeler comment c'était, avant, hein ? Comment *toi* tu étais ?

Quand on te parle de quelque chose que tu connais, ça sonne juste pour toi, hein ? T'as le sentiment que c'est vrai, en dedans ?

Le ton de Benoit est devenu si suppliant qu'il en a les yeux humectés. Jean-Pierre déglutit. Il est désarçonné par une telle manifestation d'émotion chez un homme qui, jusqu'à présent, lui a paru le plus stoïque des survivants.

— Parfois. Oui.

— Si t'avais été avec nous autres dans la mine quand c'est arrivé, t'aurais été le *premier* à organiser quelque chose, Jean-Pierre. Je te connais. Nous autres, on t'aurait suivi. C'est pas moi qui dirigerais les opérations, c'est toi. Comprends-tu ce que j'essaie de te dire ? Comprends-tu pourquoi je suis allé te chercher, toi, en particulier ?

Jean-Pierre consulte Sophie du regard, mais la jeune femme détourne le visage. C'est un autre regard qui croise le sien, celui de Pascale, bleu et déterminé. Le sourire de Xavier est également approbateur, ce qui ne l'étonne pas non plus.

Jean-Pierre reporte son regard vers Benoit et hoche lentement la tête.

— OK. J'suis de votre bord.

Préparatifs

Pour les gens de la mine, anciens et nouveaux arrivants, le reste de la journée est consacré à de fébriles préparatifs. Selon Benoit, ils n'ont aucun intérêt à retarder inutilement la campagne de libération de Saint-Tite. D'une part, il vaut mieux prendre les robots de court, ou ceux qui les contrôlent, plutôt que de leur laisser le temps de réfléchir aux causes de la disparition de deux familles de la communauté. Comme les bracelets ont été laissés dans les domiciles de leurs propriétaires, il n'est même pas certain que l'ennemi soit déjà au courant de leur départ. Il faut cependant s'attendre à ce qu'éventuellement un robot, ou même un simple citoyen, finisse par aller s'informer auprès des familles de Jean-Pierre et de Pascale de la raison pour laquelle aucun de leurs membres ne s'est présenté au travail ce jour-là.

Quelle sera la réaction des robots à cette découverte ? Augmenteront-ils les mesures de sécurité et de surveillance, de jour et de nuit ? C'est ce que feraient des militaires humains, selon Michel et Benoit, mais à plusieurs reprises les réactions et les décisions de la force d'invasion se sont révélées imprévisibles.

— C'est pas la seule raison pour laquelle faut se grouiller, explique Benoit à Jean-Pierre pendant qu'il surveille Stef en train de conduire un chariot élévateur à l'intérieur du garage. On a quasiment plus rien à manger. Au début, on s'est servis au dépanneur du village, mais une soucoupe a surpris les gars qui sortaient. Ils ont été obligés de se cacher dans le bois jusqu'à la nuit. On a la chienne d'y retourner depuis ce temps-là. On a vidé les maisons aux alentours. Ça a suffi un temps. T'as vu la situation quand on est revenus ?

— Oui.

— C'était déjà difficile avant que vous arriviez. Maintenant, on est sept de plus à nourrir.

— Désolé.

— Faut pas. C'est le temps qu'on agisse. On est en train de virer fous là-dedans.

Stef apporte par chariot élévateur un chargement de caisses en carton plastifié. Jean-Pierre aide à décharger le tout dans le plateau de son pick-up. Chamberland vient lui donner un coup de main. Sur chacune des boîtes est inscrit en gros caractères noirs : « Danger – Explosifs ». Dans l'air confiné du garage, une odeur émane des caisses empilées, une odeur qui active dans sa mémoire des ombres confuses.

— Pas trop en maudit qu'on se serve de ton pick-up ? demande Chamberland avec une bonhomie sardonique. Il en restera pas grand-chose une fois que ça aura pété.

Jean-Pierre fait un geste d'indifférence.

— C'est le meilleur choix. Les robots vont réagir moins vite si c'est un véhicule qu'ils ont déjà vu.

— Ou bedon ils vont réagir plus vite de voir revenir un véhicule qui avait disparu.

— Les deux arguments sont valides.

— Ouain. Sauf qu'il y en a juste un de bon.

— T'en profites, hein ? intervient Benoit, le ton acide.

— De quoi tu parles ?

— Tu te serais pas obstiné avec Jean-Pierre comme ça, avant.

Chamberland écarte une mèche de cheveux graisseux de son visage.

— *Fuck you*, Gauthier !

Benoit ignore la réplique. Jean-Pierre comprend que c'est moins une insulte qu'une expression d'ironie. Il n'aurait rien répondu lui non plus. Ce n'est pas son genre de répondre à ce genre de provocation.

Au moment même où il se fait cette réflexion, il se rappelle quelques-unes de ses sautes d'humeur envers Sophie et les enfants. Il se souvient également du coup de poing donné au visage de l'homme qui avait tenté de leur soutirer les rations nutritives…

Il devra apprendre à juguler ce genre de pensées trop vertueuses : lui aussi est capable de réactions émotives et violentes.

◆

Plus tard dans la journée, Benoit et ses hommes rassemblent la communauté de la mine au complet. On leur annonce qu'à l'exception de monsieur Nicholson, Sophie, Nathalie, Châtelaine et Florence, tous les autres vont descendre dans la mine pour s'exercer au tir.

Florence exprime à haute voix son dépit d'être laissée en arrière. Pourquoi cette ségrégation ? A-t-elle fait quelque chose de mal ?

Benoit s'empresse de la rassurer.

— Toi et Châtelaine, vous êtes trop jeunes pour tirer à la carabine, et monsieur Nicholson, lui, est trop vieux. Je sais que Nathalie a jamais tiré, et je gagerais que c'est pas le style à Sophie non plus. De toute façon, vous aimeriez pas ça. Il va faire noir et ça va être bruyant.

— Mais vous amenez Xavier ?

— À son âge, ça faisait longtemps que j'allais à la chasse.

L'explication semble mystifier la fillette, mais Karl clôt la discussion et indique au reste de l'assemblée de le suivre vers la sortie.

Après avoir levé les yeux au ciel pour y repérer d'éventuels disques espions, Karl et Chamberland font signe de sortir avec de grands gestes impatients.

— On reste dehors le moins longtemps possible !

Moitié courant, moitié marchant, Jean-Pierre et les autres obéissent. Ils longent un bâtiment en cours de construction, puis traversent le terrain boueux en direction d'une cavité percée dans la pente même d'une colline. Le puits d'accès aux véhicules, à en juger par les innombrables traces de pneus qui convergent vers l'ouverture.

Les gens de la mine se retrouvent dans un tunnel percé à même la roche. Le faisceau des lampes que transportent Karl et Chamberland éclairent tout juste assez pour qu'on comprenne que le tunnel s'enfonce abruptement. Un flottement se produit dans le groupe. Certains sont inquiets. Où descendent-ils comme ça ?

Jean-Pierre prend la main de Pascale dans la sienne. Celle-ci la serre en retour, mais sinon son visage ne révèle aucune émotion autre que la vigilance.

— Avancez ! On descendra même pas cent pieds !

L'impatience de Chamberland, paradoxalement, rassure Jean-Pierre. Le fait qu'il juge leur inquiétude ridicule signifie assurément que la descente est sans danger.

Ils reprennent donc leur progression. Il serait impossible de voir bien loin, même si le passage était convenablement éclairé : le tunnel tourne en descendant, selon une courbe prononcée. Au moment où il commençait à s'inquiéter de la véracité des paroles de Chamberland, Jean-Pierre constate que la voie souterraine débouche dans une pièce éclairée, trois fois plus longue que large, au plafond bas couvert d'un treillis métallique. De gros boîtiers gris sont fixés au mur, desquels sort un fouillis de câbles et de tuyauterie. D'une ouverture percée dans un des murs émerge le museau d'un véhicule trapu maculé de poussière. À l'autre extrémité de la pièce, un autre tunnel, horizontal celui-là, s'enfonce dans le roc.

Jean-Pierre, qui lit la perplexité sur les visages de Xavier, Lionel et la plupart des autres, s'aperçoit à quel point tout ce qui l'entoure lui est familier. À peine dix minutes plus tôt, il n'aurait su dire qu'un tel endroit existait. Maintenant qu'il s'y trouve, il a l'impression de marcher en territoire connu.

Stef est déjà sur place, devant un établi sur lequel sont alignées les rares armes à feu en leur possession, avec les boîtes de munitions appropriées. Michel l'observe en retrait, l'air un peu désœuvré. Jean-Pierre se souvient que l'ingénieur a admis ne rien connaître aux armes à feu.

Stef explique au groupe la raison de leur descente dans cette pièce souterraine. Il n'y a pas assez d'armes pour tout le monde : la priorité ira à ceux qui savaient les manier avant l'Éblouissement. Chacun devra démontrer ses connaissances en chargeant une arme et en tirant quelques balles. Impossible de faire ça en surface : le bruit des tirs peut s'entendre à des kilomètres.

— Une balle ou deux chacun, pas plus, conclut le jeune foreur. C'est pas le temps de gaspiller les munitions.

— Je sais tirer, annonce Jean-Pierre.

Un pâle sourire illumine le visage luisant de sueur de Michel.

— Pis t'es bon, à part ça. Tu me donnes un steak d'orignal quasiment chaque année.

— On va te redonner ta 30-06, dit Karl, inquiète-toi pas. Moi, je me garde ça.

Il exhibe le pistolet qu'il s'est approprié dans les locaux de la Sûreté du Québec. Sans se départir de son sourire carnassier, il offre un des deux autres pistolets à Pascale.

— C'est pas fort d'avoir perdu le tien, mais on te pardonne. Je gage que tu t'entraînais souvent. Les femmes ont toujours quelque chose à prouver dans les milieux masculins.

— Comment tu sais ça ? demande Stef.

— T'as pas compris ? C'est une flic.

— Tu me niaises ?

Le jeune foreur regarde Pascale avec un mélange d'étonnement et de méfiance, réaction qui surprend Jean-Pierre. La jeune femme en effet ne semble pas très menaçante dans sa robe légère.

Ignorant la discussion, Pascale accepte l'arme tendue. Elle la soupèse, avec hésitation d'abord, puis ses gestes deviennent plus assurés. Un chargeur sort de la poignée, dont elle examine l'intérieur.

— Ça va prendre des munitions.

— Exact, dit Karl avec un sourire approbateur. On va commencer par toi. Tu vois la cible ?

Karl montre à l'autre extrémité de la pièce un uniforme orangé suspendu au treillis métallique du plafond. Il glisse sur sa tête un casque qui couvre ses deux oreilles avec des coquilles de plastique, puis tend le même genre de dispositif à Pascale.

— Mets ça. J'en ai juste cinq. Ceux qui ont pas de casque, bouchez-vous les oreilles parce que ça va résonner en crisse !

Dès le premier coup de feu, Jean-Pierre comprend à quel point la précaution de Karl était justifiée. Il n'imaginait pas qu'un son pouvait être aussi fort ! Une onde de panique traverse le groupe rassemblé dans la mine et il faut un certain temps pour ramener l'ordre. Au second coup de feu, un des hommes s'effondre en tremblant de terreur.

— Arrêtez, arrêtez…

Michel décide de ramener à la surface ceux qui sont trop effrayés par le bruit. Ils ne feront pas des candidats valables de toute façon.

C'est au tour de Karl d'essayer son pistolet. Au premier tir, il rate la cible, et en sacre de dépit. Impossible de blâmer l'arme ou la distance excessive : Pascale a atteint l'uniforme à chacun de ses deux tirs. À son second essai, Karl prend son temps. Cette fois, la balle fait sauter la manche droite de l'uniforme.

— Ton robot est manchote, persifle Chamberland.

— À ta place, je rirais pas d'un gars qui a un Glock dans les mains.

— Tant qu'il tire comme toé…

C'est au tour de Jean-Pierre. Comme il l'a constaté la première fois qu'il a eu sa 30-06 entre les mains, tout lui semble aller de soi : la taille de l'arme, son poids, la douceur du bois verni sous ses doigts. Il glisse deux balles dans le chargeur, qu'il enclenche en position. Il pointe le canon vers l'uniforme. D'une certaine façon, ça le dérange qu'on ait choisi une cible à forme humaine. La position dans laquelle il se tient fait surgir un geyser d'émotions, pas toutes agréables. Les dents serrées, le cœur battant, il appuie sur la détente. Le recul est brutal, mais il s'y attendait. Le vacarme, par contre, le prend par surprise. Il n'avait peut-être jamais tiré dans un lieu fermé.

Ceux qui restent s'essaient au maniement des armes. Julie se révèle une des meilleures tireuses. Chamberland la félicite bruyamment en expliquant à la ronde que la femme était sûrement une chasseuse. Celle-ci accepte l'étreinte de l'ingénieur avec un profond rire de gorge, tout cela sous le regard désapprobateur de Karl.

Xavier aussi se révèle un fort bon tireur. Il reconnaît pourtant que la sensation de la carabine entre ses mains n'a stimulé aucun souvenir sensoriel ; il a simplement observé les gestes des autres.

« Souvenir sensoriel. » C'est dans la bouche de Michel que Jean-Pierre a entendu le terme pour la première fois. Il l'a adopté volontiers pour décrire le phénomène, tant il lui semble utile.

C'est comme ça. Des réalités qu'il ne percevait que de manière embrouillée, instinctive, acquièrent des contours beaucoup plus distincts une fois qu'il possède le mot pour les définir. Réfléchir devient plus facile.

C'est ce qui s'est passé quand il a appris le mot « robot ». Il avait senti dès leur première rencontre que Sam, Alia et tous les soi-disant représentants de la Force d'intervention internationale n'étaient pas des hommes et des femmes ordinaires, mais faute de pouvoir nommer ce sentiment, il ne l'avait pas développé.

Combien d'autres réalités de son ancienne vie n'attendent plus que l'apparition d'un mot, la résurgence d'une expression, pour reprendre leur place dans le panorama du monde ?

◆

Lorsqu'ils remontent du puits d'accès des véhicules après les exercices de tir, la communauté de la mine est accueillie par les grondements du tonnerre. Il ne pleut pas encore, mais tous ont vécu assez longtemps pour savoir ce que laissent présager de pareils nuages dans le ciel.

Jean-Pierre a juste le temps d'atteindre les bureaux de la mine lorsqu'une pluie diluvienne s'abat sur le monde. Un phénomène inédit se produit presque simultanément. Le bruit de la pluie sur le toit et dans les fenêtres décuple d'intensité. Le terrain se couvre de milliers de granules blancs qui caracolent dans toutes les directions.

— Quosséça ? demande Xavier.

— De la grêle, dit Karl dédaigneusement. Y a rien là. Ça va fondre.

Sophie et Florence viennent se blottir dans les bras de Jean-Pierre, soulagées de le voir réapparaître mais aussi déconcertées face à ce déluge inattendu. Xavier n'est que trop heureux d'ouvrir les siens à Châtelaine, dont le visage clair rosit de se voir enlacée ainsi en public.

— Comment c'était ?

Xavier lève le menton en une attitude bravache qui fait sourire Jean-Pierre.

— Bruyant. Benoit avait raison. T'aurais pas aimé ça.

Jean-Pierre s'aperçoit que Lionel n'est pas venu rejoindre Pascale. Il est assis à l'écart, boudeur, les épaules arrondies.

D'une part, Jean-Pierre est heureux de constater que Lionel lui laisse le champ libre ; d'autre part, il aimerait comprendre les causes d'une pareille attitude. Cela dépasse la simple mauvaise humeur. On dirait qu'il ne se sent pas solidaire de sa famille.

Le regard de Jean-Pierre croise celui de Pascale. Il fait un geste du menton vers Lionel. Elle répond par un mouvement d'indifférence. Il faut dire que si Lionel la boude, ce n'est pas le cas des autres hommes qui constituent la grande majorité de la communauté de la mine. Jean-Pierre a noté depuis un moment la manière intéressée avec laquelle Benoit et Michel regardent la jeune femme. L'animosité que semble lui porter Karl a aussi un côté factice. Si cette dernière lui répugnait vraiment, il l'ignorerait, comme Lionel. Or c'est le contraire : il trouve un plaisir manifeste à la contredire, à la taquiner.

Jean-Pierre se rend compte également que Sophie, Châtelaine et même la petite Florence se retrouvent au centre d'un réseau intangible de regards, un phénomène dont elles se sont probablement aperçues. Voilà pourquoi elles ont été si promptes à se réfugier dans ses bras et dans ceux de Xavier à leur retour de la pratique de tir.

Sont-elles en danger ? Même si la réponse est négative, la simple évocation de cette possibilité rend Jean-Pierre nerveux.

— Surveille-la comme il faut, glisse-t-il à l'oreille de Xavier.

L'adolescent approuve, le regard intense sous sa frange de cheveux noirs. Il a compris à quoi son père fait allusion.

Heureusement, la communauté de la mine a des préoccupations plus pressantes et la tension ambiante ne dégénère pas en affrontement pénible comme celui survenu le matin entre Karl, Stef et Réjean.

◆

À l'heure du souper, la communauté se regroupe dans la grande salle. Sous la supervision de Benoit Gauthier, dont tout le monde semble accepter l'autorité malgré les réserves de David Chamberland, ils se partagent les dernières victuailles apportées de Saint-Tite. Le menu est frugal. Il reste surtout des rations alimentaires. Karl est inflexible dans son refus de manger « l'ostie de bouffe des robots », mais l'appétit vient à bout des scrupules des autres.

L'ambiance diffère de celle des soupers communautaires de Saint-Tite. Après l'orage et la chaleur de la journée, l'air confiné est étouffant malgré les fenêtres entrouvertes. Comme il est strictement interdit d'allumer les luminaires au plafond, il fait de plus en plus sombre. Quelques lampes de poche se promènent pour un usage ponctuel, et c'est tout. L'âcre odeur de sueur des gens rassemblés n'améliore en rien la situation. « Pourquoi ils ne se lavent pas ? » a chuchoté Florence à l'oreille de Jean-Pierre. Ce dernier n'a pas osé répéter la question à Benoit. Il y a pourtant des lavabos et de l'eau courante à la mine. Serait-ce parce qu'ils n'ont pas reçu les instructions télévisées de la Force d'intervention internationale à l'effet que la santé dépend de l'hygiène active ?

Il n'y a pas de chants non plus, ni de feu de joie. De toute façon, la joie est un sentiment qui jurerait sur ces visages hâves et inquiets. Il y a de la musique, par contre, diffusée par une petite télévision connectée à un clavier. Un « ordinateur ». Jean-Pierre se rappelle qu'il en possède un dans la chambre sans lit au deuxième étage de sa maison.

Cette musique est très différente de celle diffusée à Saint-Tite. Elle est entraînante et colorée, pleine d'imprévus. La voix d'une femme se mêle à la musique. Les paroles sont extrêmement particulières :

Le vide je vais le remplir.
De bon ou de mauvais souvenirs.
Le vide je veux le remplir.
Avant que mon âme s'assèche et que je
craque.

Jean-Pierre avait tenu pour acquis que toutes les paroles de chansons consistaient en instructions diverses concernant l'hygiène personnelle, le bon fonctionnement de la société et la réalité des choses. Or rien dans ce chant ne ressemble à une instruction ou à un conseil. Et pourtant, une forme de sentiment mélancolique gonfle sa poitrine.

Il a déjà entendu cet air.

Avant.

La chanson a également beaucoup plu à Florence, qui en redemande. Michel sourit, puis manipule l'appareil pour faire jouer une autre chanson.

— Une chance qu'on avait des iPod et des CD dans nos autos. On n'avait pas le droit de copier de musique dans les ordinateurs du bureau. Et maintenant que l'Internet est en panne…

Sans saisir les détails de l'explication, Jean-Pierre comprend l'essentiel. Malgré l'effondrement de la civilisation, malgré leur isolement, la communauté de la mine a quand même réussi à conserver un peu de la mémoire du monde d'avant.

Une fois la nuit pleinement tombée, Michel remplace la musique par la diffusion d'un « film ».

Encore une expérience nouvelle pour ceux qui sont fraîchement arrivés de Saint-Tite. Ce ne sont pas des dessins qui bougent sur l'écran de l'ordinateur mais de vraies personnes. Constatant leur stupéfaction devant les images mouvantes, Michel fait une rapide mise en situation. Il s'agit d'une comédie, c'est-à-dire d'une histoire inventée pour amuser les gens. Elle met en scène deux policiers, le père et le fils, qui sont incapables de s'entendre. Afin de retrouver un de leurs collègues, ils doivent s'inscrire sous une fausse identité à une thérapie afin de faire parler l'avocat des criminels qui…

Jean-Pierre perd rapidement le fil du récit. Les péripéties lui semblent arbitraires, et les réactions des personnages incompréhensibles, faute de saisir les enjeux. Ce qui le fascine et l'émeut toutefois, c'est l'aperçu que le film donne sur le monde d'avant l'Éblouissement. Alors c'est vrai qu'il y avait autant de gens, de voitures, de villes ? Cette société possédait donc une certaine harmonie, contrairement à ce que sous-entendait la Force d'intervention internationale lorsqu'elle évoquait le monde d'avant. Jean-Pierre s'en rend compte maintenant : les jugements de Sam et d'Alia n'étaient jamais soutenus par des exemples concrets. Le peu qu'ils avaient à dire sur le monde pré-Éblouissement était évocateur de barbarie, d'obscurantisme, de confusion et de violence, mais jamais ils n'expliquaient en profondeur. Ils se contentaient de l'exposer comme un fait évident.

Les robots leur mentent depuis le début. Il se sent soudain nauséeux. C'est une chose de l'entendre dire, c'en est une autre de le comprendre par soi-même.

Dans la faible lumière générée par l'écran de l'ordinateur, Jean-Pierre distingue des larmes coulant sur les joues de Sophie, et il sait qu'elle partage son état d'esprit.

Une fois le film terminé, Benoit et Michel font une dernière annonce. Le départ du lendemain aura lieu trois heures avant l'aube. Ils conseillent à tous de se reposer d'ici là.

— Avez-vous des questions ? conclut Benoit.

— J'en ai une, dit Pascale. Où est Lionel ?

— Lionel ?

— Le gros marabout, explique Karl, qui allume une lampe portable et la dirige sur les visages des gens rassemblés. C'est vrai, ça. Il est rendu où, lui ? *Lionel !*

— On pensait que vous le surveilliez, dit Chamberland, mécontent.

Après bien des appels et une inspection des lieux, tous doivent se rendre à l'évidence : Lionel a profité de la diffusion du film pour quitter le bâtiment.

Soudain, Benoit ordonne à tous de se taire. Jean-Pierre aussi a entendu. Un grondement sourd, qui provient de l'extérieur.

— Un camion ! s'exclame Karl.

Ce dernier se précipite dehors, suivi de Benoit et Chamberland. Jean-Pierre sort aussi pour découvrir que la cour est illuminée par les puissants phares d'un des énormes camions stationnés en face du garage. Le véhicule s'ébranle avec un rugissement de moteur. Karl part à la course et agite les bras pour lui bloquer le passage. Geste futile, téméraire même : le chauffeur du camion n'a clairement aucune intention d'arrêter, et encore moins de le contourner. C'est Karl qui doit s'écarter *in extremis* en proférant une enfilade de jurons malsonnants.

Jean-Pierre contemple, aussi impuissant que les autres, le mastodonte qui traverse la cour, ses phares inondant la porte grillagée d'une lumière crue. Sans ralentir, le camion défonce la barrière dans un grand froissement métallique. Même lorsque le véhicule disparaît au détour du chemin de terre, les mineurs peuvent suivre un temps sa progression par la lumière des phares qui éclaire le haut des arbres.

Jean-Pierre accompagne le groupe qui va constater les dégâts à la barrière.

— C'était lui ? demande Chamberland. C'était Lionel ?

— Qui c'est que tu veux que ça soit ? persifle Karl.

— Faut le rattraper !

— Pis tu vas faire quoi ? Tu vas te mettre devant ?

— Il va nous dénoncer !

— Ça me surprendrait, dit Pascale, qui est venue rejoindre le groupe. Il aime pas plus les robots que vous autres. Il veut juste retrouver son garage.

Chamberland se tourne vers la jeune femme, frémissant d'exaspération.

— Il va se faire repérer pis capturer, ton crisse de chum, ben avant de retrouver son garage. Pis il va nous dénoncer !

Il tourne sa rage vers Benoit.

— Méchante bonne idée de l'avoir emmené, celui-là !

Le vieux mineur accepte la réprimande sans répondre. Il n'a pas l'air plus heureux que quiconque de la tournure des événements.

— Je suis pas responsable de lui, dit froidement Pascale. J'aurais préféré être mariée à Jean-Pierre.

Chamberland reste pris de court par le ton factuel avec lequel Pascale leur rapporte ce sentiment. Après un moment, Karl éclate de rire.

— Tu pognes encore à ton âge, mon Djipi ! Va falloir que t'en laisse aux autres, hein ? T'oublies pas que ta vraie femme est encore vivante. C'est ce que tu nous as dit, non ?

— Je l'oublie pas, dit Jean-Pierre, qui a senti le fiel de la jalousie glisser sous le rire.

Benoit fait signe à tous de retourner aux bureaux de la mine.

— Ça veut juste dire qu'on peut plus changer d'idée. Venez. On se lève de bonne heure demain.

— J'espère que je vais arriver à dormir, dit Karl.

LIBÉRATION

Jean-Pierre est englué dans un rêve confus. Autour de lui, ce ne sont que cris et insultes. Un agresseur lui serre douloureusement l'épaule et lui murmure à l'oreille des menaces dans une langue inconnue. Jean-Pierre se retient de frapper juste à temps en reconnaissant la voix de Benoit.

— Le jour se lève dans trois heures. Faut y aller.

Tout semble irréel à Jean-Pierre dans la lumière tressautante des lampes de poche. Cela lui prend une seconde pour se rappeler où il est, et pour quelle raison il est allongé sur un tapis dur avec une toile malodorante pour toute couverture. Sophie, qui n'a jamais été une lève-tôt, se frotte les yeux à côté de lui, renfrognée. Elle s'est couchée en pleurant : elle détestait cet endroit, elle voulait retourner à leur maison de Saint-Tite, où il y avait à manger, où leur lit était confortable.

Même Florence semble avoir perdu son indéfectible bonne humeur matinale. Son mince visage est tout plissé de reproches.

Lorsque Benoit a annoncé la veille que Sophie, Florence et Châtelaine resteraient derrière, ces dernières ont fait une crise qui a causé beaucoup d'émoi parmi la communauté de la mine. Sourdes à tous les arguments concernant le danger qu'elles allaient courir, elles refusaient d'être séparées de leurs familles.

Appelé à intervenir pour qu'elles entendent raison, Jean-Pierre a pris le parti des femmes. Il a soutenu que le risque que Lionel se fasse capturer et révèle aux robots l'existence de l'enclave de la mine était réel. La vraie raison, qu'il n'a pas osé dire, c'est qu'il était inquiet de les laisser à la merci d'inconnus. La menace, soulevée par David Chamberland, d'annuler l'opération de libération dans de telles conditions s'est avérée bien peu efficace tant il était clair que Benoit, Karl et Michel ne le soutenaient pas.

— Vous prenez toujours pour votre gang, hein ? a conclu Chamberland d'un air écœuré. Il se rappelait même pas que vous existiez, mais vous vous rangez de son bord pareil.

— Ç'a rien à voir, a protesté Michel.

— Entéka, s'il y en a une qui se fait tuer, je vous aurai prévenus.

L'ambiance est donc tendue pendant que tous se préparent pour le départ. Jean-Pierre a la bouche pâteuse : personne ne se brosse les dents ici. Son épaule gauche le fait souffrir. Sophie n'est pas la seule à regretter le confort de leur lit à Saint-Tite.

Le déjeuner est plus que frugal : une ration alimentaire par personne. Karl, inflexible, préfère ne rien manger.

— Si tu tombes sans connaissance, on sera pas plus avancés, lui reproche doucement Benoit.

— Je préfère crever que manger leur marde.

Florence retire sa collante de la bouche.

— Y a de la marde dedans ?

— C'est juste une expression, la rassure Benoit.

— On sait pas.

— Karl…

Ils sortent dans le garage obscur. Comme à l'aller, Jean-Pierre s'installe sur la banquette de son pick-up en compagnie de Sophie et de Florence, avec Karl comme chauffeur. Des silhouettes approchent des autres véhicules. Malgré la pénombre, Pascale et Châtelaine sont faciles à reconnaître. Xavier ne doit pas être loin, mais Jean-Pierre ne l'a pas aperçu.

Le nouveau convoi est constitué de quatre véhicules : le pick-up, le Cherokee, un second véhicule tout-terrain et un petit autobus. Karl a expliqué qu'ils n'emprunteront pas le même chemin qu'à l'aller. Jean-Pierre ne s'en serait jamais rendu compte s'il n'avait pas été prévenu : ce deuxième trajet de nuit lui semble aussi labyrinthique que le premier.

Au bout d'un certain temps, le chemin émerge de la forêt et ils progressent le long d'une route dégagée qui serpente selon le parcours capricieux d'un cours d'eau.

Soudain, trois silhouettes hautes sur pattes bloquent le passage. Karl ralentit en sifflant un juron. Des chevaux. Jean-Pierre se rappelle les bêtes qui se sont approchées de la voiture de Pascale, lors de leur expédition vers Hérouxville. Le trio s'écarte du chemin et disparaît aussi vite qu'il est apparu.

— Sont chanceux de s'être sauvés, commente Karl. Ils peuvent manger de l'herbe. As-tu pensé à toutes les vaches pis à tous les cochons qui sont morts dans leurs étables ?

Jean-Pierre se contente de secouer la tête.

Ils finissent par emprunter une route plus importante. Un panneau apparaît, impossible à lire avec les phares éteints.

— Saint-Séverin, dit Karl, laconique.

Ils traversent un village qui semble totalement inhabité. C'est à peine s'ils ralentissent en montant une côte après un petit pont.

Jean-Pierre sent Sophie et Florence le presser un peu plus. Il est vrai que progresser dans l'obscurité de cette façon a un côté surréel et inquiétant.

Un coup d'œil par la fenêtre arrière rassure Jean-Pierre: les trois autres véhicules du convoi le suivent toujours.

Du haut d'une colline, les passagers de la camionnette aperçoivent une petite ville silencieuse et obscure. Malgré le ciel bouché, on arrive à distinguer les quartiers incendiés du reste de la ville. La seule ville au monde que Jean-Pierre est capable de reconnaître.

Karl emprunte une rue dont Jean-Pierre se souvient mais il ne s'en rappelle pas le nom. Les représentants de la Force d'intervention n'employaient jamais le nom des rues: ils préféraient les instructions visuelles.

Le pick-up ralentit pour tourner dans une rue étroite qui monte abruptement sur le flanc de la colline. Arrivés au sommet, Karl va se stationner derrière un gros édifice cylindrique sans fenêtres.

Les trois autres véhicules se stationnent en pénétrant le plus loin possible sous le couvert des arbres.

Tout le monde sort dehors. On se salue sans dire un mot. Devant le bâtiment s'élève une grande croix blanche. Au-delà, un belvédère surplombe la pente. Jean-Pierre s'approche pour contempler les toits de Saint-Tite en contrebas. Il entend des pas derrière lui. Il a reconnu la démarche de Sophie. La jeune femme frissonne dans le vent aigrelet. Il l'enlace, autant pour la réchauffer que pour sentir son corps contre le sien. Elle accepte l'étreinte.

— Ça sent meilleur qu'à la mine.

Il ne peut s'empêcher de rire.

— Pas mal, oui.

— Je suis contente de revenir.

— Moi aussi. C'est chez moi, ici.

Entre les branches, on distingue le vaisseau des extraterrestres. Et les deux clochers de l'église. C'est ainsi que les gens appelaient la salle communautaire, avant. L'église. Le mot évoque des sentiments contradictoires dans l'esprit de Jean-Pierre. Il faudra qu'il demande à Benoit la signification de la statue de l'homme quasi nu cloué à la croix. Au début, tout était trop neuf pour qu'il se pose des questions à ce sujet. Maintenant, il se rend compte à quel point cette sculpture est étrange. Qu'est-ce qu'elle peut bien représenter ? Quel abominable crime a commis cet homme pour mériter un pareil traitement ?

La réponse à cette question, et à des milliers d'autres, attendra. Ils doivent se préparer.

◆

Le ciel commence à s'éclaircir à l'horizon. Jean-Pierre laisse le pick-up descendre la route escarpée. Son pied droit se souvient que, dans ce genre de situation, c'est sur le frein qu'il faut appuyer pour éviter que le véhicule accélère trop. Il arrive même à se rendre compte que le poids de l'explosif qui remplit son coffre déséquilibre le véhicule.

Il n'avait pas conduit son pick-up depuis le premier jour. Il aime son véhicule. Il s'y sent plus à l'aise que partout ailleurs au monde. Chamberland a peut-être raison de dire qu'il va regretter sa destruction.

Un coup d'œil dans le rétroviseur lui permet de s'assurer que le Cherokee et l'autobus suivent de près. Comme prévu.

Au bas de la pente, Jean-Pierre tourne à gauche pour aller traverser la voie ferrée. Il sait désormais à quoi servent ces deux barres métalliques qui se prolongent à l'infini. Michel a expliqué que c'était un chemin pour des trains, un système de transport très lourd et volumineux, considérablement plus gros que les plus gros des camions.

Il y avait aussi des bateaux, qui circulaient sur les voies d'eau. Et des avions, qui volaient dans les airs. Mais personne n'a vu d'avion depuis l'invasion: les seuls objets volants sont désormais les vaisseaux extraterrestres et les disques.

Immobile à la place du passager, Karl n'a presque pas ouvert la bouche depuis qu'ils sont revenus à Saint-Tite. Il a posé son pistolet entre ses cuisses. Il ne cesse d'aller mettre une main dessus, et de la retirer nerveusement, comme si le métal le brûlait. De l'autre main il retient la carabine de Jean-Pierre sur la banquette, le canon prudemment coincé entre les deux dossiers.

Aussi loin que porte la vue, Saint-Tite est désert. N'empêche, Jean-Pierre trouve que le ciel s'éclaircit vite. Les gens vont se lever. Ils auraient dû se pointer plus tôt.

À la hauteur d'un restaurant – une pizzeria, selon Karl –, Jean-Pierre arrête le pick-up juste avant la rue Notre-Dame pour permettre à son passager de descendre.

Les autres véhicules s'arrêtent derrière lui. Benoit et Stef sortent de la camionnette, nerveux, l'arme à la main. Ils s'approchent du pick-up où les attend Jean-Pierre, la fenêtre de sa portière baissée.

Ils récapitulent les dernières instructions.

Le plan est d'une extrême simplicité. En principe. Jean-Pierre doit aller stationner son pick-up le plus près possible du vaisseau, puis sortir et s'éloigner jusque derrière l'église, où, selon toute vraisemblance, il sera protégé du choc de l'explosion. À ce moment, Stef – qui suivra le déroulement des opérations à la jumelle – fera sauter la charge par radio.

Jean-Pierre s'impatiente.

— J'ai tout compris. Il fait clair, il faut que j'y aille.

Benoit pose sa grosse main carrée sur son bras. Il tremble de nervosité.

— OK, dit-il d'une voix râpeuse. On y va.

Jean-Pierre avale sa salive puis, après un dernier regard vers les autres véhicules – il aurait voulu saluer Pascale et Xavier à bord du petit autobus, mais il doute que ceux-ci arrivent à le voir –, il embraye.

Dès qu'il tourne le coin de la rue, il fixe du regard le vaisseau extraterrestre dressé à la périphérie du parc, juste en face du « bureau de poste ». Quand on le sait, il est évident que la structure métallique ne ressemble en rien aux autres immeubles de Saint-Tite. C'est comme si Jean-Pierre voyait le quartier général des Forces d'intervention pour la première fois.

Des voitures abandonnées depuis le Voile de lumière bloquent partiellement la rue Notre-Dame. Jean-Pierre doit les contourner en montant sur le trottoir. Il arrive à se faufiler entre la façade d'un immeuble et une voiture. Son but est d'aller immobiliser le pick-up de façon à bloquer l'entrée du quartier général, celle qu'il a empruntée lorsqu'il a été se rapporter, en compagnie de Xavier, pour obtenir un second bracelet identificateur.

Le pick-up passe juste: Jean-Pierre doit s'assurer qu'il n'accroche ni la voiture ni la façade.

Pendant qu'il a le visage tourné, il perçoit à la limite de son champ de vision une forme rouge. Son pied appuie sur le frein par réflexe. Le pick-up a un mouvement de bascule vers l'avant. Les caisses d'explosifs glissent dans le fond du plateau et percutent l'arrière de la cabine dans un choc sourd.

Il n'avait pas vu Alia sortir du vaisseau. Elle se tient à quelques mètres devant le pick-up, les poings sur les hanches, son joli visage marqué par la perplexité.

Jean-Pierre serre le volant, les mains soudain glacées. Cinq ou six mètres le séparent de la base du vaisseau. Il veut se rapprocher, mais cela l'obligerait à foncer sur Alia.

La charge d'explosifs est-elle assez proche du vaisseau comme ça ? Oui ? Non ?

Alia lui envoie un signe et s'approche pour venir lui parler. Par le fait même, elle a libéré le passage. Jean-Pierre n'a qu'à appuyer sur l'accélérateur pour la contourner et venir coller le pick-up contre l'entrée, ce qui aura l'avantage supplémentaire de bloquer le passage à tout autre robot.

Il en est incapable.

Il sent dans son dos le regard de Stef, qui l'observe à la jumelle. Il a sûrement vu Alia lui aussi.

Une affreuse sensation de panique lui rappelle le premier jour, lorsqu'il a fui devant les tirs du tireur embusqué. Mais cette fois, au lieu de partir en fou, il reste figé là, étourdi d'indécision, un goût de vomi dans la gorge.

Alia, qui marche plus vite qu'il n'y paraît, se tient près de la portière du pick-up. Elle toise le conducteur avec perplexité.

— Je vous reconnais, Jean-Pierre Ouellette, annonce-t-elle sur le ton de cordialité sévère qui lui est habituel. Vous avez quitté Saint-Tite, et cela, malgré nos consignes. Où sont les autres membres de votre famille ?

— Je sais pas de quoi vous parlez.

— Veuillez arrêter le moteur de ce véhicule et me suivre, car nous avons plusieurs questions à vous poser, mes camarades et moi.

Ce qui se produit ensuite prend Jean-Pierre au dépourvu. Alia se détourne de lui avec une vivacité non humaine. Elle fait un pas vers l'arrière du véhicule, s'interrompt le temps d'un battement de cœur, fait un autre pas, s'interrompt à nouveau. Immobile devant les caisses empilées sur le plateau du pick-up, son corps semble soudain aussi raide qu'une planche. Sa tête oscille. De haut en bas. De gauche à droite.

Pour Jean-Pierre, qui l'observe dans le rétroviseur de la portière, Alia n'a jamais semblé si peu humaine.

Les derniers brins de doute qui le retenaient de croire et d'agir se rompent comme un bout de ficelle pourrie.

Il prend sa carabine et se laisse glisser sur la banquette du côté du passager. D'un même mouvement, il a ouvert la portière et sauté dehors pour aussitôt partir à la course.

— Arrêtez !

Dans l'air frais du matin, la voix claire d'Alia résonne tel un écho. Jean-Pierre l'ignore. À peine ose-t-il jeter un regard derrière lui pour constater que la représentante ne s'est pas lancée à sa poursuite. Il ne ralentit pas pour autant, conscient que Stef doit trépigner d'impatience pour faire exploser la charge.

L'appel suivant résonne au-dessus du parc, assourdissant et affolant :

— Arrêtez, Jean-Pierre Ouellette !

Ce n'est pas la voix d'Alia qui résonne ainsi, c'est celle de Sam. Une stridulation familière accompagne l'ordre désincarné. Encore une fois, Jean-Pierre est incapable de s'empêcher de regarder derrière lui. Son estomac se contracte lorsqu'il voit une succession de disques volants jaillir d'une ouverture apparue dans le flanc du vaisseau extraterrestre. Les drones foncent en droite ligne dans sa direction. Plus décourageant encore, des robots masculins et féminins émergent à la course du portail principal qu'il n'a pas eu le courage d'aller bloquer avec le pick-up.

Une partie des robots va rejoindre Alia auprès du pick-up et de sa charge suspecte, mais les autres s'élancent à la poursuite de Jean-Pierre. Seule tache de couleur parmi ces uniformes gris, un robot à l'uniforme bleu. Sam.

— Stop ! C'est un ordre ! répète la voix tonitruante venue du ciel.

Jean-Pierre allonge le pas, un sanglot dans la gorge, la carabine appuyée sur la poitrine. Il voudrait s'arrêter et tenter d'abattre ses poursuivants, mais la partie rationnelle de son esprit lui crie que ses poursuivants sont trop nombreux, trop rapides. Ce n'est pas le moment d'improviser. Il doit s'en tenir au plan. Courir. À perdre haleine. Courir comme il n'a jamais couru. Même pas avant.

Au moment où il atteint la façade de l'église, il aperçoit quelques personnes au bout de la rue. Une famille. Dont deux enfants. Il voudrait leur crier de rebrousser chemin, mais le seul son qui sort de sa bouche est un glapissement de douleur. Une brûlure fulgurante embrase son cou au moment où un disque volant passe au-dessus de lui en le frôlant. Un second projectile l'atteint à la cuisse. Ça aussi, c'est douloureux, mais le pincement est heureusement atténué par le tissu de son pantalon.

Sans ralentir, Jean-Pierre longe le mur latéral de l'église lorsqu'il sent, plus qu'il ne le voit, le premier de ses poursuivants sur le point de lui sauter dans le dos.

Il se retourne, carabine en position, le doigt sur la détente, un feulement de rage dans la gorge. Le coup part au moment où son poursuivant touche au canon de la carabine pour l'écarter.

L'uniforme gris se déchire à l'épaule. Le bras du robot fouette l'air, désarticulé.

Jean-Pierre tire un second coup, mal assuré sur ses jambes. Le recul de l'arme le fait trébucher. Il tombe assis par terre et se reçoit douloureusement sur le coude. Atteint en pleine poitrine, son poursuivant s'est figé et le regarde, son visage inexpressif donnant une impression d'ébahissement.

Ignorant la douleur, Jean-Pierre détourne le canon de son arme en direction de Sam, qui est sur le point de les rejoindre.

— Stop ! C'est un…

Au pied du vaisseau extraterrestre, le pick-up se métamorphose en un dôme de feu. Jean-Pierre est secoué jusqu'à la fibre la plus intime de son corps par une onde de choc qui soulève la poussière, fait éclater les fenêtres de l'église et jette à terre les robots qui le poursuivent.

Il reste un moment allongé au sol, puis redresse la tête, clignant des yeux, incrédule. Du lieu de l'explosion s'élève une colonne de fumée qui monte haut contre la voûte du ciel. Il n'entend plus rien sauf un intense sifflement.

Il se relève du mieux qu'il peut, les jambes molles. Autour de lui, les robots font de même, sauf celui qui a été atteint par deux balles, qui reste la face dans l'herbe, le bras désarticulé. Ils sont au nombre de six : trois robots féminins, trois masculins, dont Sam. Ignorant désormais Jean-Pierre, ils contemplent la tour métallique qui vacille, penche par lents à-coups et finalement s'effondre dans un remous de fumée noire qui se répand à la grandeur de la place centrale.

Jean-Pierre n'entend rien du vacarme, qui doit sûrement être épouvantable à en juger par les vibrations du sol sous ses pieds. Tout est noyé par le sifflement suraigu.

Il aperçoit les gens de la communauté qui surgissent d'un peu partout, les yeux exorbités, médusés par le spectacle.

Il croyait être devenu sourd. Ce n'est heureusement pas le cas : il a recommencé à entendre la stridulation émise par les disques volants, qui continuent de tourner au-dessus de lui, semblables à une nuée d'insectes affolés. Les robots intacts, au lieu de se précipiter vers le lieu de l'attentat pour aider leurs compagnons et leurs compagnes, tournent les talons et s'enfuient dans la direction opposée.

Un véhicule apparaît à travers la fumée : le Cherokee. Celui-ci ralentit en arrivant à la hauteur de Jean-Pierre. C'est Karl qui conduit, son visage en lame de couteau coloré d'excitation. Il se penche par la fenêtre ouverte.

— Ça va ?

Jean-Pierre hoche la tête. Il est rassuré de constater qu'il entend les paroles à travers le sifflement, lequel semble s'atténuer quelque peu.

Benoit a sauté hors du véhicule, la carabine à la main, puis ordonne à Karl de rattraper les robots fuyards.

— Surtout le bleu ! C'est le plus important ! Laisse-le pas se sauver, celui-là !

— *No way !*

Le Cherokee repart dans un grondement de moteur et un feulement de klaxon pour que les gens, de plus en plus nombreux, s'écartent du chemin.

Benoit se précipite ensuite sur Jean-Pierre, le visage blême d'inquiétude. Il explique, d'un air contrit, qu'ils ne pouvaient plus retarder l'explosion, car les robots s'apprêtaient à décharger les caisses du pick-up.

D'un signe, Jean-Pierre l'assure que c'est OK.

Au-dessus d'eux, les drones, qui continuaient de bourdonner au hasard, se regroupent en formation pour fuir dans la même direction que celle empruntée par Sam et ses semblables.

Benoit lève sa carabine pour abattre les appareils volants. Jean-Pierre se joint au mouvement. Il vide le chargeur de son arme en prenant bien garde de ne pas atteindre les gens qui s'égaillent dans toutes les directions. Au moins deux drones se désintègrent en un nuage de débris. Un troisième émet un filet de fumée grise, se met à vaciller et entame une trajectoire descendante pour disparaître hors de leur vue.

La plupart des drones ont toutefois échappé aux balles et ont eu le temps de disparaître. Benoit a arrêté de tirer, interdit, dépité même. Pendant leurs discussions préparatoires, ils avaient tenu pour acquis qu'ils auraient à affronter les drones. Personne n'avait imaginé que les appareils évacueraient les lieux sans même une tentative d'affrontement.

C'est au tour de l'autobus d'apparaître à travers la fumée pour venir s'arrêter avec un grincement de frein auprès de Jean-Pierre et Benoit. Chamberland en descend, suivi par Julie et les autres gens de la mine. Pascale et Xavier viennent aussitôt s'assurer que Jean-Pierre n'a pas été blessé. Ce dernier les rassure : il a été un peu sonné, mais tout va bien.

— Ben non, tu saignes, proteste Xavier.

L'adolescent lui passe la main dans le cou et lui montre sa paume ensanglantée. Jean-Pierre fait pareil. C'est vrai, il saigne. Maintenant que l'excitation s'atténue, il sent à quel point les deux impacts de projectile des disques volants sont douloureux.

— Le CLSC est pas loin, explique Benoit. On va trouver là-bas ce qu'il faut pour te nettoyer ça.

Jean-Pierre hausse une épaule. Il ne sait pas ce qu'est un CLSC et, de toute façon, sa blessure ne semble pas si grave.

De plus en plus de gens de la communauté de Saint-Tite se sont massés autour d'eux. La plupart sont légèrement vêtus, voire nus : ils devaient être encore au lit. Des enfants pleurent. Des adultes aussi. Plusieurs toussent à cause de la fumée. Ils contemplent, consternés, les vitraux de l'église brisés, la place centrale couverte de débris et surtout la colonne de fumée qui monte de la carcasse du bâtiment de la Force d'intervention internationale. Les regards se portent ensuite sur Jean-Pierre, Pascale et Xavier, regards qui trahissent autant la désapprobation que la surprise. Que font leurs concitoyens en compagnie de ces étrangers sales et mal rasés ?

— Heille ! crie Xavier.

L'adolescent tend la main en direction d'une silhouette, grise sur fond de fumée. Un des robots féminins fauchés par l'explosion s'est relevé et avance vers eux.

— Tire-lui dans la jambe ! ordonne Benoit.

Chamberland secoue la tête, éberlué.

— Hein ? Quoi ?

— Faut l'interroger ! Tirez, quelqu'un, j'ai pu de balles ! Juste dans les jambes !

Pascale tend son pistolet à bout de bras. Elle tire un coup. L'impact déchire le pantalon de l'uniforme gris juste au niveau du genou.

Le spectacle qui suit frappe Jean-Pierre comme étant le plus grotesque depuis son éveil sur le pont. Le robot féminin continue d'avancer en sautant sur un seul pied, sa jambe morte ballottant d'avant en arrière, la main levée en un absurde geste d'apaisement.

— Abaissez vos armes. Nous sommes ici pour vous aider. Nous sommes vos amis.

Pascale tire dans l'autre jambe du robot, qui cette fois bascule vers l'avant et reste au sol, tout en continuant de répéter : « Abaissez vos armes. Nous sommes vos amis. »

La scène a causé tout un émoi parmi les gens de Saint-Tite. Certains s'enfuient en traînant leurs enfants, tandis que d'autres veulent se porter à la défense des représentants de la Force d'intervention. Une douzaine de citoyens plus agressifs que les autres convergent vers les gens de la mine.

— Vous êtes qui, vous autres ?

— Les nerfs ! prévient Chamberland en pointant sa carabine sur celui qui vient de l'interpeller. On se calme !

— Whoa ! intervient Benoit, effaré. Tu vas pas tirer sur le monde !

— Ben moi, je veux pas me faire lyncher !

— Ayez pas peur ! intervient Jean-Pierre en s'adressant à la foule d'une voix forte. On est venus vous libérer !

— Nous libérer de quoi ? rétorque un des hommes qui travaillait pour son équipe de nettoyage.

— De la Force ! répond Xavier avec chaleur. Vous voyez ben que c'est pas du monde comme nous autres ! C'est des robots ! C'est de leur faute si on a perdu la mémoire. C'est pas nos amis pantoute !

L'adolescent se penche pour attraper le bras du robot masculin qui est resté immobile, la face dans le gazon, depuis l'explosion. Il tire. Le membre se détache partiellement du corps à la hauteur de l'épaule. Il sort de la déchirure une sorte de tissu fibreux, avec de fines tubulures dont certaines laissent échapper du liquide. Le robot n'est pas inerte. Il tente de se redresser avec des gestes saccadés. Du trou à la poitrine s'écoule un liquide clair qui ne ressemble pas du tout à du sang. Il veut s'adresser à la foule qui l'entoure, mais il s'exprime désormais dans la troisième langue que presque personne ne comprend.

Un flottement traverse le groupe assistant aux événements.

Jean-Pierre secoue la tête. Les oreilles lui bourdonnent toujours, mais il croit percevoir des claquements lointains. S'agit-il de coups de feu ? Karl et les autres ont sans doute rattrapé Sam et les robots en fuite.

Imaginer les hommes de la mine en train d'abattre Sam trouble Jean-Pierre. Tout comme il sent un pincement au cœur de savoir qu'Alia est morte… enfin, détruite. Les représentants gris n'avaient pas assez de personnalité pour qu'il éprouve de l'empathie à leur égard. Mais Sam et Alia… En dépit de tout ce qu'il sait, Jean-Pierre ne peut oublier le fait qu'il les trouvait sympathiques.

Le silence s'est abattu sur la place du village, à part les crépitements provenant du quartier général de la Force qui continue de brûler. La statue de l'homme à cheval a disparu, broyée sous la masse du vaisseau.

Benoit avise une table de pique-nique, sur laquelle il monte pour s'adresser à la foule.

— Approchez ! Écoutez-moi tout le monde, c'est important !

Voyant à quel point les villageois hésitent, l'ingénieur indique à Jean-Pierre de monter à ses côtés. Ce dernier obéit. Bien qu'il se sente un peu ridicule d'être le point de mire du village entier, Jean-Pierre imite le geste apaisant que Benoit adresse à la petite foule.

Le vieux mineur livre à son auditoire une version écourtée et enflammée du discours qu'il a servi à la famille de Jean-Pierre la nuit de son apparition. Ce que Xavier leur a dit est exact. Les robots leur mentent. Ce ne sont pas leurs amis. Si personne n'avait perdu la mémoire, tous comprendraient que la cause de l'amnésie n'a rien à voir avec le soleil, qu'il s'agit des effets d'une arme mise au point par la Force d'intervention internationale. Tous comprendraient que cette soi-disant force est en réalité une armée d'invasion extraterrestre. Savent-ils ce que ça veut dire, « extraterrestre » ?

Les citoyens de Saint-Tite se consultent du regard. C'est à qui aura l'air le plus sceptique et le plus méfiant. Le ton de Benoit devient suppliant.

— Faut que vous nous fassiez confiance. Vous devez nous obéir, au moins pendant les premiers jours. L'ennemi va sûrement contre-attaquer. Notre priorité, c'est de rassembler le plus d'armes et de munitions possible et de former une milice pour se défendre.

— Les bracelets… intervient Chamberland en montrant son poignet.

— Ah oui, c'est vrai ! Avant de faire quoi que ce soit, faut vous débarrasser de vos bracelets.

Une onde d'inquiétude traverse la petite foule.

— Pourquoi ?

— Ça sert à savoir où vous êtes. À vous repérer. Comprenez-vous ce que je vous dis ?

— Comment on va faire pour recevoir nos rations alimentaires ?

La question prend Benoit au dépourvu. Il se met à tousser, la gorge et les yeux irrités par la fumée, puis il reprend.

— Je suis pas sûr que les distributrices vont continuer à fonctionner.

L'inquiétude s'amplifie en un bruissement de panique, et plusieurs citoyens se tournent vers Pascale et Xavier, qui écoutaient le discours parmi eux.

— Est-ce que c'est vrai, ce qu'ils disent ?

— On pense que c'est vrai, dit Pascale. Oui.

Les gens ne semblent que modérément rassurés par le commentaire de la jeune femme, mais ils continuent d'écouter Benoit, qui reprend ses exhortations quant à la nécessité de se défendre.

Jean-Pierre est le premier à apercevoir le Cherokee. À en juger par l'impatience des coups de klaxon qui en jaillissent chaque fois qu'un villageois ne s'écarte pas assez vite de son chemin, on devine qu'il s'est passé quelque chose d'imprévu.

Dès que le véhicule tout-terrain s'arrête, Karl ouvre la portière, complètement catastrophé.

— Ostie ! Stef est blessé !

Benoit et Jean-Pierre sautent en bas de leur tribune et accourent auprès du véhicule. Jean-Pierre se penche pour voir à l'intérieur. Sur la banquette arrière, Michel et Réjean lui retournent un regard aussi effaré l'un que l'autre. Ils soutiennent chacun de leur côté Stef. Le jeune homme a le visage plissé de douleur, une main rouge de sang plaquée sous son oreille.

— Qu'est-ce qui s'est passé ? demande Benoit.

— Je m'attendais pas à ça ! crie Michel, blême d'effroi. J'ai pas fait exprès !

— Je pensais pas qu'il passerait devant ! explique à son tour Karl, son regard paniqué sautant de l'un à l'autre de ses collègues.

— On comprend rien ! proteste Chamberland. Qui a fait quoi ?

— Les robots, bredouille Karl. On leur a tiré dessus. Le bleu a changé de direction sans prévenir. Je pensais pas qu'il se lancerait devant le Cherokee, l'ostie d'innocent. On lui a passé dessus. T'imagines comme ça nous a fait sauter. Michel a tiré sans le faire exprès.

— J'm'attendais pas à ça, sanglote Michel, les lunettes de travers.

— Pas de panique ! dit Benoit. Le CLSC est pas loin ! On va s'occuper de lui.

Le vieux mineur se tourne vers Jean-Pierre, Pascale et Chamberland. Sur un ton précipité, il bredouille ses instructions. Il faut s'assurer qu'aucun autre robot n'a survécu à l'explosion. Ensuite, ils doivent enrégimenter la communauté pour ramasser les armes de la ville.

— On fera ça plus tard ! proteste Réjean depuis l'intérieur du véhicule. Stef va mourir !

Sans autre commentaire, Benoit monte dans le Cherokee avec Karl, et le véhicule fait demi-tour dans un gémissement de pneus malmenés.

Chamberland reste un moment immobile, visiblement perplexe, puis il indique à Jean-Pierre et à tous les gens venus de la mine de remonter dans l'autobus.

— On doit pas vérifier s'il reste des robots ? s'étonne Pascale.

L'homme écarte une longue mèche de cheveux de son visage, impatienté.

— Fais ce que tu veux. Moi, je veux savoir si Stef est correct.

Encore sonné par l'explosion, Jean-Pierre n'a ni l'envie ni l'énergie de discuter les ordres contradictoires. Il suit Xavier, Pascale et tous les gens de la mine qui montent dans l'autobus. En vérité, lui aussi est inquiet pour Stef, même s'il ne le connaît pas beaucoup.

Chamberland manœuvre l'autobus jusqu'à un grand bâtiment à un étage à moins de cinq cents mètres de là, construit à l'orée d'un terrain poussiéreux.

Jean-Pierre reconnaît le bâtiment. Il l'a inspecté, comme tous les autres édifices de Saint-Tite, avec l'équipe de nettoyage. Ils y ont trouvé un certain nombre de cadavres, surtout des femmes. Il ne savait pas que c'était un hôpital.

Sur les talons de Chamberland, il descend de l'autobus. En poussant une porte vitrée, les deux hommes se retrouvent dans un hall aux murs couverts d'affiches, avec plusieurs rangées de chaises noires alignées au centre du plancher carrelé.

Michel est assis au bout d'une des rangées, le dos courbé, son crâne dégarni luisant de transpiration.

Il a enlevé ses lunettes, qu'il nettoie avec un linge, ses mains tremblantes encore rouges de sang.

Jean-Pierre aperçoit du mouvement dans une des pièces attenantes au hall. Il y retrouve Benoit, Karl et Réjean. Stef a été allongé sur un lit étroit. La main plaquée contre son oreille, il gémit comme un enfant.

— Ça brûle…

— Laisse-toi faire, dit doucement Benoit.

— Non.

— Faut qu'on voie de quoi ça a l'air.

Il force Stef à écarter sa main ensanglantée. Resté en retrait, Jean-Pierre n'arrive pas à bien juger de la gravité de la blessure, mais le peu qu'il voit lui suffit. Il n'a jamais vu autant de sang. Sur une personne vivante, en tout cas.

Les compagnons de Stef semblent dépassés par les événements. Benoit interpelle Karl et Réjean, presque accusateur.

— Vous avez pas suivi des cours de premiers soins ?

— Pas pour des blessures par balle ! proteste Karl.

— Je pense pas que la balle est entrée. Ça lui a juste arraché la peau du cou.

— Faut faire une pression avec une compresse, décrète David Chamberland sans manifester la moindre intention de s'approcher lui-même du blessé. Trouvez des compresses ! C'est sûr qu'il y en a !

Pendant que Karl fouille fébrilement les placards suspendus aux murs de la pièce, Chamberland enlace Julie, qui s'est mise à pleurer.

— C'est correct, lui dit le mineur en lui embrassant le front. C'est juste un accident, on va le soigner.

Jean-Pierre s'aperçoit que des citoyens de Saint-Tite les ont suivis à l'intérieur du CLSC : il est vrai qu'il n'y a pas loin à marcher depuis la place centrale.

— Il y a pas un docteur dans votre gang ? demande Chamberland. Une infirmière ? Personne qui sait faire des points de suture ?

Les gens restent désarçonnés d'être interpellés avec aussi peu de manières.

— Je sais que je travaillais pas ici, dit Pascale. On se rappelle rien, de toute façon. T'arrives pas à te souvenir de ça, toi ?

Les citoyens sont de plus en plus nombreux à entrer dans le hall du CLSC. Certains ont transporté un des robots masculins : c'est le premier que Jean-Pierre a abattu, reconnaissable à son épaule désarticulée.

— Êtes-vous malades de rentrer ça ici ? intervient Chamberland. Crissez-ça dehors !

— On peut pas le soigner aussi ? demande un citoyen.

— Vous avez toujours pas compris ? s'étonne Pascale. C'est juste des machines.

— Ils nous aidaient. C'étaient nos amis.

Les gens autour de Pascale approuvent.

— Nous ne sommes pas vos ennemis, confirme le robot. Nous sommes ici pour vous aider.

Chamberland pointe le canon de sa carabine sur la tête du robot.

— Ta yeule !

Pascale abaisse le canon de l'arme.

— C'est dangereux !

L'autre la repousse.

— T'es pus une flic, toi, OK ?

Jean-Pierre et Xavier n'apprécient pas l'agression. Une échauffourée éclate, au grand effroi de tous les gens de la communauté qui assistent à la scène.

Karl est accouru pour séparer les belligérants, ce qui ne va pas sans mal car Julie aussi s'est portée à la défense de Chamberland. Une fois séparé de ses deux adversaires, ce dernier fustige Karl :

— T'es du bord de qui, toi ?

— Oui ! renchérit Julie, le visage rouge jusqu'à la racine des cheveux.

— Du bord de ceux qui font attention avec leur carabine, ciboire ! Tout le monde se calme les nerfs, OK ! À part ça, t'étais pas supposé aller inspecter la carcasse, toi ?

— T'es pas mon boss !

À ce moment, l'apparition de Sophie dans le hall du CLSC détourne l'attention de Jean-Pierre.

La jeune femme vient se blottir dans ses bras, suivie de Florence. Jean-Pierre est un peu agacé de les voir surgir à l'improviste. Elles ne devaient pas quitter le sommet de la colline tant qu'on ne viendrait pas les chercher. Mais il est incapable de vraiment leur tenir rigueur d'avoir désobéi. Il s'aperçoit que Châtelaine aussi est apparue.

— Où est Xavier ?

— Juste derrière toi.

Xavier s'approche, encore surexcité par l'échauffourée et les événements qui ont précédé. Florence et Châtelaine l'entourent ; la première admirative, la seconde plus réservée.

— C'est vrai que t'as tiré des robots ? demande Châtelaine.

L'enthousiasme de l'adolescent s'atténue quelque peu. Il secoue la tête, dépité.

— Ç'a pas adonné.

Les nouvelles venues écarquillent les yeux en voyant apparaître Benoit et Réjean, hagards, les mains et les vêtements souillés de sang. À côté d'eux, recroquevillé sur sa chaise, Michel se met à sangloter.

— J'avais jamais tiré. Je vous l'avais dit. J'allais même pas à la chasse.

— Qu'est-ce qui se passe ? demande Sophie.

— Stef est mort, explique Jean-Pierre, qui a compris sans avoir besoin de confirmation. Un accident. Les carabines, c'est dangereux.

Benoit interpelle Jean-Pierre en montrant les villageois.

— Demande-leur s'il y en a qui étaient infirmières au CLSC.

— Chamberland l'a déjà demandé. Pourquoi tu veux le savoir ? Stef est encore vivant ?

— Non.

La monosyllabe est empreinte d'une lassitude infinie. Le vieux mineur semble finalement se rendre compte du regard de Jean-Pierre sur lui.

— Il est trop tard pour Stef. Mais y aura d'autres blessés. Regarde : toi-même, tu saignes. Faut découvrir qui est capable de soigner les gens. Faut s'organiser pour le futur.

Benoit s'adresse à la petite foule rassemblée dans le hall :

— Est-ce qu'il y en a qui reconnaissent les lieux ?

Pas de réponse.

— Vous comprenez qu'on est dans un CLSC, une clinique ? Non ? Ça vous dit rien, personne ? Est-ce qu'il y en a qui savent soigner les blessés ?

— Je m'occupe des malades à l'hôpital, dit Pascale. L'autre hôpital.

— De quoi tu parles ? Y a pas d'autre hôpital à Saint-Tite.

Pascale va protester lorsque Karl cible une femme parmi le groupe.

— Elle ! C'est une infirmière. Je la reconnais…

La femme en question recule en secouant la tête, intimidée. Karl veut l'attraper par le bras, mais elle se débat en émettant des gémissements de terreur.

— Ben voyons ! Je veux pas te faire mal !

Jean-Pierre intervient.

— C'est correct, c'est correct… Comment t'appelles-tu ?

— Ginette.

— Moi, c'est Jean-Pierre.

— Je sais. T'es marié avec Sophie.

— Exact.

— Tu travaillais ici, insiste Karl. Je te reconnais. Je venais souvent, ma blonde se faisait suivre pour sa thyroïde.

Ginette accepte finalement de suivre Jean-Pierre jusque dans la pièce où est toujours allongé le cadavre de Stef. Le visage ensanglanté de l'ancien foreur n'a rien de ragoûtant, mais les morts font partie du quotidien de Jean-Pierre depuis toujours. Ginette non plus ne semble pas impressionnée. Elle examine le cadavre, puis toise tour à tour Karl et Jean-Pierre.

— Qu'est-ce que je fais ?

— Laisse tes mains décider, suggère Jean-Pierre.

Elle caresse du bout des doigts les tiroirs remplis d'équipement médical. Ses mains se posent sur un appareil constitué d'un boîtier auquel est rattachée une large bande de tissu noir. Avec des gestes empreints de naturel, elle enroule la bande autour du bras de Jean-Pierre, qui ne bouge pas.

— Je sais pas quoi faire à partir d'ici.

Jean-Pierre se sent tenu de lui adresser une parole encourageante.

— Ça va te revenir.

Le visage de la femme s'éclaire d'un pâle sourire.

Karl tire une chaise à lui et s'assoit avec un soupir. Il se passe une main tremblante sur le front.

— Je veux pas paraître bête, mais y aurait-tu moyen de bouffer quelque chose ? J'me sens faible tout d'un coup.

— Je t'avais dit de manger, lui reproche Benoit.

— Je parle de vraie nourriture. Pas des osties de barres de robots.

Jean-Pierre indique à Sophie de s'approcher.

— Peux-tu rassembler ton équipe et nous apporter à manger ici ?

La jeune femme écarquille ses grands yeux noirs, comme si on cherchait à la prendre en défaut.

— Mais… C'est pas ici qu'on mange d'habitude…

— Sophie… C'est nous autres qui décidons maintenant. On fait ce qu'on veut.

◆

En attendant que la nourriture arrive, Karl, Jean-Pierre et Xavier sont chargés d'aller récupérer les robots abattus avant que le tir accidentel ne mette un terme à la poursuite. Ils empruntent le Cherokee. Ils s'aperçoivent toutefois que le choc a abîmé l'essieu du véhicule. C'est du moins l'opinion de Karl.

— Mais on s'en câlisse, hein ? dit le jeune homme avec une bonne humeur forcée. On en prendra un autre. C'est pas ça qui manque, des chars, hein ?

— C'est vrai.

— Moi, faut que je me trouve un bicycle. Quelqu'un devait avoir un Harley, à Saint-Tite, j'peux pas croire.

— C'est quoi, un Harley ? demande Xavier.

— Un bicycle. Une moto. Ça te dit rien ?

— Non.

Karl émet un rire strident.

— Je vais te montrer. Tu vas aimer ça.

À la jonction des deux routes principales, Jean-Pierre aperçoit deux formes allongées : une sur la pelouse – un robot féminin – l'autre en plein milieu du chemin – il s'agit de Sam. Ce dernier a été fort abîmé en passant sous les roues du véhicule tout-terrain. Son uniforme bleu en lambeaux dévoile des membres disloqués ; son crâne est enfoncé, avec une fissure de laquelle a coulé un fluide visqueux. Il ne semble plus du tout fonctionnel. Le robot féminin, par contre, est encore agité de spasmes lorsque les hommes le soulèvent.

Ils font ensuite un détour par la place centrale pour récupérer l'autre robot féminin, celui aux jambes fauchées par les tirs de Pascale.

De retour au CLSC, après s'être sustentés avec la nourriture apportée par Sophie et son équipe, Jean-Pierre et ses compagnons transportent les robots dans un des locaux occupé par une grande table. Benoit a décidé que le bâtiment serait le centre des opérations.

Michel, qui a eu le temps de reprendre un peu ses esprits, se penche sur « Sam ». En écartant du mieux qu'il peut la fissure dans le crâne du robot, il essaie de comprendre les mécanismes internes. Mais le liquide translucide qui suinte de l'intérieur dégage une odeur fétide, vaguement écœurante. Michel s'essuie les doigts sur son pantalon d'un air dégoûté.

— Une espèce de lubrifiant organique. Ça ressemble à rien de ce que je connais. C'est même pas nécessairement dans la tête qu'ils ont leur contrôle.

Il se laisse tomber sur une chaise à proximité. Il essuie la sueur sur son crâne et son menton se met à trembler, comme s'il allait éclater en sanglots.

— S'cusez… J'ai de la misère à penser.

— C'est dur pour tout le monde, dit sombrement Benoit. Prends ton temps.

— Stef était meilleur que moi dans ces affaires-là…

Avec une soudaineté qui les surprend tous, le robot féminin abattu par Pascale leur adresse la parole.

— Vous voilà mis en face des conséquences de votre action. Il fallait nous consulter au lieu de vous lancer dans une opération irréfléchie. Nous sommes ici pour vous aider. Nous sommes vos amis.

— Tu veux nous aider ? dit Karl. Réponds à nos questions. Qui vous a fabriqués ? Qui vous contrôle ?

Le robot tourne son visage, aussi séduisant qu'impassible, en direction de Karl.

— Cette information n'est pas pertinente à la situation actuelle.

— C'est moi qui décide ce qui est pertinent. Venez-vous d'un autre pays ou d'une autre planète ?

— Cette information n'est pas pertinente à la situation actuelle.

Benoit indique à Karl qu'il veut intervenir.

— Avez-vous un… je sais pas comment dire… un cerveau autonome ? Communiquez-vous avec une autorité centrale ?

— Voici la réponse aux deux questions. Je suis autonome. Il m'est impossible de communiquer avec une autorité centrale depuis la destruction du quartier général.

— Donc, avant ça, vous pouviez.

— Oui.

— Où est-ce qu'elle est située, l'autorité centrale ?

— Cette information n'est pas pertinente à la situation actuelle.

— Au contraire. Elle est très pertinente. Si vous possédez l'information dans votre mémoire, je vous ordonne de me la donner.

— Je ne relève pas de votre autorité. Je n'obéirai pas à vos ordres.

— Pourquoi avez-vous effacé la mémoire de tout le monde ? intervient Karl.

— Cette information n'est pas pertinente à la situation actuelle.

— Au début, vous répétiez tout en anglais pis en espagnol, insiste Karl. Ça veut-tu dire que vous avez envahi toute l'Amérique du Nord ?

— Cette information n'est pas…

— Blah, blah, blah ! interrompt Chamberland. Quessé que ça vous prend pour comprendre qu'il veut rien nous dire ?

— Il est peut-être détraqué, suggère Michel.

Benoit s'adresse au robot masculin, celui au bras désarticulé.

— Pis toi ? Est-ce que tu comprends quand je parle ?

— Oui.

— Est-ce que t'acceptes de répondre à nos questions ?

— Non.

Karl immobilise l'extrémité de son pistolet à quelques centimètres de la tête du robot, juste entre ses deux yeux bleus.

— Je vais t'exploser la tête si tu réponds pas. Comprends-tu ce que je te dis ?

— Oui.

— Vas-tu répondre à nos questions maintenant ?

— Non.

— Tire pas dans la pièce, s'il te plaît, proteste mollement Benoit.

Karl écarte lentement son arme. Il finit par rire, un caquètement incrédule.

— Chamberland a raison. On perd notre temps.

— C'est sûr que j'ai raison !

Benoit s'assoit lourdement à côté de Michel. Après un moment de réflexion, il émet un vaste soupir.

— Qu'est-ce qu'on va faire avec eux autres ? On peut pas les détruire.

— Pourquoi ? s'étonne Chamberland.

— Tout ce qui nous aide à comprendre la technologie des extraterrestres peut servir. C'est pas des machines de guerre. Ils ont pas d'armes, rien. Ils sont trop maganés pour s'enfuir. Je propose qu'on les enferme ici pour tout de suite. On verra plus tard ce qu'on fait avec eux.

Chamberland hausse ostensiblement les épaules.

— Ç'a l'air que c'est toi le boss.

— Ç'a l'air que ça t'achale, dit Karl. Veux-tu le poste ?

— Je sais pas. Vas-tu voter pour moi ou pour ton chum ?

— Les gars, s'il vous plaît, intervient Benoit.

Réjean apparaît dans le cadre de la porte du local.

— Tout le village s'est massé devant le CLSC. On fait quoi ?

Après avoir assigné un de ses hommes à la garde des robots, Benoit retourne dans le hall, envahi par une foule qui déborde jusque dans la cour extérieure du CLSC. Jean-Pierre l'a suivi. La communauté s'est regroupée autour de Pascale, Sophie et les enfants, qui répondent aux questions fusant de partout. Jean-Pierre a l'impression que Pascale est en train de sélectionner une équipe pour aller porter secours aux malades de l'hôpital. Il se rend compte, avec un pincement de culpabilité, qu'avec toutes ces péripéties il a complètement oublié sa femme d'avant.

Karl doit jouer des coudes pour rejoindre Pascale.

— Heille ! Minute un peu, là.

— Qu'est-ce qui se passe ?

— Vous organisez rien sans nous en parler avant.

La déclaration laisse la jeune femme parfaitement déconcertée.

— Pourquoi ?

— Parce que je te le dis.

— J'aime pas la façon dont tu me parles, Karl.

— Moi non plus ! renchérit Xavier.

Un murmure hostile traverse la communauté. Benoit, qui a réussi à rejoindre Karl au centre du hall, calme le jeu. Ce n'est pas la première fois que Jean-Pierre admire le charisme qui se dégage naturellement du mineur. Serait-ce une simple question d'âge, ce dernier étant le plus vieux des survivants qui ont conservé la mémoire ?

Il faut dire que, malgré son visage rendu gris par la fatigue et l'accablement, malgré son front luisant de transpiration, le regard de Benoit reste vif. Il rappelle à tous la priorité du moment : s'organiser pour se défendre en cas de contre-attaque. En pratique, cela implique de récupérer toutes les armes à feu et les munitions éparpillées dans les maisons de Saint-Tite. La loi – l'ancienne loi, celle d'avant l'invasion – spécifiant que les armes devaient être gardées sous clé, il fallait prévoir des outils appropriés pour briser les cadenas.

Benoit signifie à Jean-Pierre de le rejoindre au centre de la foule.

— Tu faisais partie de l'équipe qui nettoyait les maisons. Je te nomme responsable de cet aspect-là.

— J'aurais voulu retrouver Nicole. Ma femme d'avant.

Le vieux mineur semble sur le point de protester, mais finalement, il hoche la tête affirmativement.

— Ah oui. T'as raison. Je comprends.

— De toute façon, intervient Karl, ça leur prend quelqu'un capable de faire la différence entre un gun pis un balai. Je vais y aller, moi, récupérer le stock.

Le plan arrangeant tout le monde, les villageois refluent en dehors du hall du CLSC. Quelques-uns marmonnent, insatisfaits de la tournure des événements, mais tous ont été conditionnés à obéir aux ordres.

— Je sais pas pour vous, conclut Benoit lorsque leur groupe est de nouveau réduit aux gens venus de la mine, mais moi, faut que je pique un somme.

— Qu'est-ce qu'on va faire de lui ? demande Michel avec un geste piteux vers la pièce où est toujours allongé le cadavre de Stef.

Benoit se frotte la racine du nez.

— Qu'est-ce que tu veux qu'on fasse ? On va l'enterrer. S'il y en a qui ont encore de l'énergie. Moi, j'suis crevé. On va essayer de reprendre un peu de sommeil chacun notre tour. Oubliez pas qu'il va falloir aller chercher les autres à la mine, cette nuit. Ils ont plus rien à manger, là-bas.

◆

Conduits par Michel au volant du Cherokee, Pascale et Jean-Pierre se rendent jusqu'à l'hôpital, tout près de là. Sophie a d'abord exprimé le désir de les accompagner, mais Jean-Pierre lui a demandé de rester au CLSC pour surveiller les enfants. La jeune femme n'a pas insisté: le refus de Jean-Pierre semblait l'avoir plutôt soulagée.

Une fois le Cherokee arrêté devant l'hôpital, Michel lance un regard déconcerté à Jean-Pierre.

— C'est ici?

— Ben oui.

— C'est l'aréna.

— Le mot me dit quelque chose, mais je sais pas ce que ça veut dire.

— C'est pour les sports. C'est ici qu'on joue au hockey.

Encore un terme dont Jean-Pierre sent la familiarité sans qu'il lui évoque des souvenirs plus précis. Jean-Pierre sort du véhicule, suivi par les deux autres. L'heure n'est pas aux réminiscences.

Pascale les fait entrer par la porte habituelle. Jean-Pierre se souvenait à quel point la salle des malades était lugubre. Mais était-ce aussi sombre? Il comprend que s'il fait si sombre, c'est parce que les voyants lumineux des appareils de support sont tous éteints. Tout comme a disparu le bruissement qui se réverbérait d'un mur à l'autre. La seule lumière qui pénètre dans la haute salle s'infiltre par la porte que Pascale a bloqué en position ouverte.

— Plus rien fonctionne, constate-t-elle.

— Mon Dieu! dit Michel en se bouchant le nez. Qu'est-ce qui se passe ici?

La réaction de l'ingénieur minier frappe Jean-Pierre. Lui aussi avait eu le sentiment que le spectacle de la grande salle était insolite, lugubre.

Ils traversent la salle en diagonale jusqu'au lit de Nicole. L'odeur est presque aussi étouffante que dans les maisons où l'équipe de nettoyage découvrait des cadavres. Normal, car à première vue, tous les patients sont morts. Certains ont tenté de se libérer de leurs liens et se sont figés dans des postures grotesques.

— C'est épouvantable, murmure Michel, la voix rauque.

Devant le lit de Nicole, Jean-Pierre reste un moment immobile. Le sentiment qui palpite en lui est à la fois désagréable et indéfinissable. Malgré la pénombre, on voit à quel point la malade s'est débattue et entortillée dans les tubulures avant de succomber au sort commun. Une forme d'écœurement monte en lui. Sa femme d'avant est morte. Il sait rationnellement que c'est la faute de l'ennemi, mais il ne peut endiguer un flot de culpabilité, aussi diffuse qu'irraisonnée. Il aurait pu libérer la malade de ses courroies de contention lors de sa visite précédente en compagnie de Pascale, mais il s'est abstenu. Il est donc, à sa manière détournée, coupable de sa mort.

Il n'a pas le loisir de fouiller ce sentiment dans toutes ses désagréables ramifications ; le voisin de lit de Nicole, le vieil homme qui a fait une crise lors de sa première visite, émet un râle étouffé, la main tendue, osseuse, tremblante. Sans doute – Jean-Pierre le comprendrait plus tard en revisitant l'instant en mémoire – parce que le vieillard était un des rares patients à ne pas être branché à un appareil de soutien.

— Siouplait, gémit le survivant. Siouplait... Soaffe...

◆

C'est avec un profond sentiment de libération que Jean-Pierre émerge de l'hôpital, soutenant avec l'aide de Pascale le vieil homme qui avance d'une démarche vacillante, drapé dans une couverture. Le vieillard cligne des yeux, sa bouche édentée grande ouverte d'où s'écoule encore un peu de l'eau qu'ils lui ont donnée à boire. Il semble ébloui par la voûte du ciel et stupéfait de découvrir qu'un univers se prolonge par-delà les murs de la salle.

— Vous vous souveniez pas de ça, hein ? lui dit aimablement Michel en faisant asseoir le vieillard dans le Cherokee. Vous êtes dans une ville qui s'appelle Saint-Tite.

Le vieux étudie Michel, l'air insulté :

— Je sais comment ça s'appelle. Chu né icitte.

— Vous avez pas perdu la mémoire ? s'étonne Michel.

— À mon âge, c'est sûr que j'en perds des bouttes, mais j'ai gardé assez de tête pour savoir que c't'ait pas normal que tout le monde ait viré Alzheimer.

— Où est-ce que vous étiez quand c'est arrivé ?

— Chez nous !

— Habitiez-vous dans un sous-sol ?

— Ben non ! C'est quoi le rapport ?

Chéeujôte ! Le cri n'a pas cessé de résonner dans l'esprit de Jean-Pierre. Il comprend que ce n'était pas une manifestation délirante mais un avertissement lancé à des gens incapables de saisir la portée de ce qu'il disait.

— Comment ça se fait ? demande Pascale. C'est la première personne que je rencontre qui a conservé la mémoire.

— Je suis aussi surpris que toi. Peut-être parce qu'il est vieux.

— Tout le monde a pas réagi de la même façon, observe Pascale. Les gens dont je m'occupais à l'hôpital étaient complètement…

Elle esquisse un geste : s'il y a un mot approprié, il lui échappe. Michel fronce les sourcils, pensif.

— Maintenant que vous m'y faites penser, monsieur Nicholson est le plus vieil employé de la mine. C'est vrai qu'il est resté pas mal bizarre.

— J'suis pas plus bizarre qu'un autre, proteste le vieillard.

Un pâle sourire éclaire le visage de Michel.

— On parlait pas de vous, monsieur.

Arrivés au CLSC, ils sont accueillis par David Chamberland et Julie, qui leur apprennent que Benoit dort encore, tandis que Réjean est allé se procurer du matériel. Chamberland ne fournit aucun effort pour dissimuler sa désapprobation en voyant le vieillard vaciller jusqu'à une chaise dans le hall.

— Tabarnaque, c'est lui qui pue de même ?

— C'est pas sa faute, explique Michel, l'air agacé. On va l'aider à prendre une douche.

— Penses-tu qu'on a le temps de s'occuper de lui ?

— Qui est-ce qui va s'en occuper, tu penses ? On est responsables d'eux, maintenant, nous autres tout comme toi, rétorque Michel en le désignant du doigt.

Chamberland recule d'un pas, les mains soulevées en une parodie de frayeur.

— Pardon, pardon. Tire-moi pas moi aussi !

Le regard que lui retourne Michel est lourd de mépris, mais il préfère ne rien répondre.

◆

Jean-Pierre marche le long du chemin à travers les arbres. En plus de sa famille, il est accompagné de

Pascale et de Châtelaine, qui les ont suivis comme si la chose allait de soi.

À sa droite, le versant de la colline est assez abrupt ; on y a construit un escalier qu'il n'avait pas remarqué encore. Il a pourtant parcouru ce chemin plus d'une vingtaine de fois. Mais avant de monter sur la colline, il n'avait jamais jugé bon de tourner le regard dans cette direction particulière. Par des trouées dans la voûte feuillue, il aperçoit la croix dressée devant le réservoir d'eau. Difficile de croire que le matin même il se tenait sur ce promontoire à contempler Saint-Tite, toujours sous la coupe de la Force internationale.

Sa maison apparaît au détour du chemin, tachetée par la chaude lumière de l'après-midi qui réussit à se glisser entre les feuilles des arbres. La vision le trouble au point qu'il sent des larmes poindre au coin de ses yeux.

Avec un cri de joie, Florence s'élance en courant.

À l'intérieur, rien n'a changé, si ce n'est qu'il règne un silence exceptionnel. La télévision est toujours allumée, mais l'écran est entièrement bleu.

— Ça fonctionne plus ? s'étonne Châtelaine.

— Tant mieux, dit Xavier. J'étais tanné de leurs conneries.

Florence est allée s'allonger de tout son long dans le divan. Elle s'étire, riant d'extase.

— J'suis assez contente d'être revenue !

— Moi aussi, murmure Sophie.

Xavier s'adresse à Châtelaine et Pascale.

— Vous habitez avec nous autres, maintenant ?

Châtelaine rougit, avec un regard circonspect vers Pascale.

— Euh… Je sais pas trop.

— Tu peux rester où tu veux, lui dit Pascale. Je suis pas vraiment ta mère.

Jean-Pierre a noté que la jeune femme n'a pas répondu à son propre sujet. Pas besoin de jauger la réaction de Sophie : il sent le poids de son regard sur lui, à l'affût de ce qu'il va dire ou faire.

— J'ai faim ! dit Florence.

— On vient juste de manger, proteste Jean-Pierre, heureux de la diversion.

— Ça fait rien. J'ai encore faim !

— OK. On va voir ce qui nous reste. Mais fais-toi pas trop d'idées.

Conséquences

Jean-Pierre se réveille en pleine nuit, en sueur et oppressé. Il lui faut un certain temps pour réaliser qu'il est de retour dans son lit, dans sa chambre, dans sa maison, avec Sophie qui ronfle doucement, pressée contre son flanc.

Lentement, il retire son bras coincé entre leurs corps. Il a pris des précautions extraordinaires, qui s'avèrent probablement superflues : la jeune femme dort d'un sommeil profond. De quoi le rendre envieux.

La main de Jean-Pierre est chaude et engourdie. Il ouvre et referme le poing avec l'impression qu'un millier d'épingles sont piquées dans sa chair. Encore un de ces phénomènes dont il ignorait l'existence, mais qui, une fois redécouverts, ne le surprennent pas.

La veille il s'est allongé bien avant le coucher du soleil afin de rattraper un peu du sommeil perdu les nuits précédentes. Il était plus fatigué qu'il ne l'imaginait.

Il a mal au cou et à la cuisse, là où il a été atteint par les projectiles du drone. Dans l'excitation des événements qui avaient suivi, il avait oublié cette péripétie.

Tout ce qui précède et suit l'attentat est nimbé d'une brume d'irréalité.

Voilà, maintenant il est éveillé, et plutôt mécontent de se retrouver seul aux prises avec ses pensées.

La plus troublante est cette impression de se retrouver au bord d'un gouffre insondable.

Jamais l'avenir ne lui est apparu aussi inquiétant. Que va-t-il se passer, maintenant que la Force d'intervention internationale n'est plus là pour les guider? Benoit Gauthier et les hommes de la mine vont-ils vraiment réussir à rassembler la communauté de Saint-Tite ?

Et lui ? Quel rôle va-t-il jouer au sein de cette nouvelle société ? Ce n'était pas le genre de questions qu'il se posait auparavant, pas plus qu'aucun membre de la communauté. Plus rien n'est clair désormais. Alors que personne ne contestait l'autorité suprême et bienveillante de Sam et d'Alia, un conflit évident couve entre Gauthier et Chamberland.

Il en va de même avec son couple. Sophie lui a été attribuée comme épouse, sous l'autorité de la Force d'intervention, par un processus complètement aléatoire. Il se reprend en pensée : ce n'est pas tout à fait le cas, puisque Sophie a forcé le choix. N'empêche, c'est le hasard qui avait conduit à leur rencontre sous le pont. Maintenant qu'ils se sont affranchis de cette autorité, quelle sorte de légitimité doivent-ils accorder à ce mariage ? Ne peut-il pas décider de préférer Pascale ?

La réalité est qu'il s'est accoutumé à leur présence, à Sophie, Xavier et Florence. Il doit bien reconnaître que ce sont les trois personnes qu'il aime le plus au monde. Comment pourrait-il en aller autrement ?

Mais il aime aussi Pascale.

Il ne veut pas choisir. Et d'ailleurs, pourquoi est-il *obligé* de choisir ? Ne peut-il pas intégrer Pascale et Châtelaine dans sa famille ? Surtout maintenant que – il est incapable d'empêcher cette pensée, aussi douloureuse et culpabilisante soit-elle – surtout qu'il est désormais libéré de sa *vraie* femme…

◆

Jean-Pierre s'aperçoit qu'il fait clair dehors. Il s'est assoupi sans s'en rendre compte, ce qui semble la norme chez lui. Sophie dort toujours. Il décide de sortir prendre l'air.

Pascale est déjà sur le balcon, les deux mains appuyées sur la rampe de bois, le regard perdu dans le sous-bois. Elle porte une des robes de Sophie. Une brise parfumée soulève ses cheveux blonds. Jean-Pierre vient s'appuyer à la rampe en bois. Les oiseaux chantent. Il a toujours aimé le matin, lorsque l'air s'attiédit sous les rayons du soleil. Ce fameux soleil, accusé à tort de bien des méfaits.

— Bien dormi ?

Fidèle à elle-même, la jeune femme prend le temps de réfléchir.

— Je me réveille souvent en sueur, le cœur qui bat. Est-ce que c'est normal ?

— Ça m'arrive à moi aussi.

Un long silence malaisé.

— Es-tu inquiète pour Lionel ? demande Jean-Pierre.

— Tu sais bien que je m'en fous.

Sans être surpris de la réponse, Jean-Pierre la trouve peu charitable, brutale même. Il admire et désire Pascale, mais il y a un fond de dureté chez elle qui le trouble.

— Toi ? reprend celle-ci. Ça te dérange d'avoir trouvé ta femme morte ?

— J'y ai pensé une partie de la nuit... C'était une étrangère pour moi, mais ça m'a dérangé, oui.

Pascale s'assoit dans les marches de l'escalier pour enfiler ses chaussures.

— Je vais me promener.

— Où tu vas ?

— Je vais aller voir la carcasse du vaisseau. Tu viens ?

— Attends, faut que je prévienne Sophie.

Il trouve celle-ci éveillée. Il vient s'asseoir à côté d'elle. Elle relève la tête, puis lui caresse la joue, un geste maternel auquel il ne s'attendait pas.

— T'es toujours levé le premier.

— On dirait.

— T'as pas l'air plus content que ça d'être revenu à la maison.

— Tu te trompes. Je suis content.

Il lui explique qu'il s'absente avec Pascale. Sophie détourne le regard. Il est d'abord agacé par sa réaction qu'il croit puérile, mais se rend compte qu'il ne s'agit pas d'une manifestation de mauvaise humeur. Sophie semble plutôt songeuse, perdue dans ses pensées.

— Tu veux garder Pascale aussi ? Tu trouves pas que c'est beaucoup ?

— As-tu pensé que ça marchait dans les deux sens ? Pascale peut s'occuper de nous. Elle est forte.

— C'est vrai. Elle est forte, comme toi. Je comprends pourquoi tu l'aimes. Mais...

— Mais quoi ?

— As-tu remarqué que ton ami Karl aussi la trouve de son goût ?

Il hoche négativement la tête. Il se sent aussitôt minable de manifester autant de mauvaise foi.

— Penses-tu que les hommes sans femme vont accepter que tu en gardes deux pour toi ? reprend Sophie. Que ce soit Karl ou un autre...

Jean-Pierre ne répond pas tout de suite. Elle lui glisse un regard de biais. Sa pupille noire frémit. On dirait un minuscule animal humide, peureusement caché sous les paupières.

— Tu dis rien ?

Il la serre contre lui.

— Je t'abandonnerai pas. Si c'est ça que tu voulais savoir.

◆

Jean-Pierre et Pascale contemplent la place centrale de Saint-Tite. Aussi loin que porte le regard, la pelouse, la chaussée et les trottoirs sont jonchés de débris noircis. Plus lugubre encore, d'innombrables vitres de maisons et de commerces ont éclaté.

Maintenant que l'incendie est éteint, ils peuvent s'approcher du vaisseau, couché parmi des carcasses de voitures. Les superstructures métalliques, jadis polies comme un miroir, sont noires de suie. Des citoyens de Saint-Tite, lève-tôt comme eux, examinent les restes carbonisés de quelques représentants de la Force, éparpillés dans les décombres. Un des robots féminins, amputé de sa tête et d'une partie de son torse, continue de montrer des signes d'activité. Ses jambes et son bras unique sont secoués de spasmes irréguliers. Personne ne peut douter désormais qu'il s'agit de créatures artificielles.

N'empêche, Jean-Pierre devine à quel degré les regards que leur adressent plusieurs citoyens sont lourds de ressentiment. Il note aussi que tous ont encore leur bracelet au poignet. À l'évidence, ils n'acceptent pas de se conformer à tous les ordres des gens de la mine.

En marche vers le CLSC, Pascale et Jean-Pierre sont rejoints par un rutilant pick-up rouge à quatre portes. Le véhicule est suivi par un engin d'un type nouveau, à deux roues, au moteur grondant, sur lequel Karl et Xavier sont assis à califourchon. L'engin passe auprès des marcheurs, en les frôlant presque.

— Je l'ai trouvé, mon Harley ! annonce Karl, son visage fendu d'un immense sourire.

— C'est le fun ! crie Xavier.

Réjean passe la tête par la fenêtre de la camionnette et s'adresse à Jean-Pierre.

— On est passés chez vous. Vous étiez partis.

— Qu'est-ce qui se passe ?

— Benoit veut vous voir. Montez derrière.

Jean-Pierre et Pascale obtempèrent. À l'intérieur du pick-up, ils découvrent que la passagère est Nathalie. Réjean leur explique qu'il est allé chercher les survivants de la mine la nuit précédente.

Pendant que le pick-up manœuvre pour faire demi-tour, la moto de Karl s'éloigne en accélérant, le tout accompagné d'un impressionnant vrombissement et du rire aigu de Xavier.

Arrivé au nouveau quartier général, Jean-Pierre voit qu'une bonne partie de la communauté de Saint-Tite s'y est regroupée, comme la veille.

Lorsqu'il pénètre dans le bâtiment, Jean-Pierre tombe sur Chamberland et Julie, tous les deux habillés de neuf. L'homme a enfilé une combinaison tachetée en vert et brun, tandis que sa compagne a choisi une robe courte et un bustier qui moule sa poitrine généreuse, un ensemble révélateur qui aurait certainement contrevenu aux consignes vestimentaires de Florence. Ils semblent avoir été affectés à la surveillance d'une impressionnante collection de carabines, rangées sur des tables appuyées contre le mur du hall.

Chamberland soulève un appareil de plastique noir et bleu devant sa bouche, et annonce :

— Jean-Pierre est arrivé. La constable Reynolds est avec lui.

La voix de Benoit, aigrelette mais reconnaissable, jaillit du boîtier.

— OK. J'arrive.

Chamberland montre l'appareil à Jean-Pierre et à Pascale, amusé par leur étonnement.

— Commode, hein ? Ça s'appelle un walkie-talkie. On a magasiné hier en ville. Tout était en vente.

Jean-Pierre et Pascale sont rejoints par Benoit et Michel. Ces derniers sont accompagnés par plusieurs des survivants de la mine ramenés la nuit précédente.

Le vieux mineur salue les arrivants. Il sourit, l'air un peu reposé. Même Michel semble avoir un peu récupéré du traumatisme de la veille.

— On a un problème, annonce Benoit. On va entraîner le plus de monde possible au maniement des armes qu'on a en stock, comme on a fait à la mine. Maintenant qu'on est équipés en walkies-talkies, on va poster des guetteurs sur les toits. Mais faut que tout le monde se débarrasse de son bracelet. Les bracelets permettent de vous repérer à distance. Une personne avec un bracelet pourra pas se cacher en cas d'attaque.

— Oui, j'avais compris.

— C'est ça le problème : les autres ont pas l'air de le comprendre. Ils refusent qu'on leur enlève. Toi, ils vont peut-être t'écouter.

Jean-Pierre indique aux gens qui l'entourent de le suivre à l'extérieur. Il aperçoit Xavier : il lui fait signe de venir aussi. À deux, ils seront plus convaincants qu'un seul – du moins, l'idée lui semble avoir du sens.

En quelques phrases, il confirme qu'il est d'accord avec l'ordre des gens de la mine selon lequel ils doivent tous retirer leur bracelet identificateur. L'accueil de son auditoire manque d'enthousiasme, pour dire le moins.

— Comment on va faire pour obtenir des rations ? proteste un citoyen.

— Vous nous aviez dit que les distributrices marcheraient plus, renchérit une autre. C'est pas vrai. Elles marchent encore. Je suis allée chercher des barres à matin.

— Moi aussi !

Un brouhaha monte de la foule ; plusieurs brandissent des rations de diverses couleurs comme preuves de leurs dires.

— C'est temporaire, intervient Karl, qui assiste à la scène, toujours assis sur sa moto. Vos distributrices vont se vider si personne vient les remplir de temps en temps.

— C'est pas ça la question, intervient Benoit, la voix râpeuse. Oubliez les rations. Vos bracelets permettent à l'ennemi de vous repérer. Ça servira à quoi de vous armer si vous pouvez pas vous cacher en cas de représailles ?

— C'est pas nos ennemis, c'est nos amis.

— Allez-vous-en ! crie une voix anonyme à l'arrière de la foule.

— On était ben avant que vous arriviez !

— Ouain ! C'est vrai !

— Retournez d'où vous venez !

Il faut tout l'entregent de Benoit, de Jean-Pierre et de Pascale pour ramener assez de calme afin qu'on puisse s'entendre.

— Ils peuvent bien garder leurs bracelets encore un jour ou deux, finit par suggérer Jean-Pierre.

Benoit, le visage sombre, indique à Jean-Pierre et à Michel de le suivre à l'intérieur.

— Non, toi, tu restes là ! dit-il à Pascale qui voulait les suivre.

Les trois hommes entrent dans le bâtiment et vont se retirer dans un couloir désert faiblement éclairé par la lumière venant des pièces adjacentes.

Benoit déambule d'un mur à l'autre en lançant des regards agacés vers Jean-Pierre. Michel, le visage baissé, lève les yeux de temps en temps. Il semble malheureux d'assister à cette discussion.

Benoit finit par s'approcher de Jean-Pierre pour lui glisser, à voix basse.

— Faut pas que tu me contredises devant tout le monde. Ça sabote mon autorité.

C'est au tour de Jean-Pierre de réfléchir longuement. Il sent une boule douloureuse coincée au milieu de la gorge. Il a connu la peur et le désarroi, la honte et le dépit, mais il n'a jamais ressenti pareille ambivalence et frustration.

— Si tu veux pas mon avis, pourquoi tu me demandes d'être là ?

— Parce que les villageois te considèrent comme un des leurs.

— C'est pas le cas ? Je te rappelle que j'ai perdu la mémoire, moi aussi.

Benoit grimace.

— C'est pas ça que je veux dire…

— On est tous du même bord, explique Michel dans un effort de conciliation. Un jour, on pourra fonctionner démocratiquement. Pas maintenant.

— Pas tant qu'on n'est pas organisés pour se défendre, insiste Benoit. Tant qu'on va être en danger, faudra que vous fassiez exactement ce qu'on vous dit de faire.

— Comme avec les robots ?

Le vieux mineur semble vraiment blessé.

— Tu vas quand même pas nous mettre sur le même pied ? On est tes amis.

— Nos amis ? Ouain ! C'est ce que Sam et Alia nous répétaient !

— Maudit zigonnage !

C'est David Chamberland qui a parlé. Il est apparu dans le couloir, le menton levé, accompagné par Julie. Il s'approche de Benoit et de Michel.

— Vous pensez encore que Jean-Pierre est de votre bord ? *Il sait pu rien!* Faut-tu que j'vous le répète en anglais pis en espagnol ?

— J'aurais aimé deux minutes en privé, gronde Benoit.

— Privé pour moi, mais pas pour Michel. Merci de la marque de confiance, Gauthier, c'est sympathique.

— C'est ça que tu veux ? explose Benoit. Tu veux être le boss des bécosses ? Envoèye ! Dis-nous quoi faire !

— Je vais te dire ce que je ferai pas : armer les morons. Les as-tu entendus tout à l'heure ? C'est *nous autres* les pas fins ! Tu vas leur mettre un fusil dans les mains ? Pour qu'ils tirent *sur nous autres* quand les robots vont rappliquer ?

Benoit ne répond pas. Il semble ébranlé. Son interlocuteur émet un ricanement qui écorche les oreilles.

— T'avais même pas pensé à ça, hein Gauthier ?

Pascale, Karl et Xavier apparaissent à leur tour.

— Ça va, papa ?

— V'là le reste de la famille, persifle Chamberland. Coudon, Jean-Pierre, j'suis mêlé : c'est elle ta blonde ou c'est la p'tite noire ? Tu couches avec les deux en même temps ou chacune leur tour ?

— Quessé que ça vient faire là-dedans ? intervient Karl, qui ne peut s'empêcher de jeter un regard de biais vers Jean-Pierre. Ç'a rien à voir.

— *Ç'a tout à voir !* rétorque Chamberland en écartant fiévreusement ses longs cheveux de son visage. Si vous avez pas compris ça, vous avez rien compris. Votre p'tit couple, ils ont juste à claquer du doigt pour que la gang de morons nous sautent dessus !

Benoit secoue la tête comme s'il n'en croyait pas ses oreilles.

— Pourquoi tu penses que j'essaie de les mettre de notre bord, ciboire ?

— Pis ? Comment ça marche à date ?

— Chamberland, si tu penses que je vais t'accepter comme leader, prévient Karl, t'es viré su'l top.

Les deux hommes s'étudient dans un silence tendu.

C'est à cet instant que Jean-Pierre, l'estomac noué par la pénible altercation, s'aperçoit qu'un vrombissement de nature inconnue fait doucement vibrer le couloir autour d'eux. Il lève le visage en l'air. Les autres l'imitent.

◆

Au moment où Jean-Pierre pousse la porte extérieure du quartier général, une onde de surprise et d'inquiétude traverse la petite foule rassemblée. Comme tout le monde, il lève les yeux vers les trois appareils inconnus apparus dans le ciel. Trois tours volantes, sombres et anguleuses. Il n'a jamais rien vu de semblable… Il se corrige en pensée : un engin semblable à ceux-ci a déjà traversé le ciel, un des premiers matins, alors qu'il marchait en famille vers Saint-Tite. Et il a déjà senti ce grondement, plus atténué parce que plus lointain.

Ces appareils-là semblent plus gros seulement parce qu'ils sont plus près. Beaucoup plus près. Maintenant qu'ils sont au-dessus de Saint-Tite, ils perdent de l'altitude. La vibration infrasonore pénètre Jean-Pierre jusqu'à la moelle des os, une sensation particulièrement désagréable.

Les trois tours survolent la ville avec une lenteur trompeuse, et finalement s'immobilisent dans le ciel, juste à la verticale de la place centrale. Là où gît la carcasse du vaisseau de la Force d'intervention : qui pourrait imaginer que c'est par hasard ? Surtout lorsqu'il devient clair que les tours noires perdent de l'altitude dans le but de se poser.

Autour de Jean-Pierre, la consternation se lit sur les visages, autant chez les citoyens de Saint-Tite que chez les gens de la mine. Jean-Pierre n'éprouve aucune satisfaction à constater que, pour la première fois depuis qu'il connaît David Chamberland, toute expression de morgue et d'arrogance a été balayée du visage de ce dernier.

— On est dans la marde… chuchote-t-il d'une voix éraillée.

Jean-Pierre avise Pascale et Xavier.

— Elles vont s'inquiéter…

Inutile d'en dire plus : ils partent tous les trois à la course en direction de leur maison, à l'autre bout de la ville, malheureusement.

— Faut pas qu'on se sépare ! leur crie Benoit.

Jean-Pierre l'ignore. Il a l'impression que le cœur va lui sortir de la poitrine. Paradoxalement, il sent ses épaules libérées de la chape de tension et d'ambivalence qui les faisait ployer depuis leur retour à Saint-Tite. Il ignore ce qu'il fera une fois à la maison, mais jusqu'à ce moment il aura un but simple, clair.

Dans la mesure du possible, ils essaient de rester hors de vue des trois vaisseaux afin de ne pas être repérés par un éventuel système de surveillance au sommet de ceux-ci. Efforts puérils, ne peut s'empêcher de soupçonner Jean-Pierre.

Un grondement différent s'amplifie jusqu'à couvrir le bruit des tours volantes.

— Heille !

C'est Karl, sur son Harley, qui ralentit pour se maintenir au niveau des coureurs. Le rictus qui fend son long visage a quelque chose de fébrile, de presque halluciné.

— Je sacre mon camp dans le bois ! Qu'est-ce que t'en dis, Pascale ? Monte derrière moi, y a de la place.

Elle le regarde d'un air abasourdi, sans ralentir.

— Es-tu fou ?

— Pantoute ! J'ai un campe au lac Clovis. Perdu creux, pas de voisins. C't'équipé pour la pêche, toute.

Il pointe le menton vers les trois tours volantes et sa voix prend une tonalité désespérée :

— Tu vois ben qu'on va se faire clancher ! *Come on,* viens avec moi. J'suis fin avec les filles, ma blonde te l'aurait dit…

— Je les abandonne pas !

Jean-Pierre referme la main autour du bras nu de Pascale et la force à s'arrêter.

— Attends ! Karl a raison ! Sauvez-vous si vous en êtes capables !

Pascale et Xavier le contemplent, incrédules, le visage en sueur, le souffle court. Jean-Pierre prend son fils à témoin :

— On va s'occuper de Châtelaine, hein, Xavier ? Pascale peut partir tranquille.

— Sûr, dit l'ado.

Pascale ne répond pas tout de suite. Elle a baissé le visage, les paupières frémissantes, le corsage de sa robe soulevé par sa respiration. Jean-Pierre ne l'a jamais vue aussi déchirée par un dilemme. Lorsqu'elle relève la tête, elle a quasiment l'air déçu.

— C'est pas vraiment ma fille.

Jean-Pierre caresse ses cheveux blonds. Le cœur bat lourd dans sa poitrine, et ce n'est pas seulement parce qu'il a couru.

— Sauve-toi, Pascale. Fais-le pour moi.

Il s'attendait à ce qu'elle lui saute dans les bras pour l'embrasser, en pleurant peut-être. C'est ainsi que Sophie aurait agi... Mais la jeune femme s'est détournée et s'approche de la moto.

— Comment on fait pour tenir là-dessus ?

Karl exulte :

— Stie ! Stie, je le crois pas ! Une jambe de chaque bord. Regarde, t'as des supports pour les pieds. Pis tu te tiens après moi, le plus collé possible. Aie pas peur, je suis jamais tombé !

Le mineur se tourne vers Jean-Pierre et Xavier, le regard brillant.

— Salut, Djipi ! T'as toujours été correct, mémoire pas mémoire. Toi aussi, ti-gars, fais attention à toi. J't'aurais amené si j'avais eu la place.

Xavier hoche négativement la tête, tout sérieux.

— Je serais pas venu.

Karl exagère une expression de compréhension.

— La belle Châtelaine, c'est vrai !

Sur ce, il met les gaz et, pendant que la moto s'éloigne, lance un dernier message :

— On va se revoir, j'suis sûr !

Pascale se contente d'un hochement de tête. Jean-Pierre croit voir des larmes sur ses joues, mais avant d'en être sûr la moto s'est éloignée dans une pétarade d'enfer.

◆

À la maison, Sophie, Florence et Châtelaine se sont regroupées dans le salon. Elles ont entendu le grondement mais n'ont pas compris quelle en était la source. Le retour en catastrophe de Xavier et de Jean-Pierre, en sueur et hors d'haleine, n'a pas contribué à les rassurer.

Entre deux inspirations rauques, Jean-Pierre explique l'état de la situation.

— Est-ce qu'on est en danger ?

La question de Sophie prend Jean-Pierre de court. Il s'aperçoit qu'il n'en a aucune idée. Manifestement, les hommes de la mine pensaient que oui, et l'aspect des trois nouveaux vaisseaux est assurément de mauvais augure. Mais sinon, ils se retrouvent encore une fois en face d'une expérience nouvelle.

Florence, qui regardait par la fenêtre, émet un avertissement d'une voix excitée.

— Y a du monde dehors !

Jean-Pierre regarde à son tour, et constate en effet que deux autres familles de Saint-Tite les ont suivis. Debout dans la cour, les gens s'étudient les uns les autres du regard, indécis, comme s'ils n'osaient pas frapper pour les déranger. Ils ne sont pas seuls, d'autres citoyens apparaissent bientôt au détour du chemin. Le flot n'arrête pas, comme si la communauté entière s'était donné le mot pour se réfugier chez lui.

La consternation le frappe telle une gifle: tous ces gens ont encore leur bracelet identificateur au poignet!

Il sort de la maison et, depuis son balcon, agite les bras avec vigueur devant la foule rassemblée.

— Allez-vous-en! Rentrez chez vous!

Ils se rapprochent, au contraire, se pressent devant son balcon, hommes, femmes et enfants, leur visage levé vers lui. Ginette, l'infirmière, lève une main implorante vers Jean-Pierre, en serrant un garçonnet dans son autre bras.

— On a peur, Jean-Pierre. On sait pas quoi faire.

Jean-Pierre veut leur répéter de rentrer chez eux... de se rendre... ou de retirer leur bracelet... de fuir dans la forêt... de... il ne sait pas quoi leur dire! Qu'ils fassent ce qu'ils veulent pourvu qu'ils partent, vite, avant d'attirer l'attention des renforts de la Force d'intervention internationale...

Il se souvient soudain que c'est la raison pour laquelle il a choisi ce lieu afin d'y construire sa maison: pour être loin des autres, loin de leurs regards inquisiteurs, pour avoir la paix, la sainte paix!

Des coups de klaxon surgissent du chemin. Le pick-up rouge de Réjean apparaît en se frayant un chemin entre les gens. Il est suivi par l'autobus de la mine et d'autres véhicules.

La tête de Benoit apparaît par la fenêtre du passager du pick-up.

— Viens-t'en !

— Quoi ?

— On n'a pas eu le temps de s'organiser. On va se faire tuer.

— Où c'est que vous allez ?

— On reprend le bois. On s'essaye, en tout cas. Y a de la place dans l'autobus pour ta famille !

Jean-Pierre sent Sophie et Florence qui se sont collées contre lui. Il croise le regard de sa jeune compagne. Sous la frayeur, il lit une résolution. Elle secoue négativement la tête.

Jean-Pierre montre les gens de Saint-Tite qui continuent d'arriver, apeurés.

— Embarquez ceux qui veulent.

Le visage soudain fermé, Benoit indique que non.

— On amène personne avec un bracelet. Y avaient juste à nous écouter avant.

— C'est pas de leur faute ! tente de plaider Jean-Pierre, mais Benoit ne se laisse pas attendrir.

— On reviendra pas vous chercher.

— Je reste ici.

Benoit n'insiste pas: la réponse n'a pas l'air de l'étonner.

À ce moment, un sifflement assourdissant incite tout le monde à lever la tête. Trois disques volants viennent d'apparaître au-dessus de la frondaison, semblables aux drones qui intervenaient sous les ordres de Sam et d'Alia, mais en beaucoup plus gros. Sans se presser, ils perdent de l'altitude selon une trajectoire légèrement courbe, jusqu'à effleurer le haut des arbres. De toute évidence, ils se dirigent vers le convoi des mineurs.

Benoit et ses compagnons ouvrent le feu. Les citoyens terrorisés s'égaillent dans toutes les directions. Ceux qui le peuvent montent se mettre à l'abri dans la maison. Jean-Pierre ne fait aucun geste pour les en empêcher: le moindre espoir de passer inaperçu s'est volatilisé depuis longtemps.

Les nouveaux drones ne sont pas seulement plus grands, ils sont plus résistants. Les balles semblent sans effet sur eux, outre celui de les inciter à riposter. Un trait émerge du centre du drone le plus rapproché. Une sorte de flèche brillante traverse le ciel plus vite que l'œil ne peut la suivre pour atteindre la camionnette entre l'aile et le capot. Avec un choc aigu, le véhicule est repoussé de côté, où il reste de guingois, transpercé par la tige de métal comme un insecte par une épingle.

Deux projectiles de même nature atteignent l'autobus et le troisième véhicule, chaque fois en plein dans le capot, signe que l'intelligence qui dirige les tirs comprend le fonctionnement des véhicules de l'adversaire.

Ceux venus de la mine sortent de leurs véhicules et courent se mettre à couvert. Avec de grands gestes, Jean-Pierre leur indique de venir se réfugier chez lui. Tous ne l'ont pas vu, ou certains ont préféré tenter leur chance dans la forêt. Benoit, Michel, David Chamberland et Julie font partie de ceux qui traversent la cour pour entrer dans la maison. Jean-Pierre ferme la porte derrière eux.

À l'intérieur, après un moment de confusion, certains réfugiés sont dirigés vers le sous-sol, pendant que ceux qui ont une arme à feu sont postés aux fenêtres. Chamberland et Julie sont envoyés au second étage.

Xavier interpelle Jean-Pierre, deux carabines à la main. Il lui en remet une, sa 30-06.

— Je l'ai chargée !

— Merci. Reste près de moi.

L'adolescent approuve d'un mouvement de tête, l'œil luisant.

Les deux hommes jettent un coup d'œil par la lucarne de la porte d'entrée. Juchés sur des pattes escamotables, deux drones ont atterri dans la cour, tout juste assez large pour les contenir, tandis que le troisième est allé se poser au milieu de la rue Maisonneuve, bloquant ainsi toute possibilité de retraite par le chemin, à supposer qu'un des véhicules fût suffisamment en état pour repartir.

Un panneau s'ouvre sous le ventre des drones, qui déchargent chacun une douzaine de robots. Ceux-ci se déploient avec promptitude de façon à encercler la maison. Ils ont la même taille que Sam, et la même conformité générale – deux jambes, deux bras, un torse et une tête –, mais aucun effort n'a été entrepris pour maquiller leur nature mécanique. Ils sont gris-vert, sans uniforme, leur tête réduite à sa plus simple expression : une excroissance étroite percée de deux trous à l'endroit des yeux.

Une voix s'élève, tonnante. La voix des extraterrestres. La voix de Sam.

— Cette insurrection est interdite. Pour conserver votre intégrité, veuillez tous déposer vos armes et sortir de cette habitation. Vous serez ensuite conduits au quartier général de la ville pour évaluation et traitement.

Jean-Pierre échange un regard avec Xavier. Il sent un souffle chaud derrière la tête. C'est Sophie et Michel qui tentent eux aussi de jeter un œil dehors.

La voix tonnante répète deux fois ses instructions, au mot près.

— Qu'est-ce qu'on fait ? chuchote Xavier.

Jean-Pierre se retourne et aperçoit les regards qui convergent dans sa direction. Certains sont noyés de larmes, d'autres terrifiés ou frémissants d'exaltation. C'est le cas de Benoit, qui finit de recharger sa carabine.

— Ils m'auront pas vivant, Jean-Pierre. Je me laisserai pas lessiver le cerveau. Oublie ça.

Sans prévenir, le vieux mineur ouvre la porte et sort sur le balcon. D'un air résolu, il décharge sa carabine sur les robots alignés devant lui.

D'autres coups de feu se font entendre, provenant du second étage. Chamberland et Julie. Le vacarme est épouvantable.

Jean-Pierre fait signe à tout le monde de s'éloigner des fenêtres, puis aperçoit au creux du divan Sophie qui s'est blottie en tenant Florence et Châtelaine serrées contre elle.

— Sauvez-vous dans le bois ! On va les occuper !

— Nooon ! sanglote Florence.

— Viens avec nous autres, le supplie Sophie.

— Je vous rejoindrai avec Xavier !

Jean-Pierre les abandonne pour aller prêter main-forte à Xavier et à Benoit, qui continuent de tirer sur les robots. Il se joint à l'effort général. Hélas, bien que les tirs ne soient pas totalement sans effet, cela ne suffit pas à arrêter l'assaut des robots.

Benoit ne recule pas d'un pouce lorsque le premier robot atteint le bas de l'escalier. Il donne un coup de pied en plein milieu du torse de la machine alors qu'elle est presque arrivée sur la véranda.

Sam ou Alia auraient sans doute basculé vers l'arrière. L'attaquant mécanisé est d'une autre nature. C'est à peine s'il vacille sous le coup.

— Toute résistance est inutile. Pour conserver votre intégrité, veuillez déposer votre arme.

Benoit pointe sa carabine. Plus vite que l'œil, le robot fait sauter l'arme des mains de son adversaire et le frappe avec une précision cybernétique entre le menton et la pomme d'Adam. La tête du vieux mineur fouette l'air et il tombe à la renverse.

Jean-Pierre vise la tête du robot et tire à bout portant. La détonation de la 30-06 lui plante une aiguille brûlante dans les oreilles. Le robot tressaille, poursuit sa progression jusqu'à l'intérieur de la maison, puis vacille et tombe dans le couloir aux pieds de Xavier. Un jet de liquide enflammé jaillit soudain de l'interstice qui sépare la tête et le torse du robot. Le pantalon en feu, Xavier recule, trébuche, tombe de tout son long lui aussi. Il hurle et se débat. En panique, Jean-Pierre se précipite pour tirer l'adolescent à l'écart pendant que Michel tente d'étouffer les flammes du mieux qu'il peut.

Le liquide enflammé qui s'écoule du robot se répand sur le parquet en dégageant une abondante fumée qui prend à la gorge. D'autres soldats mécaniques en profitent pour entrer dans la maison, indifférents aux flammes.

C'est la confusion la plus totale. Les réfugiés tentent de fuir par la porte-patio. Jean-Pierre aperçoit Sophie qui serre toujours Châtelaine et Florence dans ses bras. Les deux jeunes filles hurlent le nom de Xavier à pleins poumons.

— Sauvez-vous ! ordonne Jean-Pierre.

— Pis toi ? crie Sophie.

Chamberland apparaît dans la cage d'escalier, le visage déformé par la rage. Il décharge son arme sur les envahisseurs.

Ceux-ci ont décidé de riposter. Des canons surgissent sous des volets dans leur torse métallique. Une rafale de projectiles fauche Chamberland au niveau des cuisses. Il bascule dans l'escalier. Julie apparaît à son tour, hurlant de fureur : elle est aussitôt abattue.

Jean-Pierre veut ordonner à tout le monde de cesser de tirer, parce qu'ils ne sont pas de taille, mais il a l'impression que sa poitrine explose sous la douleur. Il tombe sur le flanc. L'univers n'est plus que cris, bruits, chaos…

Parenthèse

Il ouvre les yeux. Il est nu, plongé dans une pièce sombre remplie d'eau. Ses membres sont retenus par une sorte de harnais qui l'empêche de bouger. Un masque sur sa bouche l'alimente en air. Son corps est raccordé à des fils et à de l'équipement inconnu.

Une vague douloureuse monte de sa poitrine jusqu'à son visage.

Une forme sinueuse s'approche de lui. Il n'a pas le temps de l'identifier, ses yeux se ferment d'eux-mêmes.

Seul

Longtemps, il a l'impression de survoler une immensité lumineuse, un gouffre de feu aux contours distants, trop profond pour être appréhendé par les sens ou par l'entendement.

Il croit être revenu aux premiers instants de son existence, juste avant qu'il ne rencontre Sophie.

Il finit par comprendre que ce n'est pas le cas. Il n'est pas sur le pont au-dessus d'une rivière au milieu d'un paysage verdoyant sous un ciel d'été.

Il est allongé sur le dos, sur une couchette au matelas ferme. Ce qu'il a pris pour un voile de lumière est en fait un plafond, qu'il fixe depuis un temps indéterminé. Un plafond lumineux. La couchette est fixée à la paroi d'une petite pièce aux murs lumineux.

Tout est lumineux ici.

Il se redresse péniblement pour s'asseoir. Sa poitrine fait encore mal, mais c'est moins douloureux que pendant qu'il flottait dans l'eau.

La pièce autour de lui mesure à peine trois mètres sur cinq. Contrairement à sa première impression, elle n'est pas rectangulaire mais pentagonale. Un pentagone irrégulier: aucun des murs n'a la même largeur.

Lui-même est vêtu d'un chandail et un pantalon gris, sans poche ni ornement. Il ne se souvient pas d'avoir jamais vu ces vêtements.

Oui, il est capable de se tenir debout. La cellule – il a compris qu'il s'agissait d'une cellule – est complètement nue à l'exception de la couchette, d'une toilette moulée à même le plancher et, sur un des murs, d'un guichet dans lequel est posée une ration nutritive de couleur blanche.

Une collante.

Il reste hagard à contempler le mur translucide devant lui.

Incapable de former une pensée cohérente.

◆

Il est couché sur le flanc, le bras par-dessus les yeux pour se protéger de la lumière qui n'a jamais baissé d'intensité.

La couchette est tiède sous lui. Elle est constituée d'une sorte de mousse qui s'ajuste à la forme de son corps. Il n'est pas sûr de trouver cela confortable.

A-t-il dormi ? Il ne se souvient pas de s'être allongé. C'est bien de lui.

Il se redresse avec des gestes lents, s'assoit sur la couchette, puis se lève. L'important est de ne rien brusquer. Il fait le tour de la cellule en frôlant les murs des doigts. On dirait du verre: dur, lisse, translucide. Il cherche un défaut dans la paroi. Une fissure. L'indice d'une ouverture.

Rien.

Les mains en visière autour des yeux, il tente de percevoir ce qui se trouve de l'autre côté.

Rien, sauf de la lumière.

— Y a quelqu'un ?

Pas de réponse.

— Allô ?

Pas de réponse.

Il touche l'unique marque repérable sur la paroi : un petit cercle bleu. Un filet d'eau jaillit aussitôt selon un angle calibré pour qu'il termine sa trajectoire dans la toilette.

Jean-Pierre enlève son doigt. Le jet d'eau s'interrompt.

Il examine la paroi à l'endroit où l'eau a surgi. Impossible de distinguer la moindre ouverture. Même en grattant du bout de l'ongle, il ne sent rien.

Il appuie sur le cercle bleu. Le jet d'eau réapparaît.

En approchant les lèvres, il boit un peu... non, beaucoup. Il se rend compte à quel point il est assoiffé. C'est aussi à ce moment qu'il réalise que ses cheveux et sa barbe ont disparu. Il vérifie sous ses vêtements : sa poitrine et son bas-ventre ont aussi été rasés de près.

Non pas que cela ait la moindre importance.

Il retire la collante du guichet. Une ration nutritive rouge apparaît aussitôt. Une pâteuse.

Quand il cogne du poing sur la paroi, le bruit est sourd et mat. Pas la moindre vibration dans la paroi. Si c'est du verre, il est épais.

— Allô ! Quelqu'un m'entend ? Sophie ? Xavier ?

Pas de réponse.

— Pascale ?

Ce n'était plus un cri. Un murmure, plutôt. Pourquoi Pascale l'entendrait-elle ?

Il se sent vaciller sur ses jambes. Adossé au mur, les épaules ployées, il pense à Xavier qui hurle, les jambes en feu. Il se sent stupide d'en ressentir de la culpabilité. Il se sent coupable de se sentir stupide…

La tête lui tourne et il veut vomir.

Mais rien ne vient.

◆

Assis sur la couchette – il est incapable de s'habituer à l'étrange mousse –, Jean-Pierre mastique placidement sa ration nutritive.

Il boit encore un peu, puis pisse dans la toilette. Son urine lui semble anormalement chaude et colorée.

Il frappe à grands coups de poing le mur de verre.

— Y a-tu quelqu'un qui va répondre ? Où sont les autres ? Sophie, la femme qui était avec moi ? Les enfants ? Est-ce que je suis le seul à avoir survécu ?

Pas de réponse.

— Heille ! Je veux sortir ! *Heillllle !*

Il cesse de frapper. Ou bien personne ne l'entend, et alors il s'époumone pour rien. Ou bien – ce qui lui apparaît le plus probable – ses geôliers entendent ses appels, mais ils refusent d'y répondre. Inutile de s'irriter la gorge et de se meurtrir le poing.

◆

Il est couché sur le ventre, le chandail remonté sur le visage pour cacher la lumière. Il respire fort, puis s'interrompt d'un coup et ouvre les yeux. Il entend le son d'un liquide qui s'écoule.

Il baisse le chandail doucement et voit des traces de pas sanglants qui mènent à son lit. Il suit les traces du regard.

Pascale est couchée à côté de lui, le regard mort, les cuisses ensanglantées.

Jean-Pierre se réveille avec un spasme de tout son corps.

La couchette est déserte à côté de lui.

Il tourne en rond comme un animal en cage. Tout se confond dans son esprit. Il dérive dans la confusion. Ce n'est pas Pascale qui a été abattue d'une rafale aux cuisses, c'est Chamberland. Pascale et Karl ont réussi à fuir. Du moins, il l'espère.

Il essaie encore une fois de distinguer ce qui se trouve de l'autre côté des murs translucides. Il se défait de son chandail humide de transpiration et le jette contre la paroi lumineuse. Il aurait voulu un objet plus contondant, mais c'est tout ce qu'il possède. Pitoyable.

— Allô-ôôô… Y a-tu quelqu'un qui va répondre à un moment donné ? Ça fait combien de temps que je suis ici ?

Pas de réponse.

— Vous êtes en maudit parce qu'on vous a attaqués ? Qu'est-ce que vous vous imaginiez ? Qu'on se laisserait faire ? Benoit avait raison. Vous êtes rien qu'une gang de mangeux de marde ! *Répondez-moi !*

Il griffe les murs, essaie vainement d'arracher le matelas de la couchette, lance à bout de bras la ration nutritive sur le mur où elle éclate en mille miettes. La barre suivante subit le même sort. Et ainsi de suite avec les nouvelles rations que la distributrice s'obstine à lui proposer. Il finit par se lasser, conscient de la futilité de sa réaction.

Il fait une pause pour contempler le plancher couvert de morceaux de rations nutritives.

Sur le mur de verre, sa fantomatique réflexion le toise avec un regard frémissant, peut-être dément.

— Je vais le savoir si vous m'écoutez, crisse.

Avec un élan, il se lance la tête la première sur la paroi.

C'est comme si sa tête explosait. Il recule en gémissant, les oreilles sifflantes, les larmes aux yeux. Dès qu'il réussit à reprendre un peu ses esprits, il recommence, un juron entre les dents, encore plus violemment que la première fois…

Campé sur les mains et les genoux, Jean-Pierre attend que l'univers cesse de tourner. Sous ses yeux un filet de sang va maculer le plancher. Il serre les dents avec l'impression que sa tête est composée de fragments disjoints qui frottent douloureusement les uns contre les autres.

S'est-il fracturé le crâne ? Est-ce seulement possible ?

C'est pendant qu'il est dans cette position qu'il perçoit, en une rafale tumultueuse, des sensations de déjà-vu, aussi intenses que brèves. Des flashs.

Des souvenirs…

D'avant.

Il est de retour sur le pont, à genoux, les mains tremblantes, le canon de sa 303 sous le menton.

Avant.

Il conduit sa camionnette, le long d'une route secondaire peu fréquentée dans la campagne mauricienne.

Avant.

Il sort de sa maison, traverse la cour de rocaille et saute dans sa camionnette. Il démarre et quitte la cour en trombe.

Avant.

Il est au deuxième étage de la maison, le souffle court, la main engourdie refermée sur la rampe d'escalier, des larmes brûlantes lui coulant le long des joues, face au spectacle de Nicole gisant sur le plancher, inconsciente.

— Non…

Avant.

Ils sont dans la chambre. Il retient Nicole par l'avant-bras. Il la secoue, hors de lui. Tu veux que j'aie l'air fou, hein ? Elle le gifle, lui ordonne de la lâcher. Il serre plus fort. Faut que tu fasses un spectacle ? T'aimes ça que je passe pour un cave, dis-le ? Elle se dégage en l'insultant. J'appelle la police ! Ben oui ! Fais donc ça ! Elle s'enfuit de la chambre. Il la rattrape dans le couloir de l'étage. Touche-moi pas ! Elle se retourne, trébuche, son pied se tord. Un geste maladroit. Stupide. Il l'a toujours trouvée maladroite et stupide quand elle s'énerve comme ça.

Sa jambe n'a plus de force. Elle bascule dans l'escalier.

— Non ! proteste Jean-Pierre, prostré au milieu de la cage. C'est pas vrai…

Avant.

Il découvre Nicole dans la chambre du second étage, en train de bourrer de vêtements des valises. Veux-tu ben me dire, sacrament, ce que t'es en train de faire ? C'est pas assez clair ? C'est pas assez clair à ton goût ?

— C'est pas ça qui s'est passé… sanglote Jean-Pierre, prostré sur le sol ensanglanté de sa cellule, parmi les éclats de rations multicolores. C'est vous autres qui m'avez mis ça dans la tête… C'est vous autres, crisse de gang de chiens sales !

◆

Il s'est calmé. Depuis un bon moment déjà. Il a dormi un peu. Il boit de l'eau puis reprend la mastication de sa barre alimentaire. Il touche de temps en temps la partie sensible sur son front. On dirait que ça a arrêté de gonfler.

Une voix forte retentit.

— Veuillez prêter attention.

Jean-Pierre sursaute à s'en arracher la peau du corps. Il regarde en tous sens.

— Nous vous demandons de répondre à nos questions, tonne la voix utilisée par Sam et les robots masculins. Vous ne serez pas pénalisé pour un choix inapproprié.

Après une courte pause, la voix reprend :

— Laquelle de ces trois équivalences se rapproche le plus de la valeur d'une vie humaine ? Un : un an de travail salarié. Deux : dix animaux domestiques. Trois : une espèce animale en danger d'extinction.

— Quoi ?

— Avez-vous de la difficulté à comprendre le français ? *Do you prefer to be adressed in English ? ¿Usted prefiere el español ?*

— Non… Non, en français c'est bon… À qui je parle ?

— Je suis votre représentant.

— Quoi ? Comme Sam et Alia ?

— Il y a un malentendu. Je ne représente pas la Force d'intervention internationale. Je suis *votre* représentant.

— Auprès de qui ?

— Si vous répondez à mes questions, je serai en mesure de mieux vous représenter, et de mieux…

Il y a une pause suffisamment longue pour donner l'impression à Jean-Pierre que son interlocuteur hésite. La voix reprend :

— … vous informer.

— Commencez donc par me dire où sont les autres: Sophie, la femme qui était avec moi ? Les enfants ? Comment va Xavier ? Est-ce que je suis le seul à avoir survécu ?

— Si vous répondez à mes questions, je serai en mesure de mieux vous représenter, et de mieux vous informer.

Jean-Pierre se retient à grand-peine de crier d'exaspération.

— Veuillez sélectionner une des trois possibilités, reprend la voix comme si tout avait été réglé à la satisfaction des deux parties. Il n'y a ni bonne ni mauvaise réponse. Vous ne serez pas pénalisé pour un choix inapproprié.

Il hoche la tête, accablé.

— Je me rappelle pas la question…

— Laquelle de ces trois équivalences se rapproche le plus de la valeur d'une vie humaine ? Un: un an de travail salarié. Deux: dix animaux domestiques. Trois: une espèce animale en danger d'extinction.

— Euh… une espèce animale en danger d'extinction ?

— Quelle serait la meilleure description d'un être humain ? Un: un individu. Deux: un membre d'une espèce. Trois: une structure évolutive.

— Je sais pas… La réponse un ?

— Pour la seconde fois, votre réponse est exprimée sous une forme interrogative. Dois-je interpréter cela comme un maniérisme de la langue et conclure que vous avez sélectionné la réponse un ?

— Ben oui. Un. La réponse un.

— Si un membre de la Force d'intervention était présentement à votre merci, quel sort lui feriez-vous subir ? Un : vous le libéreriez. Deux : vous le feriez souffrir physiquement. Trois : vous le tueriez.

— C'est quoi, ces questions-là ? Comment est-ce qu'on pourrait vous faire souffrir ? Vous êtes des machines.

— Il y a un malentendu.

Jean-Pierre gratte son crâne dégarni.

— On dirait, oui. Ça va-tu durer longtemps, votre affaire ? À qui je parle exactement ?

— Je suis votre représentant.

— Mais vous êtes un robot, c'est ça ? Je parle à une machine ?

— La voix que vous percevez est une reconstruction synthétique de la parole humaine, mais je ne suis pas une machine. Je suis votre représentant.

— Auprès de *qui,* ostie ? Vous me représentez auprès de *qui* ?

— Je dois conclure que vous refusez de répondre à mes questions.

— Je veux savoir où sont les autres ! Sophie, Benoit, Xavier pis Florence... Châtelaine, aussi. Comprenez-vous seulement de qui je parle ?

En guise de réponse, la plus étroite des cinq parois de la cellule devient transparente. Jean-Pierre aperçoit au travers une cellule identique à la sienne, dans laquelle se trouve un enfant solitaire, le crâne rasé, debout au milieu de la petite pièce, vêtu comme lui d'un ensemble gris.

— Florence !

Jean-Pierre ne l'a pas tout de suite reconnue sans son épaisse crinière de cheveux blonds. Mais ça ne peut être qu'elle avec ce nez retroussé et ces yeux clairs. À son immense soulagement, il constate que la fillette a l'air en bonne santé.

Il se jette contre la paroi, qu'il frappe du plat de la main.

— Florence ! Ici, Florence, c'est moi !

Cette dernière ne semble pas l'entendre. Elle ne le voit sûrement pas gesticuler non plus, ce qui signifie que, de son côté, la paroi n'est pas transparente. Le visage levé au plafond, elle ouvre et referme la bouche. Elle parle avec un interlocuteur invisible.

Jean-Pierre se raidit. Est-elle en train de subir un interrogatoire semblable au sien ?

La paroi s'embrouille pendant une fraction de seconde, puis redevient transparente. La fillette a été remplacée par un grand homme malingre, au visage dur, au regard charbonneux. Cette fois aussi, il faut un certain effort à Jean-Pierre pour identifier David Chamberland sans ses longs cheveux. Il n'est donc pas mort... Il ne paraît pas apprécier sa réclusion, à en juger par la manière nerveuse dont il déambule d'une paroi à l'autre.

Et ainsi de suite, en rafale, on présente à Jean-Pierre une demi-douzaine de prisonniers en vêtements gris. Il ne les reconnaît pas tous. Avec un serrement au creux de l'estomac, il se dit qu'il ne reconnaîtra pas ceux qu'il aime, mais dès qu'apparaît Xavier, il est rassuré. Même privé de sa perpétuelle mèche noire dans le visage, le visage méfiant de l'adolescent ne saurait être confondu avec un autre. Et lui aussi semble en bonne santé.

La paroi redevient uniformément lumineuse mais, cette fois, reste dans cet état alors que la voix désincarnée reprend :

— Une nécessité sous-tend nos questions : nous devons comparer et normaliser vos réponses pour établir les causes du soulèvement.

Mais Jean-Pierre n'écoute pas.

— Où est Sophie ! Je l'ai pas vue ! Châtelaine non plus !

— Cela était un échantillonnage destiné à vous rassurer. Nous ne vous montrerons pas l'ensemble des insurgés sélectionnés pour normalisation.

— Mais elles sont vivantes, hein ? Vous savez de qui je parle ?

— Cette information est retenue pour des raisons stratégiques.

— Je comprends pas.

— Nous avons répondu à un quota de vos questions.

— Comment ça ? J'ai un quota de questions ?

— Oui. Cela ne sera pas comptabilisé comme une réponse.

— C'est pas juste ! Vous inventez des règlements en cours de route !

Constatant le silence qui accueille ses protestations, Jean-Pierre s'assoit lourdement sur la couchette, le visage entre les mains. Il voudrait sangloter, mais son corps est trop faible pour se permettre une telle dépense d'énergie.

Il est seul.

Depuis son réveil dans la cellule, la pensée est demeurée en retrait, furtive, trop timide pour se révéler.

Il n'a jamais été seul auparavant. Dans son ancienne vie, oui, peut-être, sûrement. Pas depuis qu'il a contemplé le Voile de lumière. Il a tout de suite rencontré Sophie, puis le groupe autour de Pascale et de Lionel, dans la station-service. Depuis ce temps, il n'a jamais vraiment été seul. Des bribes de solitude, aux toilettes, lorsqu'il marchait au travail le matin. Des insignifiances. Même lorsqu'il déambulait dans la maison endormie, la nuit, la présence de Sophie, de Florence et de Xavier était tangible. Un respir inaudible. Une vibration de vie.

Autour de lui, tout est froid. Même la voix le torture par sa froideur désincarnée.

Malgré l'annonce qu'on ne lui répondra plus, Jean-Pierre s'autorise une autre question. Il prend le temps d'y penser. De placer les mots dans un ordre logique.

— Ceux qui ont conservé la mémoire disent que vous êtes des extraterrestres venus contrôler notre planète. Que vous voulez vous approprier tout ce qu'on possède. C'est vrai ?

— Ce n'est pas dans cette perspective que notre intervention doit être comprise. Nos motivations ne sont pas matérielles. Elles sont éthiques et découlent d'une analyse du potentiel perturbateur de l'expansion humaine au-delà de sa planète d'origine.

— Donc c'est vrai ? Vous venez d'une autre planète ?

— Un raccourci simplificateur, car nous ne provenons pas tous de la même planète. Mais dans son acception métaphorique, la réponse est oui.

— Ce que vous avez dit avant. Potentiel perturbateur... Ça veut dire qu'on est dangereux ?

— Une opinion consensuelle et validée.

Jean-Pierre reste un instant interdit.

— Je comprends pas. C'est vous qui nous avez attaqués. C'est vous les violents, non ?

— Votre perception est inversée. Nous sommes des pacifistes.

— Ça veut dire quoi, ça ?

— Nous aurons toute liberté de converser sur différents sujets lorsque vous aurez répondu à nos questions d'évaluation comportementale. Nous sommes ici pour colliger vos opinions et les représenter auprès des instances décisionnelles du nexus.

— Tant que je saurai pas combien de temps on va rester prisonniers ici, je collaborerai pas.

— Vous n'êtes pas un prisonnier.

— Non? Ça veut dire que je peux sortir quand je veux?

— Votre langue reproduit mal nos concepts. Ce que vous appelez une prison est, de notre point de vue, un territoire au statut éthique provisoire. Un…

L'interlocuteur de Jean-Pierre hésite, puis finit par trouver le mot approprié:

— Un purgatoire. Nous allons reprendre les questions d'évaluation comportementale. Si un membre de la Force d'intervention était présentement à votre merci, quel sort lui feriez-vous subir? Un: vous le libéreriez. Deux: vous le feriez souffrir physiquement. Trois: vous le tueriez.

Jean-Pierre s'allonge sur la couchette et ferme ostensiblement les yeux.

— J'ai plus rien à dire.

— Nous devons considérer cela comme un refus de collaborer.

— Considérez ça comme vous voulez, je m'en câlisse.

— Nous reprendrons cette conversation lorsque vous serez dans de meilleures dispositions.

— C'est ça.

◆

Avec le silence qui se prolonge, Jean-Pierre en vient à regretter son refus de répondre. Mais il ne cédera pas le premier. Il ne les suppliera pas de reprendre cet interrogatoire absurde. Oh que non ! Il ne sait pas trop pourquoi cela lui importe tant de tenir son bout, mais le sentiment est là. Ça lui importe. C'est une question de… de…

Il sait qu'il existe un mot pour exprimer sa pensée.

Une question de… dignité.

Voilà. Il y a un mot pour chaque chose, chaque concept, chaque idée.

Il tente de réfléchir aux questions du représentant. Il a eu l'impression qu'on essayait de lui imposer une manière de voir les choses. Pas de manière directe, comme Sam et Alia. D'une manière détournée. Un peu comme le fait Sophie, avec ses questions faussement naïves, tandis qu'elle surveille ses réactions du coin de l'œil.

Il se sent immédiatement coupable d'évoquer Sophie par ses travers, alors qu'il ne sait même pas si la jeune femme est toujours vivante.

Un gémissement se fraye un chemin par sa gorge et le surprend lui-même par son intensité. Il ne veut plus penser, ni à Sophie, ni aux représentants, ni aux causes de son emprisonnement. Sa capacité à réfléchir est saturée.

◆

Un bruit d'explosion.

Jean-Pierre se réveille, vibrant de tension. A-t-il encore rêvé ?

Redressé sur un coude, il écoute, immobile, en suspens. Rien ne vient.

Il s'assoit plus droit, se gratte le visage et le crâne, tous deux envahis par une repousse. C'est le seul indice que les jours ont passé. Ça, et le fait que ses vêtements commencent à être défraîchis. Trois jours ? Quatre ? La lumière est immuable et la nourriture fournie à la demande. Aucune information venue de l'extérieur ne lui permet de quantifier le temps. L'existence dans la cellule est un continuum sans début ni fin.

Il se secoue. Sans début ni *fin* ? Il espère bien que ce ne sera pas le cas.

Personne ne lui a adressé la parole depuis son refus de collaborer. Il est pourtant vite revenu sur sa résolution. Il a dit que c'était correct, qu'il allait y répondre, à leurs maudites questions. Il s'est mis à crier, à frapper sur les parois, à supplier. Il s'est ridiculisé. Tout cela pour rien.

Il a d'abord pensé qu'il subissait une forme de punition de leur part. Avec le temps, il a fini par ne plus trop comprendre. Son représentant pouvait-il être aussi boudeur et puéril que… Lionel, par exemple ?

Un autre bruit d'explosion. Jean-Pierre saute sur ses pieds.

Le plancher a vibré. Il en est sûr. Il est parfaitement réveillé, ce n'est pas une hallucination ou un cauchemar.

La luminosité ambiante faiblit pendant une fraction de seconde. Un autre phénomène absolument inouï.

— Qu'est-ce qui se passe ? Allô ? Allô ?

Silence.

Jean-Pierre tourne dans la cellule, impuissant.

— Allôôô ? Pouvez-vous au moins me dire ce qui se passe ? C'est pas normal !

Silence.

— Je vous l'ai dit, j'accepte de répondre à toutes les questions que vous voulez.

— Veuillez patienter et garder votre calme. Il n'est plus nécessaire que vous répondiez à nos questions.

En dépit du fait qu'il ne souhaitait rien de plus au monde qu'entendre une autre voix que la sienne, Jean-Pierre a tressailli.

— Vous êtes là !

— Les opérations sont remises en question. Subséquemment à la prise de cette décision, nous vous recontacterons pour représenter vos intérêts dans le nouveau contexte.

— Un instant ! Je comprends pas. C'est quoi, le nouveau contexte ?

— Le nouveau contexte est indéterminé. Une décision doit être prise sur la poursuite de notre intervention selon le principe de subsidiarité des commissionnaires envers le nexus décisionnel.

— Je comprends pas les mots. C'est trop compliqué.

Un soupçon naît en lui, un doute, une évidence…

— Vous parlez pas de la même façon. Êtes-vous encore mon représentant ?

— La question n'a pas d'incidence sur l'action commune. À la suite du constat de l'atteinte – ou non – de nos objectifs globaux, nous prendrons contact avec vous – ou non – à ce moment.

Jean-Pierre rit. La sensation est désagréable. Il n'a pas ri depuis longtemps. Et ce n'est pas un rire de joie.

— Ou non… Vous avez pas l'air sûr de votre affaire. Vos plans ont pas fonctionné ? C'est ça que vous dites ?

— L'objectif des premiers commissionnaires – l'atténuation – a surpassé les simulations. Les seconds commissionnaires ont sous-évalué la difficulté de la rééducation.

— Mais vous, vous êtes qui ?

— Nous sommes le nexus.

— C'est un mot dont je me souviens pas.

— Nous supervisons les commissionnaires. Nous prenons les décisions pénultièmes.

Jean-Pierre ne trouve rien à répondre pendant un moment. Quand il réussit à reprendre la parole, il se fait suppliant :

— Écoutez, peut-être que vous avez raison. Peut-être qu'on est trop violents. C'est vrai que j'ai déjà perdu le contrôle, avant… avant l'Éblouissement, j'veux dire.

— Nous ne sommes pas concernés par les détails internes de la rééducation. Nous sommes le nexus.

— Laissez-moi sortir, c'est tout ce que je vous demande. Je veux juste m'occuper de ma famille. Vous allez pas me dire que les enfants étaient un danger ? Vous allez pas me dire que Sophie était dangereuse ? Pouvez-vous au moins me promettre que vous leur ferez rien de mal ?

— Votre supplique est inutile. Ces décisions sont du ressort des commissionnaires.

— Pouvez-vous au moins me dire quand je vais sortir d'ici ?

— Nous sommes le nexus. Nous ne divulguerons pas d'informations afférentes aux commissionnaires. Nous ne divulguerons pas que le succès de l'opération de rééducation est indécidable. Nous ne vous informerons pas qu'il est hautement probable que l'opération des seconds commissionnaires sera interrompue.

Jean-Pierre reste un instant sonné. A-t-il bien compris ce que son interlocuteur lui révélait ?

— Vous… vous allez partir ? C'est ça que vous dites ?

Silence.

— Allô ?

Silence.

Silence.

Silence.

Nouveau monde

Jean-Pierre est allongé sur sa couchette, en train de reprendre son souffle après quelques exercices d'étirement. Son épaule gauche a toujours été douloureuse, mais cela a empiré depuis son emprisonnement. Il examine ensuite son pied nu. Il a les ongles d'orteils longs: celui du gros orteil s'est fendu. Il a tenté d'enlever la partie cassée de l'ongle, mais il n'a réussi qu'à se faire saigner.

Sa poitrine se soulève puis il exhale un long soupir. Ça va. Il s'est un peu calmé depuis la frustrante conversation. Même qu'il commence à avoir un peu faim. Il tend la main vers la ration alimentaire, indifférent à sa couleur. Il les déteste toutes, désormais.

Encore un bruit d'explosion. Il ne se trompe pas: elle semble plus violente – ou plus rapprochée – que celles de tout à l'heure. La vibration qui l'accompagne est aussi plus forte.

La lumière ambiante fluctue.

D'autres explosions. D'autres secousses.

Tout s'éteint.

Jean-Pierre reste un moment paralysé. La noirceur est absolue. Peu à peu, un sentiment de terreur croît en lui: et si la lumière ne revenait jamais?

Il n'a pas le temps de développer cette pensée. La couchette et le plancher se dérobent sous lui, comme si la cellule entière avait basculé. Il tente désespérément de s'accrocher au matelas, mais la surface lisse de la mousse ne lui laisse aucune prise.

Il glisse. Il aurait dû frapper dans sa chute la paroi opposée à la couchette... non, il poursuit sa glissade bien au-delà. Il y a de la lumière, mais impossible de reconnaître où il se trouve. Tout tourbillonne, tout va trop vite. Il bascule dans le vide... et termine sa chute en tombant sur le flanc.

Une onde de douleur irradie de son épaule gauche. Il plisse les yeux sous une lumière insoutenable, un gémissement au fond de la gorge.

Le soleil.

Le ciel.

Il est dehors ! Allongé de tout son long sur un sol dur. Un trottoir de béton, fissuré, couvert de déchets. Autour de lui, des tours gigantesques, angulaires et menaçantes, s'élancent vers le ciel. L'air est empuanti par une âcre odeur de fumée. Le bruit est à l'avenant, de partout surgissent des chocs, des appels, des grondements, certains lointains, d'autres tout près.

À travers le tumulte, un appel résonne, assez près pour que Jean-Pierre comprenne les paroles :

— Y en a un autre icitte !

Le propriétaire de la voix apparaît, un homme grand et gros, à la barbe fournie, vêtu d'un uniforme vert humide sous les aisselles. À sa ceinture pendent un étui avec un pistolet et d'autres outils.

— Ça va, monsieur ? Vous parlez français ? *Everything OK ?*

— Oui. Ça va.

Jean-Pierre accepte la main tendue. Une fois sur ses pieds, il contemple ce qui l'entoure. Il est déboussolé de voir autant d'immeubles, autant de voitures, autant d'inscriptions, autant de... tout.

Il comprend qu'il est dans une grande ville. Il découvre une des causes du bruit ambiant: un gros camion haut sur roues est stationné tout près, le moteur en marche. Le véhicule est du même vert que l'uniforme de son sauveteur.

Ce dernier n'est pas seul. Au-dessus de Jean-Pierre, un visage blafard se penche par-dessus la rambarde d'un balcon. Une femme, en uniforme vert elle aussi, qui interpelle son collègue au sol. Elle parle de batterie, de central, de *back-up*, de... Jean-Pierre ne comprend rien à ce charabia. Aveuglé, il ne voit pas distinctement ce qui grouille dans l'ombre des immeubles.

L'homme en uniforme tape sur son épaule endolorie. L'intention était amicale, mais Jean-Pierre n'a pas pu s'empêcher de grimacer. Il frotte son épaule.

L'homme se répand en excuses:

— S'cuse, *man*! T'es-tu correct? Veux-tu t'asseoir?

— Non. Ça va. J'ai juste mal à l'épaule.

— Prends ça relax. Pis attention où tu marches, hein? T'es nu-pieds. On va te trouver des souliers.

Peu à peu, Jean-Pierre comprend que la construction massive qui s'élève tout près de lui était sa prison. Difficile d'en prendre toute la mesure, car sa vue est partiellement bloquée par un entrelacs de câbles et de tuyaux dont certains pendent de travers, sectionnés. La structure a été érigée au centre d'un espace dégagé entre les immeubles, une sorte de place publique, comme au centre de Saint-Tite.

Des éclats de voix s'élèvent à quelques mètres de lui, là où d'autres silhouettes en uniforme vert s'activent. Ce sont surtout des hommes, mais il y a quelques femmes parmi eux. Une de celles-ci transporte dans ses bras un être minuscule, vêtu d'un ensemble gris. La voix aiguë de Florence est réverbérée par la façade des immeubles.

— Papa !

La rescapée se débat avec tant de vigueur que la femme en uniforme est bien obligée de la déposer par terre.

— Tu vas te faire mal aux pieds !

Florence ignore le conseil. Elle court vers Jean-Pierre pour lui sauter dans les bras.

— J'me suis ennuyéééé !…

— Moi aussi, dit Jean-Pierre, les yeux piquants, la gorge serrée. Moi aussi…

Il sent sa petite main caresser son crâne.

— Ça pique. T'as plus de cheveux !

— Tu t'es pas vue !

— Est-ce que maman est avec toi ? Pis Xavier ?

Les questions lui serrent le cœur d'une main cruelle, mais il fait de son mieux pour garder le sourire.

— On va les retrouver.

Un après l'autre, les gens capturés par les soldats-robots à Saint-Tite sont expulsés des entrailles de leur prison. Ils déboulent chacun leur tour par le même conduit que celui emprunté par Jean-Pierre. Heureusement, les sauveteurs ont repéré l'endroit d'où les prisonniers surgissent et réussissent tant bien de mal à amortir leur chute.

La plupart des gens libérés sont trop abasourdis pour se montrer agressifs. Un seul donne du fil à retordre aux sauveteurs : sans surprise, Jean-Pierre reconnaît la voix de Xavier. Ce n'est que lorsque l'adolescent entend les appels de Florence qu'il se calme enfin.

— Vous pouvez le lâcher, confirme Jean-Pierre aux deux costauds en uniforme vert qui retenaient du mieux qu'ils pouvaient l'énergumène.

Aussitôt libéré, Xavier accepte l'étreinte de Florence, mais avant même de s'informer auprès de Jean-Pierre de son état de santé, il s'inquiète :

— Châtelaine est avec vous autres ?

L'adolescente apparaît à ce moment précis, vacillante et fragile. Xavier se jette sur elle et la serre avec tant de vigueur qu'elle émet un cri de surprise.

— Pas trop fort ! proteste un des sauveteurs en riant. Tu vas l'étouffer !

— Où on est ? demande la jeune fille une fois que son ami l'a libérée.

— Je sais pas.

— Vous êtes à Montréal, explique le sauveteur. En tout cas, ce qui reste de la ville.

Les deux adolescents examinent avec incrédulité la hauteur des immeubles qui les entourent. Montréal, ça ne leur dit rien, pas plus qu'à Jean-Pierre, mais c'est drôlement impressionnant…

Chamberland et Michel s'approchent à leur tour, l'ingénieur de Kingston soutenant son collègue, qui semble s'être meurtri le pied en tombant.

— Jean-Pierre ? demande Michel, les yeux mi-clos. Je vois pas bien, j'ai pu mes lunettes.

— Oui, c'est moi.

— As-tu vu Benoit ?

— Pas encore.

Jean-Pierre fronce les sourcils. Il se souvient du coup violent reçu par Benoit lors de la charge des robots, de la façon dont sa tête a fouetté l'air. Il se souvient aussi qu'il n'a pas vu le vieil ingénieur lorsque son représentant lui a offert un rapide aperçu des autres prisonniers.

Quant à Sophie… A-t-il rêvé ? Il croit reconnaître sa voix, lointaine et déformée.

Les sauveteurs se sont regroupés sous le conduit, le visage levé pour essayer de voir à l'intérieur.

— Y en a une qui veut pas passer, explique un des soldats.

Un appel jaillit du conduit :

— Venez m'aider !

Jean-Pierre s'est approché. La voix est ténue et déformée par la réverbération, mais facilement reconnaissable.

— Sophie ?

— Jean-Pierre ? C'est toi ?

— Qu'est-ce qui t'arrive ? T'es prise quelque part ?

— Je me retiens. Je veux pas tomber.

— C'est le contraire. Faut que tu te laisses tomber, justement.

— Je vois rien. J'ai peur !

— Je suis là, je vais t'attraper.

— J'te vois pas. J'ai peur !

Florence joint sa voix au concert :

— Aie pas peur, maman, on est tous là !

À court d'arguments, la jeune femme se met à sangloter.

Jean-Pierre lève les yeux au ciel.

— Sophie… Tu te rappelles, sur le pilier du pont, comme c'était pas creux ? Tu pouvais traverser, t'avais même pas besoin de moi. Ici, c'est pareil.

Un silence songeur répond à cet argument, puis un choc métallique résonne dans les profondeurs du mécanisme. Deux jambes apparaissent, suivies par le reste de Sophie, prestement attrapé par Jean-Pierre et un soldat.

Elle est déposée par terre, tout aussi chauve et éblouie que les autres prisonniers. Blottie dans les bras de Jean-Pierre et ceux de Florence, elle pleure sans dire un mot, simplement heureuse d'avoir retrouvé tout son monde.

Les rescapés sont conduits par camion jusqu'à un grand local à proximité. On leur procure des chaussettes, des souliers, des vêtements propres. On leur apporte à boire et à manger. Chose surprenante, la nourriture est chaude. Jean-Pierre croit défaillir d'extase en goûtant autre chose que les rations alimentaires de la Force. Ces moments demeureront flous dans sa mémoire, noyés par l'infini soulagement d'avoir retrouvé Sophie et les enfants.

Un homme en uniforme qu'ils n'ont pas vu jusqu'à présent les rejoint. Son visage envahi par la barbe est sévère. Il ressemble à Benoit Gauthier, en plus jeune, en plus bourru.

— Je suis le lieutenant Normand Carle. Au cas où vous l'auriez pas encore compris, vous êtes libres. On va s'occuper de vous, ayez pas peur. Première chose, je veux savoir s'il y en a qui ont conservé la mémoire. La mémoire d'avant le flash. Vous comprenez ce que je veux dire, hein ?

David Chamberland lève une main et montre Michel de l'autre.

— J'pense qu'on est les deux seuls.

Le lieutenant s'approche.

— D'où est-ce que vous venez ?

— De Saint-Tite.

— Saint-Tite ? Pas loin de Montauban, ça. Vous étiez en train de remettre la mine d'or en activité, c'est ça ?

L'étonnement des deux mineurs amuse leur interlocuteur, qui confirme aussitôt :

— Ben oui, je connais Montauban. Je suis un mineur, comme vous autres. Je travaillais à la West Mine, à Bellechasse.

Michel contemple les autres sauveteurs qui s'affairent dans le local.

— Vous êtes pas l'armée canadienne ?...

— Oui et non. J'ai fait mon service militaire, pis y a des gars de la réserve. Je vous conterai pas d'histoire : j'étais pas lieutenant avant le flash. Je suis mécanicien : je réparais un *loader* à quatre cents pieds sous terre quand c'est arrivé. Fallait être creux pour ne pas être affecté par le flash. Même le métro de Montréal, c'était pas assez. On est une cinquantaine de la West Mine ; on s'est ramassés avec la gang du *trench* Marcotte. Quand on a arrêté de capoter, on est montés à Valcartier. On pensait que l'armée se serait organisée. C'était pas le cas. La base était quasiment déserte. Mais tout était là, l'équipement, les armes, les munitions. On n'avait qu'à se servir – j'vous résume l'affaire, vous comprenez que ça a pas été si simple que ça.

— Vous avez engagé le combat ? dit Michel, incrédule. Ça se peut pas ! Vous êtes rien qu'une poignée !

L'officier hausse l'épaule d'un air qui rappelle à Jean-Pierre l'expression embarrassée de Xavier lorsqu'il avait avoué qu'il n'avait pas eu le temps de tirer un seul coup de fusil.

— Au début, ils nous ont donné de la misère. Mais, à partir d'un certain moment, on a eu l'impression que ça les intéressait de moins en moins de tenir le terrain…

La conversation est interrompue par l'arrivée d'un messager.

— Ils ont trouvé un pingouin ! Ils l'amènent ici !

— Encore vivant ?

— On pense, oui.

— Un pingouin ? intervient Michel.

L'officier observe les rescapés, évaluateur.

— Vous n'en avez jamais vu un, je gage ? Un extraterrestre ?

Le mur du local qui donne sur la rue est entièrement vitré ; Jean-Pierre assiste en même temps que les autres à l'approche d'une camionnette qui transporte plusieurs sauveteurs dans la caisse. Une fois le véhicule immobilisé, les sauveteurs descendent en tirant vers eux un brancard. Malgré la poussière qui couvre la vitrine, il est visible que la personne allongée sur le brancard est un homme de grande taille en uniforme bleu.

— C'est Sam !

Le cri de Florence se répercute en échos aigus dans le grand local. Il faut un temps à Jean-Pierre pour se souvenir que la fillette n'a jamais vu dans quel état le robot s'est retrouvé après l'accident à Saint-Tite. Elle n'a pas compris qu'il s'agit forcément d'un autre robot.

Les brancardiers sont entrés dans le local pour déposer leur charge près de la vitrine, où la lumière reflétée par la façade de l'immeuble d'en face permet de bien voir.

Le lieutenant Carle va rejoindre ses hommes. Il ne voit aucun inconvénient à ce que Jean-Pierre et ses compagnons l'accompagnent.

Vu de plus près, le robot ressemble en tout point à Sam : même carrure, même uniforme bleu – maculé de boue en l'occurrence –, même écusson d'or sur la poitrine, même visage avenant aux yeux bleus, même casquette. Il n'est pas attaché sur le brancard ni retenu d'aucune façon. Il semble trop lent, trop engourdi pour fuir.

— Ça peut pas être Sam, murmure Xavier pour lui-même autant que pour les autres. Il était tout cassé.

— Les bleus s'appellent tous Sam, explique Carle. Les rouges s'appellent toutes Alia.

— Pourquoi vous nous montrez ça ? demande Jean-Pierre, déconcerté d'avoir à expliquer ce qui lui paraît une évidence. C'est pas un extraterrestre. C'est un robot.

En guise de réponse, l'officier fait un signe à ses hommes. Pendant que deux des brancardiers s'assoient pour peser de tout leur poids sur les jambes du robot, deux autres glissent les mains entre la chemise et le pantalon de l'uniforme. Une fois leur prise assurée, ils tirent en soulevant.

Jean-Pierre sent Sophie tressaillir, et c'est tout juste si lui-même ne crie pas. À partir de l'aine, le corps du robot Sam s'ouvre en déchirant la chemise bleue et en révélant dans un écrin d'appareils complexes une créature qui baigne dans un liquide translucide.

Jean-Pierre, qui aurait été en mal de nommer plus de dix espèces animales, manque de points de comparaison pour la décrire. La créature est longue comme un des chiens qui se repaissaient des cadavres à Saint-Tite, mais plus svelte, avec des membres émaciés terminés par de grandes mains à six doigts.

La peau est d'un brun très foncé, tachetée de mouchetures plus pâles ; la tête est ronde, avec de petits yeux noirs expressifs à demi cachés par une de paire de lunettes articulées. La créature tremble et ouvre une bouche édentée, comme si elle avait de la difficulté à respirer. Au-delà de la surprise et de la révulsion, Jean-Pierre se sent aussi pris de pitié pour un être d'apparence si fragile.

L'odeur dégagée par le fluide lui rappelle celle qui émanait de la carcasse de Sam, lors de l'examen à Saint-Tite.

Michel aussi a compris :

— Seigneur du bon Dieu ! Y avait un extraterrestre dedans ! On s'en est même pas rendu compte !

— Je trouvais ça bizarre, cette odeur-là, dit Chamberland, lui aussi estomaqué. Est-ce qu'il y a une bibitte de même dans tous les robots ?

Carle hoche négativement la tête.

— Juste dans les Sam et les Alia. Les gris sont vraiment des robots. Ils sont moins débrouillards.

— On avait remarqué, dit Jean-Pierre.

— Qu'est-ce que vous allez lui faire ? s'inquiète Florence. Il a l'air d'avoir peur.

La réaction du lieutenant Carle et des autres sauveteurs n'est pas celle à laquelle Jean-Pierre s'attendait. Il aurait imaginé que ceux-ci seraient plus agressifs ou hostiles. Ils semblent plutôt perplexes, voire compatissants.

— Ils finissent tous par mourir, explique Carle. On a essayé de leur donner de l'eau. On a même essayé d'en plonger dans l'eau. On pensait que ça les aiderait, vu qu'ils ont l'air aquatiques. Y a rien à faire : ils sont trop dépendants de leur scaphandre. On dirait que leur technologie se détraque vite sans support.

— Y peuvent ben tous crever tant qu'à moi ! éclate Chamberland. On dirait que vous avez oublié ce qu'ils nous ont fait subir.

L'officier secoue la tête, un rictus sans humour soulevant ses joues.

— Vous avez pas compris. On l'a pas capturé. Il a été abandonné derrière. Les premiers qu'on a trouvés étaient encore assez conscients pour nous l'expliquer.

— Ben voyons donc ! proteste Chamberland. C'est quoi, cette histoire-là ?

— Ceux qui dirigent sont partis, dit sombrement Jean-Pierre, qui montre la misérable créature en train d'agoniser. Eux, ce sont les seconds commissionnaires.

Il s'interrompt. La pensée, d'une clarté ironique, le frappe d'un coup. Il reprend, formulant les mots à mesure que sa réflexion se développe :

— Je pense que c'est vrai ce qu'ils disaient, Sam et Alia. Ils étaient vraiment là pour nous aider. C'est pas eux qui nous ont effacé la mémoire. Eux, ils sont arrivés après. Leur mandat était vraiment de nous assister pour reconstruire la société.

Jean-Pierre aperçoit les regards intrigués qui convergent dans sa direction.

— D'où c'est que tu sors ça ? s'étonne Michel.

— Un des dirigeants me l'a expliqué. Le gars du nexus.

— Vous leur avez parlé ? demande le lieutenant Carle, partagé entre la surprise et le scepticisme. En prison ?

— Ben oui. Pas vous ?

Les anciens prisonniers hochent la tête négativement, à l'exception de Florence.

— Moi aussi, ils me parlaient ! dit la fillette, son regard arrondi d'excitation. Ils m'ont posé toutes sortes de questions !

Il est rapidement établi que les deux seules personnes qui ont entretenu des conversations avec les geôliers sont Jean-Pierre et Florence.

— Quel genre de questions ? reprend le lieutenant Carle, qui fait signe à un des sauveteurs observant les événements un peu en retrait.

L'homme s'approche. Il tient un objet devant son visage, une sorte de boîte munie de contrôles, percée à l'avant d'une ouverture dans laquelle est fixé un disque de verre courbe. Il garde l'appareil pointé sur Jean-Pierre alors que ce dernier rapporte le mieux possible les conversations qu'il a eues avec les interrogateurs des diverses factions impliquées dans l'invasion de la Terre.

Jean-Pierre est interrompu dans son monologue par un bref cri de Florence – le second commissionnaire est finalement décédé.

— Qu'est-ce que vous allez en faire ? demande Sophie.

— On les met au congélateur, dit Carle. Je sais pas combien il reste de biologistes dans le monde, mais on sait jamais. La technologie des robots et des scaphandres est très avancée, mais je suppose que ça pourra nous aider, ça aussi. À long terme. En attendant…

L'officier hoche la tête avec l'air d'une personne qui s'éveille d'un cauchemar.

— … on va essayer de survivre.

◆

Après la fin du témoignage de Jean-Pierre et de celui de Florence, ces derniers sont conduits avec les autres rescapés de la gigantesque structure-prison jusqu'à l'hôtel Reine-Elizabeth, la base d'opération des troupes du lieutenant Carle. « C'est pas plus cher qu'ailleurs », a expliqué un soldat avec un sourire entendu. Jean-Pierre n'a pas pris la peine de rappeler qu'il était sourd à ce genre d'allusions. À plusieurs reprises, les sauveteurs les ont rassurés que « tout va bien aller ». Cela rappelle à Jean-Pierre les slogans de la Force d'intervention internationale…

Devant l'hôtel, Jean-Pierre n'éprouve pas tout de suite l'envie de pénétrer dans un aussi impressionnant édifice. Il n'ose pas l'avouer, mais cela l'effraie un peu d'imaginer tout ce béton et ce verre au-dessus de sa tête.

— J'aimerais marcher un peu.

La femme soldat en poste devant les portes de la base fronce les sourcils.

— On nous a dit qu'on était libres, ajoute Jean-Pierre.

La femme, après réflexion, lui adresse un geste conciliant.

— Allez pas trop loin.

Jean-Pierre fait signe qu'il a compris. L'attitude sévère de la femme, le temps qu'elle a pris pour réfléchir – la beauté de son visage, aussi –, tout ça lui a rappelé Pascale. « On va se revoir », avait crié Karl. C'était bien possible, finalement.

Il a d'abord pensé marcher seul, mais accepte la présence de Sophie. La discussion pour interdire à Florence de les accompagner ne s'éternise pas. L'hôtel a d'énormes portes vitrées qui pivotent sur un axe. La fillette est fascinée par le mécanisme et par ce qu'elle va découvrir de l'autre côté. Les trois jeunes disparaissent à l'intérieur en compagnie de Chamberland, de Michel et des sauveteurs qui les ont pris en charge.

Main dans la main, Jean-Pierre et Sophie marchent le long de la façade de l'hôtel. Au carrefour, un boulevard aux dimensions impressionnantes descend en pente. La vue porte loin. Plus bas dans la ville, d'innombrables façades noircies sont percées de fenêtres aveugles: à Montréal aussi, des quartiers ont été la proie des flammes.

Si quelqu'un avait arrêté Jean-Pierre pour lui demander où il allait et pourquoi, il n'aurait pas su lui répondre. Heureusement, Sophie ne lui demande rien. Sans doute que, comme lui, elle a épuisé ses capacités d'étonnement.

Ils poursuivent leur exploration de la ville désertée. Sur leur chemin, des obstacles apparaissent. Des voitures couvertes de poussière, des appareils aux fonctions inconnues, des champs de rocaille envahis par des herbes.

Le ciel se couvre et un vent aigre se lève, brusque. Jean-Pierre s'arrête et s'essuie les joues.

— Tu pleures?

— J'ai de la poussière dans les yeux.

Il fait encore une vingtaine de pas et s'assoit sur un banc sous lequel se sont amassés des papiers et d'autres ordures assez légères pour être transportées par le vent. Sophie s'est assise à ses côtés. Autour d'eux se dressent les masses des immeubles. Un couple d'oiseaux noirs descend, leurs ailes secouées par le vent: cela ne les empêche pas de se poser avec une admirable habileté sur un fil tendu entre deux poteaux couverts d'affiches déchirées.

Les deux couples s'étudient l'un l'autre un moment puis, ayant jugé qu'ils avaient assez vu les bipèdes, les volatiles déploient leurs ailes et s'éloignent pour vaquer à leurs activités d'oiseaux.

Jean-Pierre n'a pour sa part aucune envie de quitter le banc. Une réalité qu'il n'ose pas aborder s'impose à lui. Il songe à l'endroit où il se trouvait lors de l'éblouissement, du flash, du voile de lumière, peu importe le terme avec lequel on le désignait. Il en a déduit la raison pour laquelle il se trouvait avec une carabine à la main, sur un pont sous lequel coulait une rivière, au milieu d'un paysage verdoyant sous un ciel d'été.

Face aux immeubles auréolés de lumière – le soleil déclinant a percé entre les nuées –, il comprend à quel point sa courte vie, qui lui revient par bribes rapides et violentes, par images presque irréelles, comme dans un rêve, que cette courte vie est un boni, pris au crédit de la mort de millions de gens. Sobrement, il consent à la générosité du destin ; comment pourrait-il survivre s'il acceptait le poids de la culpabilité ?

Il se tourne vers Sophie.

— As-tu froid ?

— Un peu.

— Viens, on va découvrir qui tu es.

Elle lui caresse le visage, puis se serre un peu plus contre lui.

JOËL CHAMPETIER...

... est né à Lacorne (Abitibi-Témiscamingue). Il écrit depuis une vingtaine d'années et a à son actif seize livres touchant tant au fantastique qu'à la science-fiction et à la fantasy. Son premier roman fantastique, *La Mémoire du lac*, a mérité le Grand Prix 1995 de la science-fiction et du fantastique québécois et le prix Aurora du meilleur roman, alors que son second, *La Peau blanche*, a été adapté pour le cinéma par Daniel Roby. Quant à *La Taupe et le Dragon*, il a été traduit en anglais et publié aux États-Unis sous le titre *The Dragon's Eye*. Enfin, ses trois autres romans explorent l'univers magique de Contremont. *Les Sources de la magie* et *Le Voleur des steppes* ont reçu respectivement en 2003 le prix Boréal et, en 2008, les prix Boréal et Jacques-Brossard. Outre son travail d'écrivain, Joël Champetier est rédacteur en chef de la revue *Solaris*.

EXTRAIT DU CATALOGUE

Collection « GF »

001	*Sur le seuil*	Patrick Senécal
002	*La Peau blanche*	Joël Champetier
003	*Le Vide*	Patrick Senécal
004	*Hell.com*	Patrick Senécal
005	*5150, rue des Ormes*	Patrick Senécal
006	*Les Sept Jours du talion*	Patrick Senécal
007	*La Chair disparue* (Les Gestionnaires de l'apocalypse -1)	Jean-Jacques Pelletier
008	*Le Deuxième gant*	Natasha Beaulieu
009	*Un choc soudain* (Jane Yeats -1)	Liz Brady
010	*Dans le quartier des agités* (Les Cahiers noirs de l'aliéniste -1)	Jacques Côté
011	*L'Argent du monde* (Les Gestionnaires de l'apocalypse -2)	Jean-Jacques Pelletier
012	*Le Bien des autres* (Les Gestionnaires de l'apocalypse -3)	Jean-Jacques Pelletier

Collection « Romans » / « Nouvelles »

047	*La Trajectoire du pion*	Michel Jobin
048	*La Femme trop tard*	Jean-Jacques Pelletier
049	*La Mort tout près* (Le Pouvoir du sang -2)	Nancy Kilpatrick
050	*Sanguine*	Jacques Bissonnette
051	*Sac de nœuds*	Robert Malacci
052	*La Mort dans l'âme*	Maxime Houde
053	*Renaissance* (Le Pouvoir du sang -3)	Nancy Kilpatrick
054	*Les Sources de la magie*	Joël Champetier
055	*L'Aigle des profondeurs*	Esther Rochon
056	*Voile vers Sarance* (La Mosaïque sarantine -1)	Guy Gavriel Kay
057	*Seigneur des Empereurs* (La Mosaïque sarantine -2)	Guy Gavriel Kay
058	*La Passion du sang* (Le Pouvoir du sang -4)	Nancy Kilpatrick
059	*Les Sept Jours du talion*	Patrick Senécal
060	*L'Arbre de l'Été* (La Tapisserie de Fionavar -1)	Guy Gavriel Kay
061	*Le Feu vagabond* (La Tapisserie de Fionavar -2)	Guy Gavriel Kay
062	*La Route obscure* (La Tapisserie de Fionavar -3)	Guy Gavriel Kay
063	*Le Rouge idéal*	Jacques Côté
064	*La Cage de Londres*	Jean-Pierre Guillet
065	(N) *Les Prix Arthur-Ellis -1*	Peter Sellers (dir.)
066	*Le Passager*	Patrick Senécal
067	*L'Eau noire* (Les Cités intérieures -2)	Natasha Beaulieu
068	*Le Jeu de la passion*	Sean Stewart
069	*Phaos*	Alain Bergeron
070	(N) *Le Jeu des coquilles de nautilus*	Élisabeth Vonarburg
071	*Le Salaire de la honte*	Maxime Houde
072	*Le Bien des autres -1* (Les Gestionnaires de l'apocalypse -3)	Jean-Jacques Pelletier
073	*Le Bien des autres -2* (Les Gestionnaires de l'apocalypse -3)	Jean-Jacques Pelletier
074	*La Nuit de toutes les chances*	Eric Wright
075	*Les Jours de l'ombre*	Francine Pelletier
076	*Oniria*	Patrick Senécal
077	*Les Méandres du temps* (La Suite du temps -1)	Daniel Sernine
078	*Le Calice noir*	Marie Jakober
079	*Une odeur de fumée*	Eric Wright
080	*Opération Iskra*	Lionel Noël
081	*Les Conseillers du Roi* (Les Chroniques de l'Hudres -1)	Héloïse Côté
082	*Terre des Autres*	Sylvie Bérard

083 *Une mort en Angleterre* — Eric Wright
084 *Le Prix du mensonge* — Maxime Houde
085 *Reine de Mémoire 1. La Maison d'Oubli* — Élisabeth Vonarburg
086 *Le Dernier Rayon du soleil* — Guy Gavriel Kay
087 *Les Archipels du temps* (La Suite du temps -2) — Daniel Sernine
088 *Mort d'une femme seule* — Eric Wright
089 *Les Enfants du solstice* (Les Chroniques de l'Hudres -2) — Héloïse Côté
090 *Reine de Mémoire 2. Le Dragon de Feu* — Élisabeth Vonarburg
091 *La Nébuleuse iNSIEME* — Michel Jobin
092 *La Rive noire* — Jacques Côté
093 *Morts sur l'Île-du-Prince-Édouard* — Eric Wright
094 *La Balade des épavistes* — Luc Baranger
095 *Reine de Mémoire 3. Le Dragon fou* — Élisabeth Vonarburg
096 *L'Ombre pourpre* (Les Cités intérieures -3) — Natasha Beaulieu
097 *L'Ourse et le Boucher* (Les Chroniques de l'Hudres -3) — Héloïse Côté
098 *Une affaire explosive* — Eric Wright
099 *Même les pierres...* — Marie Jakober
100 *Reine de Mémoire 4. La Princesse de Vengeance* — Élisabeth Vonarburg
101 *Reine de Mémoire 5. La Maison d'Équité* — Élisabeth Vonarburg
102 *La Rivière des morts* — Esther Rochon
103 *Le Voleur des steppes* — Joël Champetier
104 *Badal* — Jacques Bissonnette
105 *Une affaire délicate* — Eric Wright
106 *L'Agence Kavongo* — Camille Bouchard
107 *Si l'oiseau meurt* — Francine Pelletier
108 *Ysabel* — Guy Gavriel Kay
109 *Le Vide -1. Vivre au Max* — Patrick Senécal
110 *Le Vide -2. Flambeaux* — Patrick Senécal
111 *Mort au générique* — Eric Wright
112 *Le Poids des illusions* — Maxime Houde
113 *Le Chemin des brumes* — Jacques Côté
114 *Lame* (Les Chroniques infernales) — Esther Rochon
115 *Les Écueils du temps* (La Suite du temps -3) — Daniel Sernine
116 *Les Exilés* — Héloïse Côté
117 *Une fêlure au flanc du monde* — Éric Gauthier
118 *La Belle au gant noir* — Robert Malacci
119 *Les Filles du juge* — Robert Malacci
120 *Mort à l'italienne* — Eric Wright
121 *Une mort collégiale* — Eric Wright
122 *Un automne écarlate* (Les Carnets de Francis -1) — François Lévesque
123 *La Dragonne de l'aurore* — Esther Rochon
124 *Les Voyageurs malgré eux* — Élisabeth Vonarburg
125 *Un tour en Arkadie* — Francine Pelletier
126 (N) *L'Enfant des Mondes Assoupis* — Yves Meynard
127 (N) *Les Leçons de la cruauté* — Laurent McAllister
128 (N) *Sang de pierre* — Élisabeth Vonarburg
129 *Le Mystère des Sylvaneaux* — Joël Champetier
130 *La Faim de la Terre -1* (Les Gestionnaires de l'apocalypse -4) — Jean-Jacques Pelletier
131 *La Faim de la Terre -2* (Les Gestionnaires de l'apocalypse -4) — Jean-Jacques Pelletier
132 *La Dernière Main* — Eric Wright
133 *Les Visages de la vengeance* (Les Carnets de Francis -2) — François Lévesque
134 *La Tueuse de dragons* — Héloïse Côté
135 (N) *Les Prix Arthur-Ellis -2* — Peter Sellers (dir.)
136 *Hell.com* — Patrick Senécal
137 *L'Esprit de la meute* — François Lévesque
138 *L'Assassiné de l'intérieur* — Jean-Jacques Pelletier

RESET – LE VOILE DE LUMIÈRE
est le cent soixante-septième titre publié
par Les Éditions Alire inc.

Il a été achevé d'imprimer
en mai 2011 sur les presses de

Imprimé au Canada par
Transcontinental Métrolitho

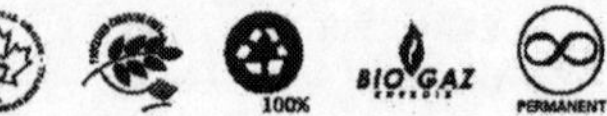

Imprimé sur Rolland Enviro 100, contenant 100% de fibres recyclées postconsommation, certifié Éco-Logo, Procédé sans chlore, FSC Recyclé et fabriqué à partir d'énergie biogaz.